Kurt Tozzer/Günther Kallinger

SPURLOS

Die spektakulärsten
Vermissten-Fälle
der Interpol

UEBERREUTER

ISBN 3-8000-3881-1

Umschlaggestaltung: verlagsbüro wien / Kurt Hamtil, unter Verwendung eines Bildes von Michael Pole/Corbis

Druck: Ueberreuter Print
7 6 5 4 3 2 1

Ueberreuter im Internet: www.ueberreuter.at

Inhalt

Vom Hier ins Nirgendwo

Es ist der Tag vor dem Heiligen Abend, der 23. Dezember. Zäher Nebel liegt an diesem Samstag über Wien, es ist sehr kalt und im Radio wird vor Glatteis gewarnt. Dennoch glänzt die Stadt im Vorweihnachtszauber, aus den Kaufhäusern tönt »O Tannenbaum« vom Band und vor den traditionellen Punschständen an den Straßenecken geht es hoch her. »Ich fahre auf die Mariahilfer Straße und besorge noch ein paar Geschenke. Zum Nachtmahl bin ich wieder da«, sagt der bei der Städtischen Bestattung angestellte Sargträger Peter Mayer zu seiner Frau. Er gibt ihr einen Kuss auf die Wange, zieht den schwarzen Anorak an, vergewissert sich, dass er seine Bankomatkarte und das Handy eingesteckt hat, und zieht die Tür der Wohnung in Wien-Simmering ins Schloss. Sein Weg führt zur nächsten Haltestelle der U-Bahn.
Seit diesem 23. Dezember 2000 ist der 47-jährige Peter Mayer spurlos verschwunden.
Verschwunden im Trubel der Großstadt, verschwunden am helllichten Tag. Die Bankomatkarte hat er nicht benützt, über das Mobiltelefon war er nicht mehr erreichbar, er hat es offenbar abgeschaltet. Auf dem Weg zwischen den Bezirken Simmering und Mariahilf ist keinem Menschen etwas aufgefallen, das mit Mayer zusammenhängen könnte. Er war auf einmal weg. Spurlos.

So wie Peter Mayer verschwinden täglich hunderte Menschen in Österreich, in Deutschland, in der Schweiz. Zehntausende in der ganzen Welt. Freiwillig oder gezwungen sind sie auf dem Weg von Hier ins Nirgendwo.
Etwa das junge Mädchen, das mit den Eltern und ihrem Verlobten am Gardasee Urlaub machte und innerhalb von 80 Sekunden – so die Rekonstruktion der Polizei – spurlos verschwand.
Oder der Chemiker, der sich in einen als Frau auftretenden thailändischen Transvestiten verliebt hat und nach einer Gesichtsoperation von der Ferieninsel Phuket verschwand. Er ließ ein Millionenkonto, eine Tasche mit Rauschgift und ein Paar Wasserskier zurück.
Oder der Bankdirektor aus Mannheim, der gleichzeitig mit seiner Ehefrau verschwand, dann unter falschem Namen eine Tiroler

Kellnerin umgarnte, sie zur Mutter machte und schließlich im Bodensee als Wasserleiche mit Kopfschuss aufgefunden wurde, während seine Frau bis heute als vermisst gilt.
Oder der indische Diamantenhändler aus Deutschland, der mit Diamanten, Rubinen und Bargeld in Millionenhöhe in Wien verschwand. An Raubmord will die Polizei nicht so recht glauben, eine »passende« Leiche wurde nie gefunden, ebenso wenig die Diamanten und Rubine.
Oder die Mutter von fünf Kindern, die plötzlich weg war und ihren Mann unter Mordverdacht brachte. Die Recherchen der Polizei brachten keine Beweise, der Mann erhängte sich knapp vor Weihnachten. Fünf Waisen blieben zurück, ihre Mutter ist bis heute verschwunden.
Wurden sie Opfer eines Verbrechens, verübten sie Selbstmord, hatten sie einen Unfall oder tauchten sie von einem Tag auf den anderen unter, um ein neues Leben ohne den Ballast der Vergangenheit zu beginnen?

Es sind hunderttausende »Fälle«, die von der Polizei in aller Welt bearbeitet werden müssen. Zum Glück klären sich jedoch mehr als 90 Prozent der Abgängigkeitsanzeigen, die Tag für Tag erstattet werden, mehr oder minder rasch auf. Kinder, die ausgerissen sind, kehren reumütig nach Hause zurück. Die frustrierte Ehefrau, der die Decke auf den Kopf gefallen ist, hat Abstand gefunden und versucht es noch einmal. Der Geschäftsmann, der finanzielle Probleme hat, merkt rasch, dass Untertauchen auch keine Lösung ist. Manche Vermisste werden nach Jahren gefunden – tot oder lebendig. Eine Vielzahl jedoch bleibt auch nach Jahrzehnten spurlos verschwunden. Ohne die geringste Hoffnung, dass sie jemals wieder auftauchen.
In der Schweiz gab es zum Jahresbeginn 2002 immer noch 88 rätselhafte Fälle, wo es für die Polizei keine Anhaltspunkte gibt, warum und wohin der oder die Vermisste verschwunden sein könnte. Österreichs Behörden suchen nach 481 Abgängigen, wobei in den meisten Fällen ein Verbrechen vermutet wird. In Deutschland sind es 5.836 Vermisste, nach denen die Polizei fahndet. Tag für Tag werden neue Anzeigen erstattet, werden aber auch Verschwundene gefunden.

I.

»Mein Kind kommt nicht zurück« – ein Albtraum

Wohin Kinder verschwinden

Ungeahnt groß ist die Zahl der gesuchten Kinder. In Europa verschwinden nach Polizeischätzungen jedes Jahr rund 50.000 Mädchen und Buben. Viele sind einfach Ausreißer, einige werden nach Ehestreitigkeiten oder nach einer Trennung vom eigenen Vater oder der eigenen Mutter bei Nacht und Nebel selbst entführt. Der schlimmste mögliche Fall: Sie wurden Opfer eines Triebtäters. Die kleine Leiche wurde verscharrt oder ins Wasser geworfen und bleibt unauffindbar.

»Wenn ein Kind nicht heimkommt, muss das noch nicht das Schlimmste bedeuten. In den allermeisten Fällen hat es irgendwo die Zeit vergessen, die Sache klärt sich schnell. Manche sind ausgerissen und man findet sie wieder. Aber manchmal kommt das Kind nicht zurück, am ersten Tag nicht und nicht am zweiten und nicht an all den anderen Tagen der Verzweiflung danach«, schrieb der Journalist Joachim Käppner in der »Süddeutschen Zeitung« in einer Reportage über vermisste Kinder. Tatsächlich finden sich viele der Kinder, die als abgängig gemeldet werden, wieder zu Hause ein, doch haben die deutschen Behörden derzeit rund 1.000 Fälle in ihren Akten, wo es keine Spur der Vermissten gibt.

Kinder werden ermordet, um an ihre gesunden Organe heranzukommen, auf die Todgeweihte als Lebensrettung warten. Kinder werden entführt, um sie Pädophilen (auch via Internet) zuzuführen. So die schaurigen Fantasien, so aber auch die Realität. Das Internet ist nicht nur abstoßende Plattform für Kinderpornografie, auch die Seiten mit Suchmeldungen nach vermissten Kindern werden immer zahlreicher. Bedrückend etwa die Internetseiten der privaten Gruppe »Jugendschutz Eden«. Eine Reihe von Fotos fröhlicher Kindergesichter sind untereinander angebracht – alle sind seit längerem spurlos verschwunden und werden gesucht. Eine weitere Rubrik führt zu zwei »Gedenkseiten«: mit Fotos jener Kinder, die nicht mehr gesucht werden, weil sich der schlimmste Verdacht bestätigt hat – ihre Leichen wurden gefunden.

Polizeibehörden ermitteln immer wieder auch gegen Verbrecherorganisationen, die Kinder kidnappen, um sie auf Adoptionsmärkten zu verkaufen. Das ZDF-Fernsehmagazin »FRONTAL 21« brachte Ende März 2002 ein Waisenhaus in Georgien ins Zwielicht, wo Säuglinge und Kleinkinder weltweit als Adoptivkinder an kinderlose Ehepaare angeboten und um harte Devisen verschachert werden. Niemand weiß genau, woher die Kleinen kommen, wer ihre Eltern sind und ob sie tatsächlich freiwillig zur Adoption freigegeben wurden. Niemand – außer den Betreibern solcher Heime.

Als 1996 die belgische Polizei in Sars-la-Buissière in einem Kellerverlies zwei völlig verstörte Mädchen und wenig später die Leichen von vier ermordeten Kindern entdeckte, ging der Name eines Ungeheuers um die Welt: Marc Dutroux. Mit Helfern hatte er die Mädchen entführt und missbraucht. Der Verdacht, dass Dutroux zu einem international agierenden Pädophilen-Netzwerk gehört, wurde ebenso wenig ausgeräumt wie jener, dass sein Treiben Politikern und der Polizei Jahre hindurch bekannt war. Tausende Mütter und Väter gingen damals auf die Straße, Belgien bewegte sich am Rande einer Staatskrise.

In der Schweiz gelten 2002 immer noch 55 Kinder als »langzeitvermisst«. Ein tragischer Fall war Anlass für die Schweizer Polizei, die Suche nach abgängigen Kindern neu zu organisieren. 1982 war in einem Dorf bei Bern die achtjährige Rebecca Bieri ermordet aufgefunden worden, nachdem fünf Monate vergeblich nach dem Mädchen gesucht worden war. Um künftig Pannen, die durch die starke regionale Aufsplitterung des Polizeiwesens entstanden waren, zu vermeiden, wurde damals die »Sonderkommission Rebecca« gegründet. Bis heute arbeiten Spezialisten nicht nur der örtlichen Polizei, sondern auch aus anderen Kantonen in dieser Sonderkommission bei der Suche nach vermissten Kindern zu-

sammen. Als Chef fungiert Peter Baumgartner, der Leiter der Kriminalpolizei Bern.
Obwohl die Sonderkommission viele Kinder gefunden hat, blieben auch besonders spektakuläre Fälle der letzten Jahre offen.
Der Taferlklassler Peter Roth verschwand im Mai 1984 in Nassen (St. Gallen) auf dem Weg von der Schule zum Elternhaus. In einem kleinen Laden hatte er sich noch um ein paar Rappen eine Packung Pommes Chips gekauft, vor einer Scheune fand man das leere Säckchen. Das war die letzte Spur, die der Schulbub hinterlassen hat.
Wäre der Fall der achtjährigen Sarah Oberson nicht so tragisch, so könnte er an das Grimm-Märchen vom Rotkäppchen und dem bösen Wolf erinnern. Das Mädchen wurde von den Eltern ausgeschickt, der Großmutter etwas zu bringen. Sarah traf nie bei der Großmutter ein, nach einer groß angelegten Suchaktion wurde lediglich das Fahrrad des Mädchens gefunden. Obwohl für zielführende Hinweise eine Belohnung von 50.000 Franken ausgesetzt wurde, konnte der Fall bis heute nicht geklärt werden.

60-mal ausgerissen

Das rasante Ansteigen von Vermisstenmeldungen veranlasste Ende März 2001 die Berliner Zeitung »Der Tagesspiegel«, in einer 16-teiligen Serie einige besondere Schicksale aufzuzeigen.
Die Zahlen sind – auch für eine Großstadt – erschreckend. 8.154 Vermisstenanzeigen haben die Kripobeamten im Jahr 2000 bearbeitet, 4.455-mal waren es Kinder und Jugendliche, die von ihren Eltern als vermisst gemeldet wurden. Viele von ihnen kennt die Polizei bereits. »Besonders bei Heranwachsenden haben wir es oft mit mehrfach Vermissten zu tun«, zitiert die Zeitung Kriminalhauptkommissar Matthias Tkotsch vom Landeskriminalamt. »Den Rekord hält ein Junge, der allein im vergangenen Jahr 60-mal von zu Hause ausgerissen ist.«
Früher oder später werden die Ausreißer meist wieder gefunden oder kommen freiwillig nach Hause. Nicht so der 15-jährige Manuel Schadwald, der seit 1993 spurlos verschwunden ist.

Während der Sommerferien verließ er die Wohnung seiner Eltern in Tempelhof und wollte mit dem Bus ins Freizeitzentrum Wuhlheide fahren. Dort gab es tolle Computerspiele, die den Jungen reizten. Doch Manuel erreichte sein Ziel nicht. »Seit diesem Sommertag fehlt von dem Schüler jede Spur. In den vergangenen Jahren erhielt die Polizei wiederholt Hinweise darauf, dass sich der Junge in der Homosexuellen- und Kinderpornoszene in den Niederlanden oder in Belgien aufhalte. Doch die Ermittlungen verliefen jedes Mal im Sand«, berichtet »Der Tagesspiegel« weiter in seiner Reportage.

Mutter fleht: »Gebt mir meine Schnecke zurück!«

Montag, 7. Mai 2001. Muntere Buben und Mädchen stürmen mittags aus der Grundschule im oberfränkischen Lichtenberg. Mit dabei die 9-jährige Peggy Knobloch aus der 3. Klasse, ein Schlüsselkind, wie man sagt. Das Mädchen hat es offenbar nicht eilig, nach Hause zu gehen, es wartet ja niemand auf sie. Die Mutter arbeitet als Altenpflegerin, sie würde erst abends heimkommen. Der Vater lebt getrennt in Bayern, hat auch nie richtig Zeit. Mit dem neuen Lebensgefährten der Mutter, dem Türken Erhan Unal, versteht sie sich nicht.

Peggy war mit einem dieser modernen kleinen Roller unterwegs. Sie trennte sich von ihren Mitschülerinnen, die noch bemerkt haben wollen, dass sie in Richtung Nachbarort fuhr. Als die heimkehrende Mutter gegen 20 Uhr ihr Kind zu Hause nicht vorfand, rief sie zuerst Bekannte an, Schulfreundinnen und suchte dann selbst in der Umgebung der Schule. Vergeblich. Um 22 Uhr machte sie dann die Abgängigkeitsanzeige.

Sofort begann die Polizei mit einer Suchaktion nach dem blauäugigen Mädchen mit der frechen, spitzen Nase und den langen braunen Haaren. Taucher suchten die Stauwehre rund um den 1.200-Seelen-Ort ab, ein Hubschrauber mit Wärmebildkamera kreiste in der Umgebung von Lichtenberg. Fußgänger wollen das mit einem schwarzen Anorak mit gelben Streifen auffällig gekleidete Mädchen noch gegen Abend im Ort gesehen haben. Unerklärlich blieb, warum Peggy nach der Schule zwar ihren Roller

nach Hause gebracht hatte, mit der Schultasche aber wieder weggegangen war.
Am nächsten Tag begannen die Beamten der Polizeistelle Hof mit den Recherchen bei Bekannten der Familie und suchten auch in der Wohnung selbst nach Hinweisen. Weder Abschiedsbriefe noch verdächtige Aufzeichnungen wurden gefunden. Mitunter bringen ja Zeichnungen verschlüsselte Hinweise auf den Seelenzustand eines Kindes. Im Fernsehen appellierte Peggys Mutter unter Tränen an mögliche Entführer. Man möge das Kind – ihre »Schnecke« – zurückschicken oder wenigstens ein Lebenszeichen von ihr geben.
Unter den ersten Hinweisen aus der Bevölkerung waren auch solche, die auf den so genannten »Kinderstrich« im benachbarten tschechischen Eger hindeuteten. Hatte Peggy dort Anschluss gesucht? Ein Motiv dafür könnte, so die Polizei nach der Auswertung von Aussagen der Nachbarn, der neue Freund der Mutter Peggys gewesen sein, der keine Besucher duldete. »Das Mädchen war viel allein und hat oft geweint«, gaben Nachbarn zu Protokoll.
Wochenlang war das Haus am Marktplatz 8 in Lichtenberg, in dem die Knoblochs wohnen, von Reportern umlagert. Immer neue Details brachten die Zeitungen: Peggy wollte Polizistin werden, die Teletubbies waren ihre Lieblingssendung im Fernsehen, Schulfreundinnen hielten ihre Poesiealben in die Kamera. Wahrsager und Pendler bemühten sich um Fotos der Verschwundenen, sie wollten an der Aufklärung mithelfen. Makaber mutet eine Internetseite an, die eine Gruppe, die sich das »Flugscheiben-Online-Team« nennt, damals ins Netz stellte. Auf Grund von genauen Betrachtungen der Bilder Peggys wollte das Team festgestellt haben, dass das Kind sehr begabt sei – das sehe man an seinen Augen. Deshalb sei es entführt worden, und zwar von »geheimen staatlichen Stellen«, die parapsychologische Tests an Kindern durchführen. Danach würden die Kinder von diesen in den USA ansässigen Wissenschaftern getötet.

Entführt nach Tschechien?

Dann eine neue Spur – angeblich sei Peggy am 7. Mai, dem Tag ihres Verschwindens, in einen roten Mercedes mit tschechischer

Nummerntafel eingestiegen, der Richtung Grenze davonfuhr. Bestätigte sich der Verdacht, das Kind könnte entführt worden sein, werde zur Prostitution oder zu Pornofotos gezwungen? Die in Eger arbeitende deutsche Pfarrerin Katharina Frowein ist, als Kennerin der Situation, skeptisch: »Es gibt genug skrupellose Eltern, die ihre Kinder für harte D-Mark verschachern, Entführungen wären zu gefährlich.«

Es wird bekannt, dass Peggys Mutter – nach dem Verschwinden ihres Kindes in psychiatrischer Behandlung – ihrer vermissten Tochter einen Brief geschrieben hat, etwas wirr, doch ein Fressen für die Presse: »Meine Süße, wenn dir dieser Mensch das Allerschlimmste bereits angetan hat und du diese Zeilen nicht mehr lesen kannst, dieser Mensch soll dafür büßen. Jeden Tag bis an sein Ende.«

Zwei Monate nach dem Verschwinden Peggys verlässt ihre Mutter Susanne Knobloch Lichtenberg, sie zieht aus, um sich in ein Dorf zu flüchten, in dem man sie zwar durch die vielen Medienberichte kennt, sie aber nicht belästigt wird und man sie auch nicht schief anschaut.

Die Polizei in Hof hat eine 75-köpfige »Sonderkommission Peggy« eingerichtet. Ihr Chef ist Hauptkommissar Herbert Manhart. Tausend Hinweisen ist man nachgegangen, die heiße Spur aber blieb aus. In einem Zeitungsinterview wirkt der Polizist nachdenklich. »Manchmal fragt man sich, hat man wirklich alles getan, obwohl man sehr viel getan hat?« Er erzählt aus seiner Erfahrung von einem Fall, der ein Vierteljahrhundert zurückliegt. Ein Bub war verschwunden, große Suchaktionen wurden durchgeführt, im Umkreis von 25 Kilometern wurde jede Hütte, jeder Heuschober, jedes mögliche Versteck durchsucht – vergeblich. Fünf Monate später wurde die Leiche gefunden – zwei Kilometer außerhalb des Suchkreises. »Muss man auch im Fall Peggy noch weiträumiger suchen?«, überlegt er. Vorwürfe, dass nicht allen Hinweisen penibel nachgegangen worden sei, lässt er nicht gelten. So hatte etwa ein Spaziergänger gemeldet, dass er im Wald Verwesungsgeruch wahrgenommen habe. Sofort schwärmte ein Suchtrupp aus, rückte Äste weg, durchstöberte Laubhaufen und fand dann tatsächlich die Quelle des Gestanks: Ein Hundekadaver war seicht vergraben.

Im Herbst 2001 schien der Fall eine neue Wendung zu nehmen. Da Peggys Stiefvater ein seit Jahren in Deutschland lebender Türke ist, berichteten auch Zeitungen in der Türkei über das Verschwinden des Mädchens. Über Interpol gelangten Zeugenaussagen zur Sonderkommission, wonach Peggy in die Türkei entführt worden sein könnte. Hausdurchsuchungen brachten jedoch keine Ergebnisse. Genährt wurde der Verdacht durch Gerüchte, dass sich Susanne Knobloch angeblich von ihrem Lebensgefährten Erhan Unal trennen wollte.
Die Hoffnung, das vermisste Mädchen zu finden, wurde zwar von Woche zu Woche geringer, doch blieb ein Fünkchen bestehen, solange keine Leiche gefunden wurde. Anfang Dezember 2001 ließ die Polizei sogar ein baufälliges Gebäude in der Brauhausstraße in Lichtenberg teilweise abtragen, weil dort angeblich Peggys Leiche versteckt worden sein sollte. Gefunden wurde unter dem Gerümpel allerdings nichts. Zwei Wochen später kam ein weiterer Tipp: Die Leiche des Mädchens sei auf einem Wiesengrundstück außerhalb der Gemeinde verscharrt. Mit Baggern wurde die Wiese einen halben Meter tief umgegraben, wie Archäologen suchten Polizisten im Erdreich, doch auch diese Spur führte ins Leere.
Immer wieder tauchen, auch ein halbes Jahr nach dem Verschwinden des Mädchens, neue Hinweise auf. Bereits vor dem verhängnisvollen Mai-Tag sei in Lichtenberg ein silberfarbenes Auto mit ausländischem Kennzeichen gesehen worden, das offenkundig ziellos durch die Gegend fuhr. Andere Zeugen wieder wollen eine südländisch wirkende Frau mit dunklen Haaren gesehen haben, die mit einem Mädchen an der Hand in der Nähe des Marktplatzes herumging. Immer wieder werden auch Peggys Stiefvater und ihre Mutter vernommen. Die Kriminalisten hegen nach wie vor den Verdacht, dass sie mehr über das Verschwinden des Mädchens wissen, als sie angeben. Erhärten allerdings konnten sie diesen Verdacht nicht.

Wurde Peggy missbraucht?

Im Oktober 2001 wurde in Lichtenberg ein Mann festgenommen, der einige Kinder sexuell missbraucht hatte. »Ich habe es auch mit dem Mädchen, das verschwunden ist, getrieben«, gesteht er. Die Polizei vermutet einen »Trittbrettfahrer«, da sich der Festgenom-

mene in Widersprüche verwickelt. Objektive Beweise, dass er mit Peggys Verschwinden zu tun hat, wurden nicht gefunden.
Für die Mutter allerdings reichen diese Vermutungen der Polizei nicht. Im Januar 2002, also acht Monate nach Peggys Verschwinden, mobilisiert sie die Presse und erhebt schwere Vorwürfe gegen die Ermittler. Das Alibi des Verdächtigen, der von den Behörden als »geistig abnorm« bezeichnet wird, sei lückenhaft. Zu der Zeit, als das Mädchen verschwand, war er in der Nähe und sei am frühen Nachmittag »völlig verdreckt« nach Hause gekommen, wie die Mutter des Mannes zugab. »Wir haben alles überprüft, der Mann hat zwar Kinder und auch Peggy missbraucht, hat aber mit ihrem Verschwinden nichts zu tun«, blieb Dieter Czerner, Hauptkommissar in Hof, bei der Linie der Polizei.
Die Polizei ermittelt weiter, nach allen Richtungen. Solange keine Leiche gefunden wird, gilt Peggy Knobloch nur als vermisst. Das brachte auch die erbarmungslose Bürokratie auf Trab: Das Finanzamt forderte 2002 die im Vorjahr ausbezahlte Kinderbeihilfe von der Mutter zurück. Begründung: Sie habe ja für das vermisste Kind nicht zu sorgen gehabt.
Im März 2002 werden weitere Kriminalbeamte für die Aufklärung des Falles abgestellt. Sie graben alte Verhörprotokolle aus, laden die Zeugen neuerlich vor, konstruieren daraus Zeit-Weg-Diagramme aller Beteiligten. Im Oktober 2002 haben die örtlichen Zeitungen dann die Sensation: Das Alibi des ursprünglichen Tatverdächtigen wird geknackt und er gesteht, Peggy Knobloch am 7. Mai 2001 erwürgt zu haben, weil sie sich gegen neuerliche sexuelle Attacken gewehrt habe. Die Leiche des Mädchens habe sein Vater beseitigt. Der bestreitet alles, dann zieht auch der Verhaftete sein Geständnis zurück. Damit ist im Fall Knobloch wieder alles offen ...

Wie lange kann man als Mutter, als Vater die quälende Ungewissheit über das Schicksal seines Kindes ertragen? Wie sehr sehnt man sich nach Klarheit, mag sie auch noch so bitter sein? Oft ist die Nachricht, dass das Kind tot gefunden wurde, eine Erlösung. »Wir haben jetzt wenigstens ein Grab, vor dem wir an sie denken können«, hört man oft. Auch wenn die Umstände, die zum Tod führten, noch so grausam sind.

Das Fahrrad an der Friedhofsmauer

Der kleine Ort Finow liegt nur 40 Kilometer nordöstlich von Berlin, man preist die Freizeitmöglichkeiten an, hofft auf wirtschaftlichen Aufschwung. Für Großstadtflüchter ein beliebtes Ziel. Die Familie Brandt schätzt die beschauliche Ruhe in ihrem Ort. Alles scheint geordnet und überschaubar. Jedenfalls bis zum 22. Februar 2001.

Ihre 12-jährige Tochter Ulrike war nach der Schule nach Hause gekommen und fuhr danach wie jeden Donnerstag mit ihrem Rad zum Handballtraining in die nahe Sporthalle Heidewald. Am späten Nachmittag, als das Training zu Ende ist, verschlechtert sich das Wetter, es beginnt leicht zu schneien. »Sie wird auf dem Rad nass werden«, befürchtet die Mutter. Doch es wird später und später, Ulrike kommt nicht. Vielleicht hat sie sich wo untergestellt, um ein Ende des Schneefalls abzuwarten?

Die besorgte Mutter Kerstin Brandt macht sich auf die Suche. Es ist schon dunkel, mit einer Taschenlampe in der Hand geht sie den Weg ab, den Ulrike gefahren sein muss. An der Friedhofsmauer entdeckt sie das Fahrrad ihrer Tochter. Der Lenker des Rades ist verbogen, an der Gabel klebt weißer Autolack. Vom Mädchen allerdings gibt es keine Spur. War es ein Unfall mit Fahrerflucht und hatte der Täter das Opfer weggebracht? Verstört geht sie zur Polizei in der Gemeinde Eberswalde. »Meine Tochter ist weg ...«

Man handelt, wie immer in solchen Fällen, rasch. Die Gegend wird abgesucht, nach Zeugen des vermuteten Unfalls gefahndet, ihre Freundinnen vom Handballklub werden befragt. Niemand weiß etwas. Am nächsten Morgen starten Tornados der Bundeswehr mit Wärmebildkameras an Bord. Selbst eine Leiche wäre wärmer als die dünne Schneedecke, die mittlerweile in den Heidewäldern liegt, auch frisch aufgegrabenes Erdreich würde man damit entdecken. 24 verdächtige Erdaushebungen wurden aus der Luft geortet, eine Nachschau durch die Bodenmannschaft erbrachte jedoch nichts Ungewöhnliches.

Eine angekohlte Haarspange

Am 22. Februar ging am Stadtrand von Bernau, 30 Kilometer südwestlich von Eberswalde, ein weißer VW Polo in Flammen auf. Für die Polizei ein Routinefall, wahrscheinlich ein Verkehrsunfall oder ein versuchter Versicherungsbetrug. Da keine Anzeige über den Brand vorlag, versuchte man im Wrack Spuren zu finden, aus denen auf den Hergang geschlossen werden könnte. Gefunden wurde unter anderem eine leicht angekohlte Haarspange, wie sie Kinder tragen: eine rosa Blume mit winzigen Sternen in der Mitte. Ein Polizist erinnerte sich an die Zeitungsberichte über die verschwundene Ulrike und zeigte das Fundstück aus dem Auto der Mutter: »Ja, die gehört meiner Tochter, da bin ich sicher«, identifiziert Frau Brandt die Haarspange. Damit war die Polizei in diesem Aufsehen erregenden Kriminalfall ein gutes Stück weitergekommen.

Die Spezialisten der Polizei stellten bald fest, dass der Wagen mit dem Kennzeichen B-HAT 5662 am Donnerstag, dem 22. Februar, in Strausberg gestohlen worden war, wo sein Besitzer ihn vor dem Bahnhof abgestellt hatte. Die Lackspuren an Ulrikes Fahrrad stammten mit größter Wahrscheinlichkeit von diesem Wagen. Die Kollision dürfte nach 16 Uhr erfolgt sein, ließ sich auf Grund der Schneelage rekonstruieren. Hat der Fahrer das Mädchen absichtlich gerammt, um es in seine Gewalt zu bringen, oder beging er in Panik Fahrerflucht und nahm Ulrike, die ihm ja als Zeugin gefährlich werden konnte, mit? Hat er sie später zum Schweigen gebracht? Die angekohlte Haarspange beweist jedenfalls, dass sie im Auto war. Und warum diese seltsame Fahrt von Strausberg nach Finow und dann nach Bernau?

Was tatsächlich geschah, weiß bis zum 8. März 2001 niemand. An diesem Tag wird in der Nähe des Flugplatzes Werneuchen, 15 Kilometer vom Fundort des ausgebrannten VW Polo entfernt, vom Hund eines Spaziergängers die Leiche eines Kindes entdeckt. Es ist der tote Körper der Ulrike Brandt. Wie Gerichtsmediziner feststellten, wurde sie bereits am Tag nach ihrem Verschwinden getötet, nachdem sie zuvor sexuell missbraucht worden war. Der Täter hinterließ Spermaspuren und damit seinen genetischen Fingerabdruck.

Inzwischen war auch ein Phantombild jenes Mannes erstellt worden, der den VW Polo gestohlen hatte. Auf Grund dieses Bildes erkannte eine Bewährungshelferin ihren Schützling, der dann Ende

März verhaftet wurde. Es handelte sich um den 25-jährige Stefan Jahn, der ein Jahr zuvor vorzeitig und auf Probe aus der Haft entlassen worden war. Die Tour mit dem gestohlenen Auto führte ihn zu seinem Geburtsort und bei Finow, wo er das Mädchen niedergestoßen hatte, war er eine Zeit lang in einem Jugendheim untergebracht gewesen – er war seiner Lebensgeschichte nachgefahren.
Der Prozess gegen Jahn endet am 20. November 2001 mit seiner Verurteilung zu lebenslanger Haft. Nicht beendet ist damit die Diskussion, ob Verurteilte vorzeitig aus der Haft entlassen werden sollen und ob dadurch die Gefahr vergrößert wird, dass sie neuerlich Straftaten begehen.

Natascha wurde zu einem Symbol

In den März-Tagen des Jahres 1998 erscheinen in allen Tageszeitungen Österreichs, in den wichtigsten Fernsehsendungen und auf zahlreichen Internetseiten die Bilder eines pausbäckigen, zehnjährigen Mädchens. Es hat blaue Augen, die braunen Haare sind zu Stirnfransen gekämmt. Der Name des Mädchens wird in Österreich und den Nachbarländern bald zum Symbol für vermisste Kinder: Natascha Kampusch aus dem Wiener Bezirk Donaustadt, spurlos verschwunden auf dem Weg zur Schule.
Knapp vor halb sieben Uhr abends kommt am 2. März 1998 die Mutter des Kindes, die geschiedene Brigitte Sirny, 47, in den Backsteinbau des Polizeikommissariats Donaustadt: »Meine Tochter ist weg, ich weiß nicht, was passiert ist. Helfen Sie mir!«
Sie schildert die Ereignisse dieses Montags. Zwei Minuten nach sieben Uhr morgens habe das Mädchen die am nördlichen Stadtrand von Wien gelegene Wohnung am Rennbahnweg verlassen, um einen Förderkurs in der Volksschule am Brioschiweg 1, der um 7.20 Uhr beginnt, zu besuchen. »Sie hat mir Vorwürfe gemacht, weil ich sie zu spät aufgeweckt hätte. Aber ich habe sie ganz einfach nicht munter bekommen«, gibt die Mutter an. Und ergänzt, dass sie ihrer Tochter wegen der »Keppelei« eine Ohrfeige gegeben habe. Das Kind sei dann grußlos und weinend gegangen. Natascha hätte an diesem Montag nach der Schule noch den Hort besuchen und gegen 16 Uhr nach Hause kommen sollen. Doch sie kam

nicht. Brigitte Sirny gibt dann weiter an, dass sie daraufhin ihre beiden anderen, bereits erwachsenen Töchter angerufen habe. Eines ihrer vier Enkelkinder besucht denselben Hort und wurde von seinem Vater abgeholt. Dieser jedoch hat Natascha nicht gesehen. Wenig später steht fest, dass die Kleine nicht einmal in der Schule gewesen ist.

Noch am Abend beginnt eine in der österreichischen Kriminalgeschichte noch nie da gewesene große Suchaktion. Die erste Annahme: Wegen der morgendlichen Auseinandersetzung mit der Mutter könnte das Mädchen ausgerissen sein und sich irgendwo in der Umgebung versteckt halten. Beunruhigend ist, dass Natascha ihren Reisepass bei sich hat.

Ein weiteres Indiz für Spannungen in der Familie und möglicherweise psychisch bedingte Störungen bilden die Angaben der Mutter, dass Natascha in letzter Zeit sehr naschhaft gewesen sei und in den vergangenen Monaten zehn Kilo zugenommen habe. Hat sie Schokolade gefuttert, um sich über irgendetwas zu trösten? Außerdem ist das Mädchen wieder zur Bettnässerin geworden. Mit zehn Jahren! Viele sehen auch darin ein Anzeichen für seelische Konflikte, auch für sexuellen Missbrauch.

Von der Polizei werden inzwischen Zeugen gesucht und Mitschülerinnen befragt. Im Zimmer des Mädchens wird geforscht, ob vielleicht ein Abschiedsbrief vorhanden ist. Doch es gibt keine Tagebücher, keine versperrten Schubladen. Lediglich eine Zeichnung mit einer grotesken Männerfigur findet Beachtung. Anders als in der Dürenmatt-Verfilmung »Es geschah am hellichten Tag« (mit Heinz Rühmann) bringt diese Zeichnung Nataschas die Fahnder aber um keinen Zentimeter weiter.

Die Tatortgruppe des Sicherheitsbüros konnte in dem Zimmer Fingerabdrücke und Haare Nataschas sowie zwei gebrauchte Papiertaschentücher sichern. Makabre Routine, um ein DNA-Profil erstellen zu können, das beim eventuellen Auffinden einer Leiche die Identifizierung ermöglichen würde.

Suche in Teichen

Ein familiärer Grund für das Verschwinden von Natascha wird nach den ersten Erhebungen in offiziellen Presseinformationen ausgeschlossen. Brigitte Sirny ist geschieden, Natascha trägt den

Mädchennamen der Mutter. Der leibliche Vater Ludwig Koch, 42, lebt getrennt von den beiden, es besteht jedoch angeblich ein gutes Verhältnis zueinander. Der Vater kümmert sich auch regelmäßig um seine Tochter, erst am vergangenen Wochenende war er mit ihr bei Verwandten in Ungarn, in der Nähe von Sopron, zu Besuch. Er besitzt dort auch ein kleines Haus. Ein Strohhalm, an den sich die Polizei klammert: Natascha könnte nach Ungarn ausgerissen sein. Doch in Sopron hat man Natascha seit dem Wochenende nicht mehr gesehen, ermittelt die Polizei.

In den Tagen darauf wird die Umgebung in Wien-Donaustadt neuerlich intensiv abgesucht. Zahlreiche Schotterteiche, abgestellte Waggons auf grasüberwachsenen Nebengleisen, alte Bunkeranlagen aus dem Zweiten Weltkrieg, Kleingärten und die große Mülldeponie der Gemeinde am Rautenweg werden von Polizeitrupps und Tauchern minutiös durchsucht. Weder Natascha noch ein Kleidungsstück von ihr, auch nicht ihre Schultasche, wurden gefunden. Einschlägig vorbestrafte Sex-Täter werden verhört, doch keinem ist ein Zusammenhang mit Nataschas Verschwinden nachzuweisen. Der Polizeiakt in der »Abgängigkeitssache Kampusch« wird der Staatsanwaltschaft übermittelt. Da Mordverdacht besteht, übernimmt ein Untersuchungsrichter die Suche nach »unbekannten Tätern«, das Verfahren wird unter der Aktennummer 25 c Vr 2082/98 registriert.

Die Zehnjährige bleibt wie vom Erdboden verschluckt. Die Fahndungsdaten kennen inzwischen alle: 1,45 Meter groß, 45 Kilo schwer, glattes hellbraunes Haar, blaue Augen. Sie schielt etwas, trägt ovale Brillen mit hellblauer Fassung und war mit einem blauen Kleid, hellblauen Strumpfhosen und einer roten Skijacke mit Kapuze bekleidet. Außerdem hatte sie einen blauen Kunststoffrucksack mit gelbem Deckel als Schultasche mit sich.

Eine Mitschülerin von Natascha gibt den ersten brauchbar erscheinenden Hinweis. Sie habe gesehen, wie ihre Freundin bei einem Kreisverkehr in der Nähe der Schule in einen hellen Kleinbus eingestiegen sei. Angeblich mit einer Nummer aus dem niederösterreichischen Bezirk Gänserndorf. Zu den bisher erwogenen Varianten, wonach Natascha ausgerissen sei oder Selbstmord verübt haben könnte, kommt eine neue hinzu. Wurde das Mädchen entführt? Von Verbrechern, die Kinder für Pornoaufnahmen requirieren oder der Prostitution zuführen? 700 Fahrzeuge, die der Beschreibung entsprachen, wurden kontrolliert, Alibis der Besitzer überprüft, doch im feinmaschigen Netz der Befragungen blieb niemand hängen.

Ein geheimnisvoller Kleinbus

Mysteriös erschien den Beamten jedenfalls, dass seit Jahren in Abständen immer wieder Gerüchte in Wien kursierten, die von einem »hellen Kleinbus« sprachen, der in auffälliger Weise vor Schulen auftauche. An einem Mittwoch im April 1991 wurde vor fast allen Wiener Schulen ein derartiger Bus gesehen, in dem zwei Männer saßen oder kurzfristig ausstiegen. »Die wollen Kinder entführen, um ihnen Organe zu entnehmen«, waren viele Eltern überzeugt. Polizei und Stadtschulrat warnten vor einer Panik, doch immer wieder tauchte der Wagen wie ein Phantom in Erzählungen auf. Konkrete Meldungen über Entführungen wurden jedoch nie gemacht. Sollte Natascha das erste Opfer sein?
In Wien berichten nicht nur die Boulevardblätter seitenlang über die Suche nach der verschwundenen Schülerin, auch die seriöse Tageszeitung »Die Presse« schickte einen Reporter in die Rennbahnweg-Siedlung: »Mieter stehen in den Hausfluren und tuscheln, von dutzenden Balkonen wird das Treiben der Polizei beobachtet. In der Rennbahn-Passage, dem Einkaufszentrum der riesigen Stadtrandsiedlung, brodelt die Gerüchteküche. Ein Mann im Trainingsanzug will sogar von einer Person wissen, die in den Kellerräumen der Hochhäuser ihr Dasein fristet. Seit einigen Wochen sind in der Siedlung auch Flugzettel in Umlauf mit einer Warnung vor einem Mann, der Kinder anspricht.« Und weiter in dem Bericht: »Gegen Mittag erreicht der Ansturm vor dem Polizeiwachzimmer seinen Höhepunkt. Fernsehteams senden live vom Schauplatz, zwei Busladungen von Polizeischülern warten auf ihren Einsatz, Beamte der Hundestaffel beruhigen ihre bellenden Vierbeiner. Die lang gezogene Thujagasse mit einem unterirdischen Bunkersystem soll abgegrast werden. Der Tross setzt sich mit Blaulicht in Bewegung. Den Fahrzeugen der Polizei rasen Fotografen hinterher.«
Jeden Tag kommen neue Meldungen. Gesucht wird dort, gesucht wird da. Einmal wollen Zeugen das Mädchen in einem Supermarkt

in Wien-Liesing, also am anderen Ende der Millionenstadt, gesehen haben, ein anderes Mal in einer Straßenbahn in Wien-Döbling oder in der U-Bahn. Einmal wird sie am Bahnhof von Kitzbühel gesehen, einmal in Graz. Die Eltern geben Interviews im Fernsehen, appellieren an mögliche Entführer. Nataschas 21 Klassenkolleginnen aus der 4 c schwärmen in den Tagen nach dem Verschwinden des Mädchens aus, um es zu suchen, beten gemeinsam in der Karlskirche.
Zwanzig der besten Kriminalbeamten Österreichs sind auf den Fall angesetzt und haben es auch mit den vielen Adabeis und Besserwissern zu tun, die Hinweise geben und Theorien aufstellen. Die große Tageszeitung »Kurier« engagiert sogar einen Privatdetektiv, den auch in anderen Fällen tätig gewesenen Walter Pöchhacker. Seine ersten Erkenntnisse, brühwarm der Öffentlichkeit präsentiert: »Nichts deutet darauf hin, dass die Kleine davongelaufen ist.« Als Indiz führt er an, dass Natascha ihre Diddlmaus, an der sie sehr hängt, und ihren heiß geliebten Gameboy zurückgelassen und auch kein Geld aus ihrem Sparschwein mitgenommen habe. Selbst die 500 Schilling, die ihr kurz zuvor ihre Tante geschenkt hatte, lagen noch auf ihrem Schreibtisch.

Ein Richter wird festgenommen

Am 15. März gibt es wieder helle Aufregung im Bezirk: Die Polizei nimmt zwei Männer fest, die sich in auffälliger Weise für Natascha Kampusch interessiert haben.
Einer davon ist Martin Wabl, 54, ein Richter aus Fürstenfeld (Steiermark) und damals als Kandidat für die bevorstehende Wahl des österreichischen Bundespräsidenten im Gespräch. Den Autoren gegenüber gibt er seine Darstellung des Vorfalls: »Ich habe mich für den Fall interessiert, und weil ich in Wien war, habe ich damals mit der Mutter von Natascha Kampusch Kontakt aufgenommen. Mit Brigitte Sirny wollte ich den Schulweg abgehen, doch sie hat im letzten Augenblick abgesagt. Ich ging also nur mit einem Bekannten den Weg ab und fragte einen Passanten nach der Adresse der Schule. Der war ganz aufgeregt, fragte, ob ich von der Polizei sei, und ich nickte dazu: ›Ja, ja!‹ Sicherlich ein Fehler, doch wenn ich ihm gesagt hätte, ich sei Richter, hätte er es mir ja auch nicht geglaubt. Der Mann alarmierte die Polizei, mein Freund und

ich wurden festgenommen, da ich keinen Ausweis vorzeigte. Ein paar Stunden saß ich in der Zelle, ohne Gürtel, ohne Hose. ›Na, servus G'schäft, hoffentlich vergessen sie mich nicht da‹, dachte ich in Erinnerung an einen Häftling in Vorarlberg, den man tatsächlich in der Zelle vergessen hatte. Doch dann ›rettete‹ mich eine Unterstützungserklärung für meine Kandidatur, die ich im Sakko hatte und auf der auch mein Bild abgedruckt war. Daraufhin kam die Staatspolizei und ich war wieder frei.«

Für die Zeitungen war Wabls Verhaftung eine Story ganz besonderer Art. Der politisch äußerst umtriebige Jurist aus der südlichen Steiermark war schon bei der Sozialdemokratischen Partei und bei den Grünen, saß im Bundesrat, im Landtag, in der Stadtregierung von Fürstenfeld und war jetzt sogar Kandidat für die Bundespräsidentschaft. Die Grazer »Kleine Zeitung« höhnte ihn für sein Wiener Abenteuer als »Der Bulle von Fürstenfeld«.

Den Richter irritierte das nicht, vielleicht erwachte erst dadurch sein detektivischer Instinkt, jedenfalls begann er sich näher mit dem Fall Kampusch zu befassen. »Für mich liegt der Schlüssel in der Familie, bei der Mutter«, behauptet er. Aus seiner Erfahrung deutet er die aktenkundigen Auseinandersetzungen zwischen Natascha und ihrer Mutter, die Gewichtszunahme des Kindes und das Bettnässen als Indizien für sexuellen Missbrauch und den Versuch, aus der Situation zu entkommen. In Schreiben an die Wiener Polizei, das Innenministerium und das Justizministerium formuliert Wabl, dass Brigitte Sirny »mit an Sicherheit grenzender Wahrscheinlichkeit« etwas mit dem Verschwinden des Mädchens zu tun habe und er Untersuchungen anrege. »Geschehen ist einige Zeit lang gar nichts«, sagt Wabl dazu. Das dicke Ende für ihn kam erst später.

Nackt in Reitstiefeln

Dann geschah etwas, das Wabl zu bestätigen schien: Im April 1998 wurde in der Öffentlichkeit bekannt, dass ein Journalist die Polizei darauf hingewiesen habe, dass im Fotoalbum von Nataschas Mutter Nacktfotos des Kindes eingeklebt seien. Eine Bilderserie zeigte das nackte Mädchen in Reitstiefeln, mit einer Reitgerte in der Hand, in einer zweiten präsentierte sie sich nackt im Bett, eine Pelzstola um die Schultern. Natascha war zum Zeitpunkt der Auf-

nahmen etwa fünf Jahre alt, fotografiert hat die ältere Halbschwester Claudia.
Die Bilder wurden auch dem bekannten Wiener Kinderpsychiater Univ.-Prof. Dr. Max H. Friedrich vorgelegt. In einem 21-seitigen Gutachten für den Untersuchungsrichter hält er die Bilder zwar als »für das Mädchen bedenklich«, sie ließen »aber keinen Schluss auf kinderpornografische Ausbeutung beziehungsweise sexuellen Missbrauch zu«. »Die Beziehung zwischen Mutter und Tochter wird als problematisch einzustufen sein, wobei dabei auffällt, dass die Kindesmutter ein relativ kühles, distanziertes, eher sich selbst entschuldigendes und nicht unbedingt warmherziges Verhalten an den Tag legt«, notiert der Psychiater in seinem Gutachten.
In seiner Expertise berichtet der Psychiater auch von »regelmäßigen Besuchen der Mutter in einem Fitnesscenter«. Natascha wurde dabei mitgenommen und während Brigitte Sirny etwa zwei Stunden lang die Sauna und das Solarium frequentierte, sollte das Mädchen im Fitnesscenter seine Aufgaben machen. Hier hätte Natascha »neue Kontakte« knüpfen können, von denen die Mutter nichts erfahren hätte, schrieb der Psychiater. Neue Kontakte vielleicht mit Personen, die sie später entführt haben?
Friedrich schließt auf Grund seiner Untersuchungen und der polizeilichen Ermittlungen sowohl einen Selbstmord als auch einen Unfall aus. Dann listet er weitere Möglichkeiten auf: »Ein allfälliges Fortlaufen auf Grund der familiären Spannungssituation erscheint als Trotzhandlung durchaus möglich, jedoch ist ein gezieltes Fortlaufen zu Bekannten oder Verwandten mit an Sicherheit grenzender Wahrscheinlichkeit auszuschließen, da niemand ein in Österreich, in Ungarn und von der Interpol gesuchtes Mädchen beherbergt. Eine gewaltsame Entführung hinterlässt üblicherweise Spuren, zumal sich ein Mädchen von der körperlichen Konsistenz von Natascha mit Sicherheit zur Wehr zu setzen sucht. Nicht auszuschließen ist ein alterstypisches Neugierdeverhalten, in dem Natascha in eine Situation gelockt wurde, die zur Gefahr einer Entführung, der Verführung und sogar zur Gefahr eines Verbrechens geführt hat. Bleibt zuletzt weiterhin die Variante, dass Natascha bereits durchaus mit einer Täterpersönlichkeit bekannt war und die Situation genützt hat, gleichsam der ›Mutter eins auszuwischen‹. Dass das Mädchen dabei in die Hände eines Kriminellen

gefallen ist, kann aus kinderpsychiatrisch-psychologischer Sicht weder erhärtet noch ausgeschlossen werden.«

Wahrsager und Pendler

Das Verschwinden von Natascha Kampusch ruft wie immer in solchen Fällen Hellseher und auch jede Menge Psychopathen auf den Plan. Nataschas Vater wird am Handy laufend mit offenbar absichtlich falschen Informationen gequält. »Ich bin tausende Kilometer mit meinem Wagen quer durch Europa gefahren, immer wieder gab es Hinweise, denen ich nachgehen wollte«, berichtet er. Der Kärntner Wahrsager Franz Plasch behauptete steif und fest, das Mädchen sei bereits am Tag nach seinem Verschwinden ermordet und auf der Kreuzlwiese in Mauerbach westlich von Wien verscharrt worden. Eine Pendlerin wieder ist ebenso sicher, dass Natascha noch lebt.

In einem Artikel im Wiener »Kurier« heißt es darüber: »In der Wohnung von Grete Fellner schaut es keineswegs mystisch aus. Vor der Durchreiche zur Küche gibt es das, was man landläufig ein Esseck nennt, und an der langen Wand steht eine Couch. Alle Lampen und auch der Deckenluster sind hell erleuchtet. Im Fernsehen läuft eine Musikshow. Aber Frau Fellner lässt sich von der Wohnzimmernormalität nicht beirren. Mit gesenktem Kopf sitzt sie vor einem Bild von Natascha – und ist konzentriert. In den Händen hält sie ein Pendel. Und das sagt: ›Die Kleine ist von einem Mann entführt worden. Doch sie ist nicht verletzt – und sie wird bald zurückkommen.‹ Die verzweifelten Eltern wollen der Dame so gern glauben.«

Doch Natascha kam nicht zurück. Im Wiener Sicherheitsbüro ist man weiterhin ratlos. Dort hat man alle denkbaren Ermittlungsmethoden ausgeschöpft, auch Hinweise der Wahrsager überprüft. Man wollte durch derartige Untersuchungen allen künftigen Vorwürfen, man habe etwas ignoriert, die Spitze nehmen. Eine Theorie wird vorsichtig und hinter vorgehaltener Hand geäußert: »Natascha ist einem Irren in die Hände gefallen, der sie umgebracht und die Leiche in die Donau geworfen hat. Die führte damals Hochwasser, alle Schleusen waren geöffnet ...«

Ende Oktober 1998 halten die Mutter Brigitte Sirny und der Vater Ludwig Koch wieder eine Pressekonferenz in ihrer Wohnung ab.

Genau 233 Tage nach Nataschas Verschwinden richten sie einen Appell an einen möglichen Entführer oder Mörder. »Sag uns, wo sie ist«, sprechen sie in Mikrofone und vor Kameras. Sie erklären arbeitsunfähig zu sein und vor dem finanziellen Ruin zu stehen.

Ein Täter im Netz
Inzwischen wurde auch der zu medialem Ruhm gekommene Kriminalpsychologe Thomas Müller in den Fall eingeschaltet. Er hatte einige Zeit zuvor bei der Aufsehen erregenden Fahndung nach einem Attentäter, dem Briefbombenanschläge vorgeworfen worden waren und der mittels einer Rohrbombe vier Menschen getötet hatte, ein Täterprofil erstellt, das zur Entlarvung von Franz Fuchs aus Gralla in der Steiermark als Täter beitrug. Da der Grund des Verbrechens im Fall Natascha Kampusch unbekannt ist, würde diese Methode versagen, doch konnte man mit Hilfe des aus Kanada importierten Computerprogramms VICLAS (Violence Crime Linkage Analysis System) ähnliche Kriminalfälle aus den Archiven herausfiltern. Müller: »Wir haben alle einschlägige Delikte seit 1975 gespeichert.«
Der Computer warf zehn Fälle aus, wo Kinder zwischen drei und 15 Jahren beiderlei Geschlechts im Freien angesprochen oder entführt worden waren: neun Fälle aus Österreich, einen aus Bayern; nur zwei davon sind ungeklärt. Die ausgeforschten Täter von damals wurden auch im Fall Natascha überprüft. Dabei ging ein 37-jähriger Mann aus dem niederösterreichischen Korneuburg ins Netz, der Kinder für Sex-Fotos posieren hatte lassen. Mit dem Fall Natascha hatte aber auch er nichts zu tun.
Müller zufolge treffen Täter bestimmte Entscheidungen immer wieder, etwa was die Auswahl der Opfer, des Tatortes oder den Zeitpunkt des Zuschlagens betrifft. Bei Natascha helfe diese Erkenntnis aber nicht weiter, da man zu wenig Anhaltspunkte habe. Ebenso wenig half es, die Kinderpornoskandale aus Belgien zu überprüfen. Einzige Erkenntnis: Polizisten und Politiker waren dort eifrig bemüht, das Geschehen zu verniedlichen oder gar zu vertuschen.
Zwei Jahre nach dem Verschwinden von Natascha Kampusch im März 1998 tritt Privatdetektiv Walter Pöchhacker wieder ins Rampenlicht der Öffentlichkeit. Er habe herausgefunden, wo sich das

Mädchen befinde, behauptete er. Besser gesagt: wo man die Leiche Nataschas finden könne. Eine aufgeschüttete Uferböschung an einem Schotterteich nördlich von Wien sei zum Grab des ermordeten Kindes geworden. Damit am »Tatort« nichts verändert werden könne, habe er einen Kollegen als Wächter eingeteilt. Dieser behalte – für die TV-Kameras – mit Feldstecher und Pistole bewaffnet alles im Auge. Ein paar Hasen habe er gesehen, sagt er, aber nichts Verdächtiges.

Die Wiener Polizei wollte der Anregung Pöchhackers, das Teichufer aufzugraben, nicht nachkommen und spielte den Ball an das Gericht weiter, das ebenfalls keinen hinreichenden Grund für eine derartige Maßnahme sah. Pöchhacker aber meint immer noch, sowohl das Grab von Natascha als auch die beiden Täter zu kennen.

Streife im Internet

Drei Jahre nach dem Verschwinden von Natascha Kampusch beginnt die Polizei 2001 mit einer »Streife im Internet«. Die in Kassel (Deutschland) ansässige Gesellschaft »Cobion« hat ein Gesichtserkennungsprogramm entwickelt, mit dessen Hilfe die superschnellen Rechner des Unternehmens auf einschlägigen Internetseiten nach vermissten Kindern suchen.

Das Programm war ursprünglich entwickelt worden, um Markenartikel oder Fälschungen aufzuspüren, die im Internet angeboten werden. Als »soziale Hilfe« bietet Cobion Behörden und privaten Kindersuchdiensten an, monatlich nach drei Abgängigen zu suchen. Die Fotos der Abgängigen werden mit 50 Millionen Bildern auf Pornoseiten oder Seiten mit Adoptionsangeboten im Netz verglichen. Die Kosten von etwa 2.500 Euro pro Fall trägt Cobion. Durch das Suchprogramm wird das Gesicht des Kindes »vermessen« – etwa der Abstand zwischen den Augen, zwischen Nase und Mund sowie andere Merkmale, die sich auch im Laufe der Jahre nicht ändern – und ein mathematischer Code erstellt, der für die Suche notwendig ist. Der Rechner prüft nun, ob es im täglich ergänzten Cobion-Archiv Gesichter mit einem identischen oder ähnlichen Code gibt.

Eine zusätzliche Hilfe soll ein Computerverfahren namens »Aging« bieten. Dieses Programm wird mit den Jugendfotos der leiblichen Eltern und der Halbschwestern von Natascha gefüttert.

Mit diesen Daten lässt der Computer ein Bild entstehen, das das Mädchen in seinem heutigen Aussehen zeigen könnte. Dieses System kommt aus der Denkfabrik des FBI, der amerikanischen Bundespolizei. Ausgewertet werden die Daten an der Polizeihochschule Schwenningen in Baden-Württemberg. Das Ergebnis, das die Experten aus dem Computer herausholen, ist verblüffend: Natascha als heranwachsende Frau, dem Jugendbildnis der Mutter zum Verwechseln ähnlich. Mit diesen Daten kann die Polizei jede weitere Spur verfolgen. Doch auch diese Suche bleibt erfolglos. Ein weiterer Strohhalm hat sich als nicht tragfähig erwiesen.
Das wöchentliche TV-Magazin »Thema« im Österreichischen Rundfunk (ORF) berichtete in den beiden ersten Monaten nach dem Verschwinden von Natascha Kampusch fünfmal über den Fall. Immer wieder wurden die Mutter und der Vater interviewt, immer wieder beteuerte der zuständige Polizeioffizier Gerhard Haimeder, dass man keine Anhaltspunkte habe. In der Folge berichtet »Thema« noch achtmal über Natascha. Auch am ersten Jahrestag des Verschwindens, am zweiten und am dritten Jahrestag. Im März 2002, dem vierten Jahrestag, scheint das Interesse der Redaktion erloschen, Kampusch ist kein Thema mehr für »Thema«.

Richter vor Gericht
Inzwischen hatten die Behörden auch auf die Faxnachrichten des steirischen Richters Martin Wabl reagiert, in denen er seinen Verdacht gegen Nataschas Mutter Brigitte Sirny äußerte. Allerdings nicht in dem von Wabl erhofften Sinn, sondern im Gegenteil: Die Polizeidirektion Wien erstattete gegen ihn Anzeige wegen Verleumdung.
»Das musste in die Hose gehen, denn Voraussetzung für eine Verleumdung ist eine bewusst falsche Verdächtigung, wobei die Betonung auf ›bewusst‹ liegt«, meint sachkundig Richter Wabl. Tatsächlich wurde das Strafverfahren eingestellt. Zuvor jedoch hatte sich Wabl einer psychiatrischen Untersuchung unterziehen müssen, ob er überhaupt zurechnungsfähig sei. Er sei zwar »ein Pedant«, aber geistig in Ordnung. Mit Galgenhumor meint Wabl zu diesem Gutachten: »Ich bin wahrscheinlich der einzige Richter in Österreich, der es schwarz auf weiß hat, geistig in Ordnung zu sein.«

Im Zuge der Erhebungen wegen der Verleumdungsanzeige der Wiener Polizei gegen Wabl war dieser auch von der Gendarmerie befragt worden und hatte dabei ein interessantes Dokument in den Akten gesehen – einen Strafregisterauszug von Nataschas Mutter. Darin stand: »Brigitte Sirny, geboren 25. 3. 1950, identisch mit Brigitte Siersch.« Wabl wunderte sich: Was sollte das heißen, hatte die Frau ihren Namen geändert, war sie vielleicht noch einmal verheiratet, war es ein Künstlername?

Er begann neuerlich zu recherchieren und fand heraus, dass eine Frau Brigitte Siersch Grundstücke und eine Wohnadresse in der niederösterreichischen Gemeinde Moorbad Harbach in der Nähe der tschechischen Grenze besaß. »Ich habe mich dort umgesehen, es könnte ja sein, dass Natascha in dieser abgelegenen Gegend versteckt wurde. Doch die Gendarmerie erklärte mir, dass Frau Siersch aus dem Waldviertel nichts mit Frau Sirny aus Wien zu tun habe. Eine mysteriöse Angelegenheit.« Auch den Autoren gegenüber erklärte Frau Siersch, die übrigens ein anderes Geburtsdatum als Nataschas Mutter hat, keinerlei Beziehung zu der Familie der Verschwundenen zu haben. »Ich kenne den Fall nur aus den Zeitungen«, sagt sie.

Wabl stand nicht nur vor einem neuen Rätsel, auch ein neuer Prozess gegen ihn begann. Nataschas Mutter hatte auf Grund der in den Faxnachrichten an die Ministerien erhobenen Beschuldigungen gegen sie Zivilklage auf Unterlassung und Widerruf eingebracht. Wieso sie überhaupt, trotz Amtsverschwiegenheit, von diesen Nachrichten erfahren hat, ist ein Rätsel.

Am 10. September 2001 wurde darüber im steirischen Bezirksgericht Fürstenfeld, ein paar Meter von seiner Wohnung entfernt, der Prozess gegen Wabl geführt. Die lokale TV-Sendung »Steiermark heute« berichtete darüber ausführlich – so oft kommt es ja nicht vor, dass ein Richter vor Gericht steht. Sogar im Internet veröffentlichte der ORF einen Beitrag, in dem es hieß: »Wabl wirft der Mutter von Natascha vor, dass sie etwas mit dem Verschwinden des Mädchens zu tun habe. ›Wir werden den Kriminalfall nicht lösen können‹, sagte die Richterin gleich zu Beginn der Verhandlung. Dennoch steht das Verschwinden der zehn Jahre alten Natascha Kampusch im Mittelpunkt des Gerichtsverfahrens. Sogar der bekannte Wiener Kinderpsychologe Max Friedrich wurde in

den Zeugenstand gerufen. Er hat vor Jahren ein Gutachten im Fall Kampusch erstellt.« In dem Bericht wird dann die Aussage Friedrichs zitiert: »Das Mädchen muss seinen Täter gekannt haben, aber es gibt keinen Hinweis dafür, dass die Mutter mit der Entführung ihrer Tochter etwas zu tun hat.« Weiter im Bericht des ORF: »Wabl glaubt, die Mutter habe das Mädchen für Kinderpornos herangezogen, und als Natascha ihr Schweigen brechen wollte, habe die Mutter ihre Tochter verschwinden lassen. Wabl glaubt, dass Natascha noch am Leben ist. Die Mutter wies heute vor dem Bezirksgericht alle Anschuldigungen zurück. In keiner Weise sei ihre Tochter sexuell missbraucht worden, man habe ein normales Familienleben geführt.« Die Richterin folgte den Anträgen von Brigitte Sirny und verurteilte Wabl, seine Vorwürfe zu widerrufen und künftig zu unterlassen. »Natürlich habe ich Berufung eingelegt. Ich hoffe, den Fall noch klären zu können.«
Dazu macht er Innenminister Ernst Strasser ein ungewöhnliches Angebot: Man möge ihn als »Sonderermittler« bestellen. »Schließlich hat man in den USA ja auch Kenneth Starr als Sonderermittler in der Causa Bill Clinton – Monika Lewinsky eingesetzt«, zieht Wabl einen kühnen Schluss und verspricht: »In drei Wochen hätte ich das Verschwinden von Natascha Kampusch aufgeklärt.« Doch Wabls Angebot blieb ohne offizielles Echo.
Am 7. Mai 2002 sitzt der Richter wieder auf der Bank des Beklagten. Vor dem Oberlandesgericht Graz findet die Verhandlung über die von Wabl eingebrachte Berufung gegen das Ersturteil vom September des Vorjahrs statt. Der Anwalt von Nataschas Mutter hat sich die Reise in die steirische Landeshauptstadt erspart. »Um Kosten zu sparen«, wie es in einem Fax an das Gericht heißt. Die Verhandlung vor Richter Reinhard Klepeisz dauerte nur wenige Minuten, das Urteil wird ein paar Wochen später schriftlich verkündet: Wabls Berufung wird abgelehnt, er muss seine Vorwürfe widerrufen. Er hätte damit rechnen müssen, dass seine Anschuldigungen trotz Amtsverschwiegenheit in der Öffentlichkeit – und daher auch Nataschas Mutter – bekannt werden. Ein Trost für Wabl: Er muss den Widerruf nicht veröffentlichen. Der Wermutstropfen: Die Gerichtsverfahren kosteten ihn mehr als 5.000 Euro. Schließlich entschied auch im Herbst 2002 der als letzte Instanz angerufene Oberste Gerichtshof gegen Wabl.

Neue Perspektiven gesucht
Rätsellöser kennen das Problem bei Fixierbildern: Wenn man partout die im Geäst eines Baumes versteckte Figur nicht und nicht finden kann, hilft oft der Trick, das Bild zu drehen, um so eine neue Perspektive zu finden. Nach dieser Methode geht man auch bei komplizierten Kriminalfällen vor. Wenn die Ermittler nach Jahren nicht mehr weiterkommen, vielleicht schon betriebsblind geworden sind, wird eine andere Polizeigruppe beauftragt, den ganzen Fall vom Ursprung an neu aufzurollen. So geschah es auch im Sommer 2002: 40 dicke Aktenordner mit allen Erhebungsunterlagen im Zusammenhang mit dem Verschwinden von Natascha Kampusch vor viereinhalb Jahren wurden vom Wiener Sicherheitsbüro einer Sonderkommission der burgenländischen Gendarmerie übermittelt. Wird sie etwas Neues im rätselhaften Fixierbild erkennen?

Untergetaucht auf dem Weg in die Klinik

Sechs Monate lang, ab April 1997, sahen die Milchpäckchen der Molkerei Stainz in der südlichen Steiermark anders aus als sonst. Keine glücklichen Kühe, keine Almen waren auf den Packungen zu sehen, stattdessen ein Jungmädchengesicht und eine Personenbeschreibung: Als letzten Ausweg hatte der Vater durchgesetzt, dass auf diesem Weg nach seiner seit zwei Jahren vermissten Tochter Tamara Lilleg aus einer kleinen Gemeinde im Bezirk Feldbach gesucht wird. Die Aufsehen erregende Aktion brachte allerdings keinen Erfolg.
Tamara dürfte Probleme in der Schule gehabt haben und die Eltern brachten sie auf Empfehlung der Fürsorgebehörde zu einer ambulanten Therapie in die Landesnervenklinik. In dieser Zeit lernte das Mädchen einen wesentlich älteren Angestellten ihres Vaters kennen, dem sie sich eng anschloss und der sie auch zeitweise bei sich aufnahm. Ärger in der Familie war die Folge und es hagelte Anzeigen gegen den sofort entlassenen Mann. »Entziehung einer Minderjährigen aus der Macht der Erziehungsberechtigten« heißt das im Juristendeutsch.
Die Krise aber dauerte an. Tamara wurde stationär in die Klinik

aufgenommen, riss von dort jedoch aus und suchte in der Privatordination ihrer Therapeutin Hilfe. »Ich bringe dich wieder ins Krankenhaus zurück«, meinte die Ärztin und packte das Mädchen in ihr Auto. Vor dem Eingang setzte sie ihre Patientin ab. Das war am 21. April 1995.

Die damals 15-jährige Tamara aber ging nicht in die Klinik, sondern verschwand spurlos. Vater Alfons Lilleg verdächtigte sofort seinen ehemaligen Angestellten, mit dem Verschwinden in Zusammenhang zu stehen. Er beobachtete tagelang dessen Haus, klapperte mit dem Foto seiner Tochter die Nachbarschaft ab, machte die Polizei auf das Vorleben des Mannes aufmerksam, der schon einmal einer Minderjährigen Unterschlupf gewährt hatte. »Es gibt keine Beweise gegen den Mann«, stellten die Kriminalisten nach ihren Erhebungen fest.

War Tamara freiwillig verschwunden, aus der für sie offenbar gar nicht so »heilen Familienwelt« entflohen? Oder wurde sie Opfer eines Verbrechens? Wie so oft gab es keine weiterführenden Hinweise, verstrich Tag für Tag, Monat für Monat, ohne dass eine Spur des Mädchens gefunden werden konnte. Auch die Milchpäckchen-Fahndung mit Hilfe der Stainzer Molkerei brachte kein Ergebnis.

Richter Wabl mobilisiert

Durch einen Zufall wurde der im Fall Natascha Kampusch emsig tätige Fürstenfelder Richter Martin Wabl Anfang 1999 auf den Fall Lilleg aufmerksam. »Ich habe mir damals die von der Caritas in Graz herausgegebene und häufig von Schwarzafrikanern vertriebene Zeitschrift ›Megafon‹ gekauft, weil auf der Titelseite ein Bild von Natascha abgedruckt war. Im Blattinneren wurde über andere vermisste Kinder berichtet, auch über Tamara Lilleg. Das hat mich sehr interessiert und so habe ich die Familie besucht«, erinnert sich Wabl in einem Gespräch mit den Autoren.

Die Eltern schilderten die Ereignisse und der jetzt wirklich zum »Bullen von Fürstenfeld« mutierte Wabl bot sich an, das Mädchen zu finden. »Mir war sonnenklar, dass Tamara bei dem Burschen zu finden sein muss, der sie schon ein paar Mal bei sich aufgenommen hat.« Er informierte – auch im Namen der Eltern – die Staatsanwaltschaft in Graz, der Untersuchungsrichter stellte einen

Hausdurchsuchungsbefehl aus und Tamara Lilleg wurde fast vier Jahre nach ihrem Verschwinden im März 1999 im Haus des betreffenden Mannes in Graz gefunden. »Das Mädchen hatte eine hochgradige Sehstörung, weil sie kaum ins Freie gekommen war und an Sauerstoffmangel litt, das Kiefer war vereitert, weil sie nicht zum Zahnarzt durfte«, beschreibt Wabl den Zustand der mittlerweile großjährig gewordenen Tamara Lilleg.
Der Polizei erzählte sie, dass sie im Elternhaus gelitten habe und deshalb ausgerissen sei. Sie habe zuerst bei einem Mann in Wien gelebt, dann als Haushälterin bei einer Familie in Deutschland gearbeitet. »Die Namen sage ich nicht, ich will nicht, dass die Leute, die mir geholfen haben, Schwierigkeiten bekommen«, weigerte sich Tamara Lilleg nähere Angaben zu machen.
Der regionalen »Kleinen Zeitung« schüttete sie dann ihr Herz aus: »Alle haben immer nur an meine armen Eltern gedacht, die ihre Tochter suchen, aber niemand hat sich wahrscheinlich gefragt, was wirklich in der Familie los war.« Die Zeitungen aber haben damals offenkundig auch nicht nachgefragt, warum ein Amateur die Behörden auf eine so offenkundige Spur bringen musste und wie großzügig man auch später mit dem Entführer umging. »Nicht die Eltern haben eine Verständigung der Justiz bekommen, dass ein Strafverfahren unterbleibt, nur ich wurde davon benachrichtigt«, zieht Wabl bitter Bilanz.
Die ungewöhnliche Abnabelung der Tochter von ihren Eltern hinterließ bei diesen tiefe Wunden. »Was haben wir falsch gemacht?«, fragten sie sich, als Tamara verschwand, und sie fragten es sich wieder, als diese zwar gefunden, für sie aber für immer verloren war.

Ein Tonband und eine makabre Zeichnung zum Abschied

Viele Jugendliche, die von einem Tag auf den anderen verschwinden, sind Ausreißer. Sie verlassen das Elternhaus, wie eben Tamara Lilleg, oder fliehen aus Erziehungsheimen oder Internaten. Oft spielt dabei, wenn auch unbewusst, das Motiv mit, die Eltern zu ärgern, zu kränken oder Rache zu üben. Oft ist diese Flucht auch der erste Schritt zum Selbstmord, wird auch als solcher angekündigt. So jedenfalls tat es der in Wien lebende Mirko Bandic.

Als der groß gewachsene Bub eine Woche vor seinem 17. Geburtstag am 15. März 1995 nicht wie immer mittags pünktlich von der Schule nach Hause kam, machten sich seine aus Ungarn stammenden Eltern vorerst keine Gedanken. Vielleicht hat er sich verplaudert, was zwar nicht seine Art war, aber was weiß man schon bei einem Teenager? In seinem Zimmer fand die Mutter schließlich ein Tonband – beschriftet mit »GAMEOVER« – und eine Zeichnung, die eine Person zeigt, die von einer Brücke ins Wasser springt. Die Alarmglocken in ihrem Kopf begannen wie verrückt zu klingeln, sie lief zur Polizei.
Als der englisch gesprochene Text des Tonbandes abgehört wurde, stand für die Polizeibeamten fest: Es war die Ankündigung eines Selbstmordes! Das Band enthielt eine Art Abschiedsrede, in der Mirko mitteilte, dass er mit einem Rucksack voller Steine von der Reichsbrücke in die Donau springen werde. Seinen Computer vermache er einem Freund namens Bozdan, sagte er dann noch.

Mirko Bandic besuchte die vorletzte Klasse der Internationalen Schule in Wien. Er war einer der Begabtesten, beherrschte drei Sprachen und galt bei Lehrern und Mitschülern als Computer-Koryphäe. Doch immer wieder erzählte er, dass er mit der Schule aufhören wolle, bei seinen Eltern jedoch auf taube Ohren stoße. Sie bestünden darauf, dass er die Matura mache.
»Dieser Fall ist sehr bald auf meinem Schreibtisch gelandet, weil Bandic minderjährig war«, erinnert sich Christian Mader, damals der Abgängigenreferent des Wiener Sicherheitsbüros. Der Vierziger sieht aus, wie Kriminalbeamte auszusehen haben: unauffällig, ruhig, kein Fahnder aus dem Fernsehmilieu. »Die Mutter war völlig verzweifelt und wollte alles unternehmen, um ihren Buben wieder zu finden. Anfangs deutete tatsächlich vieles auf einen Selbstmord hin, vor allem die Zeichnung und das Abschiedstonband«, betont der Polizeibeamte.

Plakat am Autofenster

Die Abgängigkeitsmeldung samt einer Beschreibung von Mirko Bandic wurde ins Internet gestellt: »183 cm groß, ca. 65 kg schwer, dunkelbraune Haare, aufgestülpte Nase, sehr großer Mund und sehr kleine, anliegende Ohren. Bekleidet war er zuletzt mit Bluejeans und dunkelgrüner Jacke.« Reaktionen auf die Fahndung: Null. Nach einem Monat wurde die Abgängigkeitsmeldung daher wieder aus dem Netz genommen.

Die stromabwärts gelegenen Donauuferstaaten wurden per Interpol ersucht, Wien bei »Auffindung von unbekannten männlichen Leichen« zu verständigen. Tatsächlich meldete im Juni 1996 die slowakische Polizei den Fund einer angeschwemmten Leiche am Donauufer, doch gab es keine Anzeichen dafür, dass es sich um Bandic handeln könnte.

Kazimiera Bandic, die Mutter des Verschwundenen, klebte ein selbst gefertigtes Fahndungsplakat auf die Fenster ihres Autos und fuhr bewusst quer durch Wien; dabei ließ sie ihren Wagen überall längere Zeit stehen. Als ihr jemand den Floh ins Ohr setzte, ihr Sohn könnte vielleicht in die deutsche Drogenszene geraten sein, fuhr sie nach München – mit dem Auto und dem Fahndungsplakat auf den Seitenscheiben. Sie bettelte in der österreichischen TV-Talk-Sendung »Schiejok täglich« um Hinweise und trat auch in der SAT-1-Show »Bitte, melde dich« auf. Doch alles war vergebens. Kurz berichtet auch die Wiener Tageszeitung »Kurier« über den Verschwundenen und zitiert den Vermisstenreferenten Christian Mader des Sicherheitsbüros: »Mirko ist sehr intelligent. Das alles ist zu exakt vorbereitet. Der Fall riecht nach einem Aussteiger.«

Im Gespräch mit den Autoren begründet Mader seine Meinung: »Im Laufe der Gespräche mit den Eltern kam zu Tage, dass der Bub von seiner Mutter in einem Übermaß umsorgt wurde. Jugendliche in diesem Alter können das in der Regel nur schwer verkraften. Wie eine Glucke ist sie auf dem Buben gesessen. Meiner Meinung nach könnte dies das Motiv für das Verschwinden von Bandic gewesen sein. Im Zuge der Erhebungen sind wir dann auf einen Freund Mirkos gestoßen, den Sohn eines Diplomaten aus der gleichen Eliteschule. Mit ihm hat Mirko, kurz bevor er verschwunden ist, noch telefoniert und wir vermuten, dass der Schulfreund mehr über das Verschwinden weiß, als er uns erzählte. Ich nehme stark an, dass es Mirko gelungen ist, sich ins Ausland abzusetzen. Er war ein Superprofi am Computer und es ist durchaus möglich, dass er heute vielleicht unter falschem Namen bei einem

Konzern als Spezialist arbeitet. Mirko hätte dann überhaupt keine finanziellen Probleme, um gut und in Freiheit zu leben. Vielleicht dauert es noch zehn, zwanzig oder dreißig Jahre und man kommt ihm dann durch puren Zufall auf die Spur.«

Mader erinnert sich an einen ähnlichen Fall: »Eine Mutter hat ihren Sohn als abgängig gemeldet. Die Frau war schon älter und gebrechlich, ihr Sohn, an die vierzig Jahre alt, hat als Spezialist bei einem Computerkonzern gearbeitet. Lange haben wir nicht gewusst, was mit diesem Mann passiert ist. Zufällig sind wir dann auf Flugtickets gestoßen, ausgestellt nach einer deutschen Stadt. Ich habe dort bei den großen Computerfirmen angerufen und den Mann, der bei uns als vermisst gemeldet war, einfach am Telefon verlangt. Die Dame am anderen Ende der Leitung hat verbunden – und der Vermisste war tatsächlich am Apparat. Er wusste gar nicht, dass seine Mutter Abgängigkeitsanzeige erstattet hatte. Dann hat er mir erzählt, warum er untergetaucht ist. Er habe sehr unter seiner Mutter gelitten, für die er nie erwachsen wurde, er wurde durch ihre übertriebene Obsorge gequält. Als er das nicht mehr ertrug, ist er praktisch über Nacht einfach abgefahren und hat sich auch nicht bei der Mutter gemeldet.«

War auch Mirko zu sehr behütet, so umsorgt, dass er es nicht mehr aushielt? Seine Mutter Kazimiera will das nicht glauben. Sie klammert sich immer noch an den Strohhalm, dass er zwar ausgerissen, ihm aber nichts passiert sei: »Vielleicht ist er mit dem Pass eines Freundes über die Grenze und er lebt noch.«

»Er lebt sicher noch«, ist die Mutter eines anderen Buben überzeugt, der ebenfalls einen Abschiedsbrief hinterließ. Er verließ sein Internat und ward seither nicht mehr gesehen.

»Er kommt sicher zurück – aber wann?«

Jeden Dienstagabend sitzen in einem Kellerstüberl des Restaurants »Zur Lokomotive« in der oberösterreichischen Landeshauptstadt Linz etwa ein Dutzend Gäste bei anspruchsvollen Gesellschaftsspielen zusammen, machen Tarockpartien oder würfeln. Es geht nicht ums Geld, man spielt zum Zeitvertreib. Seit einiger Zeit ist auch Brigitte Rohrhuber, 43, regelmäßig dabei. Die wesentlich jünger wirkende geschiedene Frau, die ihr volles, kastanienbraunes Haar zu Stirnfransen gekämmt trägt, kam zu der Gruppe, weil sie Ablenkung suchte: Ihr 17-jähriger Sohn Markus ist am 11. Mai 2000 aus einem Internat in Hallstatt verschwunden. Alle Suchaktionen verliefen ergebnislos. »Ich kann nur warten. Warten, bis er zurückkommt«, sagt sie ganz ruhig. Dass er das vielleicht gar nicht kann, weil er tot ist, daran verschwendet sie keinen Gedanken. Zumindest lässt sie sich nichts dergleichen anmerken.

Nach dem Besuch der Hauptschule wollte der Sohn die Höhere Lehranstalt für Möbelbau und Inneneinrichtung in Hallstatt besuchen. An einem »Tag der offenen Tür« besichtigte man die Schule, sie gefiel Markus und seiner Mutter, er wurde auch ins Internat aufgenommen. Das erste Jahr endete mit zwei Nachprüfungen, in Englisch blieb es bei einem Fleck. »Probier's noch weiter, wenn es nicht klappt, kannst du immer noch etwas anderes machen«, meinte die Mutter. Markus blieb – jedenfalls bis zum Donnerstag, dem 11. Mai 2000.

Am Abend dieses Tages ruft der Internatsleiter bei Frau Rohrhuber an. Ob der Bub vielleicht, ohne sich abzumelden, nach Hause gefahren sei? Beim Frühstück war er noch im Internat, zum Unterricht sei er nicht gekommen, im Zimmer sei er auch nicht. Wenn er nicht zu Hause sei, müsse Abgängigkeitsanzeige erstattet werden. Doch auch in der Wohnung in Linz ist er nicht. Brigitte Rohrhuber ruft ihren geschiedenen Mann Fritz an, sagt, was passiert ist, und beide wollen am nächsten Tag nach Hallstatt fahren.

Am späten Donnerstagabend ruft der Internatsleiter nochmals bei Brigitte Rohrhuber an. Man habe im Spind von Martin einen Brief an seine Mutter gefunden, einen Abschiedsbrief. »Ich habe nicht so gelernt, wie ich es sollte, ich kann dir nicht mehr in die Augen schauen. Ich bin es nicht mehr wert, dein Sohn zu sein. Ich lege meinen Namen ab und gehe. Mach dir keine Sorgen, ich werde mich schon durchschlagen.« Unterschrieben hat Markus den Brief mit »irgendjemand«.

Brigitte Rohrhuber führt ein Tagebuch; in ihren Computer tippt sie ein, was so im Laufe des Tages geschehen ist. Die Eintragung vom 12. Mai 2000 lautet:

»Nach einem Anruf beim Internat erfahre ich, dass Markus am

frühen Morgen in der Nähe des Internats gesehen wurde. Um 9.30 Uhr Ankunft in Hallstatt. Treffe einen Gendarmen, der mich gleich wegen des Protokolls auf den Posten mitnimmt. Einige Schüler haben sich für die Suche nach Markus freistellen lassen. Auch Lehrer und Erzieher suchen nach ihm. Leider ist Hallstatt für Verstecke sehr geeignet. Viel Wald und viele Hütten. Mein Ex-Mann ist auch gekommen. Wir suchen mit. Wir treffen um 13.00 Uhr wieder beim Internat ein und werden gefragt, ob wir etwas zum Essen möchten. Der Koch hätte sicher vom Mittag etwas übrig. Wir bedanken uns und nehmen die Einladung an. Nach dem Essen wollen wir noch weitersuchen. Doch leider hat es stark zu regnen angefangen. Fritz und ich sitzen draußen vor dem Internat und warten, dass es aufhört zu regnen. Leider ist dem nicht so. Um ca. 16.00 Uhr erzählt ein Schüler, dass bei St. Georgen eine Mure abgegangen ist und die Straße deshalb gesperrt ist. Wir gehen wieder hinein und warten dort. Um ca. 17.00 Uhr kommt ein Gendarm vorbei, der sich nach dem letzten Stand der Dinge erkundigt. Leider hat auch er nichts Neues zu berichten. Er sagt, in einer Stunde wäre die Straße wieder frei. Ich fahre dann zu meinen Eltern in Linz.«
Bei einem Gespräch mit den Zimmergenossen von Markus erfährt Brigitte Rohrhuber, dass ihr Sohn »sehr gelungene« Aquarelle und Zeichnungen von Hallstatt gemacht habe. Kein einziges Bild war mehr da. Die Vermutung taucht auf, dass er sie verkauft und damit sein Budget aufgefettet haben könnte.

Ausreißer aus Zeugnisangst
Am Sonntag ist Muttertag, der erste ohne Markus. Brigitte Rohrhuber erforscht ihr Gewissen. Hat sie etwas falsch gemacht? Ihrem Sohn zu viel Freiheit gegeben oder zu wenig? Womit hat sie sich diese Undankbarkeit verdient, ganz einfach wegzugehen, und das ein paar Tage vor dem Muttertag? Hatte sie zu wenig Zeit für ihn gehabt, hat man zu wenig miteinander gesprochen? Was weiß sie denn eigentlich über ihn? Ein Einzelgänger war er schon immer, verschlossen, alles musste sie aus ihm herausziehen. Sie stöbert in seinem Computer und findet die E-Mail-Adresse eines Mädchens in Wien, mit dem Markus gechattet hat. In der Ablage ist auch ein Schreiben an sie, von Montag, dem 8. Mai. Er schreibt, dass er weggeht – nichts weiter.

Die Zeitungen beginnen über das Verschwinden von Markus zu berichten. Wie in jedem Jahr, wie immer in den Wochen vor der Zeugnisverteilung, sind einige Kinder und Jugendliche verschwunden. Angst vor dem Zeugnis ist in vielen Fällen das Motiv. Wie alle Eltern, so hofft auch Brigitte Rohrhuber auf eine Kurzschlusshandlung ihres Sohnes. Schließlich hat er ja keinen Ausweis bei sich, knapp 2.000 Schilling, weit kommt er damit nicht.
Weiter im Tagebuch der Mutter: »Mittwoch, 17. Mai 2000. Anruf von der Kripo Linz. Ob Markus einen Mario Bieber kennt? Dieser ist seit 8. Mai abgängig. Ob sie eventuell gemeinsam unterwegs sind? Ich habe in der Zeitung davon gelesen. Muss aber sagen, dass ich nicht glaube, dass Markus ihn kennt. Mario ist aus Ansfelden.« Brigitte Rohrhuber nimmt dennoch mit der Mutter des anderen Abgängigen Kontakt auf. Ähnliche Schicksale verbinden, auch wenn die beiden Buben nichts miteinander zu tun haben. Nach drei Wochen kommt Mario tatsächlich wieder heim. Er war in Ibiza. Doch von Markus fehlt nach wie vor jede Spur.
Mitte Juni bringt der Kabel-TV-Sender ATV einen Bericht über das Verschwinden von Markus. Reaktionen darauf gab es keine. Da die Polizei bisher keine Hinweise gefunden hat, die auf einen Unfall, einen Selbstmord oder ein Verbrechen schließen lassen, glaubt die Mutter weiterhin fest daran, dass ihr Sohn noch lebt. Erstaunlich ruhig und sachlich meint sie: »Er hat allein den Entschluss gefasst, wegzugehen, also muss er auch allein entscheiden, ob und wann er wiederkommen will.«
Trotz dieser Ansicht sucht die Frau im Juli 2000 einen Pendler in Kematen an der Ybbs (Niederösterreich) auf. Über das Foto gebeugt meint der Mann, Markus habe »Probleme mit dem Kopf und dem Magen«, dann fuhr er sich mit den Fingern über die Stirn und meinte, der Bub sei in München. »Ein gefährliches Pflaster«, setzte er hinzu. Brigitte Rohrhuber mobilisiert Bekannte in München, die auch tatsächlich Kontakt mit der deutschen Polizei aufnehmen. Dort bitte man um ein Foto von Markus – die Interpolfahnder aus Österreich hatten nämlich bisher keines ins Ausland übermittelt.
Weiter im Tagebuch von Brigitte Rohrhuber: »Montag, 17. Juli 2000. Ich habe beschlossen, die kostenlose psychologische Beratung der Familienhilfe in Anspruch zu nehmen. Ich wollte wissen,

welche Fehler ich vermeiden soll, wenn Markus wieder da ist. Die Beraterin sagte mir, dass Fehler nicht auszuschließen seien. Wenn er aber noch einmal davonläuft, dann kann ich mich ja damit trösten, dass er es schon einmal geschafft hat, wieder heimzukommen. Er wird es dann auch beim zweiten Mal schaffen. Ich war den Tränen nahe. Er ist noch nicht einmal zurück und schon wird davon geredet, dass er wieder weggehen könnte. Man sagte mir noch, wenn er wieder zurückkommt, wird er nicht mehr derselbe sein, der er vorher war. Wenn ich nicht mit ihm zurecht komme, könnte er in der Wohngemeinschaft für Jugendliche wohnen, der Staat würde die Vormundschaft übernehmen. Er könnte auch in der Notschlafstelle in der Scharitzerstraße wohnen.«

Babylocke für die Polizei

Nicht nur die Probleme mit der Familienberatung machen Brigitte Rohrhuber zu schaffen. Hat sie weiterhin Anspruch auf die Alimente, die ihr geschiedener Mann für Markus zahlt, hat sie Anspruch auf die Familienbeihilfe, muss sie Markus polizeilich abmelden? Dann kommt ein Schreiben vom Bundesheer. Markus sei stellungspflichtig und möge sich am 22. Januar 2001 zur Musterung einfinden. Der Alltag kann ganz schön grausam sein. Sie läuft zum Bezirksgericht, zur Polizei, zum Finanzamt, zum Militärkommando, konsultiert einen Rechtsanwalt – und sie bekommt unterschiedliche Auskünfte.

Im Oktober 2000 wird neuerlich eine Reportage in ATV ausgestrahlt, wieder keine Reaktion. Mit einer Ausnahme – auch das Magazin »Format« bringt einen Bericht über Abgängige und erwähnt dabei Markus Rohrhuber.

Offenkundig lernt auch die Polizei dazu. Nach dem Unglück in der Gletscherbahn Kaprun und den Spekulationen, wie man unkenntliche Leichen eventuell identifizieren könnte, meldet sich die Linzer Kriminalpolizei bei der Mutter des Abgängigen. Eineinhalb Jahre nach dem Verschwinden des Buben ersuchte die Kripo um Haare von Markus, um Material für eine DNA-Analyse zu haben, für alle Fälle ... Wie viele Mütter, so hat auch Brigitte Rohrhuber eine Haarlocke von ihrem Baby aufgehoben, die jetzt zu den Polizeiakten kommt.

Im November lädt der deutsche TV-Sender Pro 7 die Frau zu ei-

nem Live-Auftritt in der Sendung »Arabella sucht« nach München. Sie sagt zu und fährt mit der Bahn in die bayerische Hauptstadt. Dazu schreibt sie in ihrem Tagebuch: »Dienstag, 28. November 2000. Ich bin sehr aufgeregt. Wie wird es dort sein, werde ich auch nichts Falsches sagen? Es klappt alles wie am Schnürchen. Wir werden auf die Fragen vorbereitet und es ist dann gar nicht mehr so schwer, in einer Live-Sendung aufzutreten. Nach der Sendung wird mir gesagt, dass eine Frau angerufen hat, sie hätte Markus in Innsbruck beim Betteln gesehen. Sie werden diesem Hinweis nachgehen und ich bekomme dann noch Bescheid.«
In Innsbruck finden sich allerdings keine Spuren von Markus. Es wird ruhig um den Fall, auch Weihnachten geht vorbei, ohne dass sich der Bub meldet. Die nach außen so gelassen wirkende Brigitte Rohrhuber hat doch nicht die Nerven aus Stahl – sie hat wieder zu rauchen begonnen.

Recherche bei Obdachlosen

Im April 2001 meldet sich bei ihr ein Herr Markus Kleutgens aus der deutschen Stadt Aachen. Er beschäftige sich mit dem Phänomen von Stimmen aus dem Jenseits und könne ihr vielleicht – natürlich kostenlos – helfen. Nach einigen Wochen meldet er sich wieder und teilt mit, dass der Sohn von Brigitte Rohrhuber in Berlin sei und dort studieren wolle. Wie das ohne Schulabschluss gehen soll, teilten ihm offenbar die Geisterstimmen nicht mit.
Im September 2001 erscheint neuerlich ein Bericht über verschwundene Kinder in der Oberösterreich-Ausgabe der »Kronen Zeitung«. Am gleichen Tag wird Brigitte Rohrhuber von einer Frau angerufen, die ganz aufgeregt erzählt, dass sie Markus tags zuvor am Linzer Hessenplatz eine »Kupfermucken« abgekauft habe. Diese Zeitung wird von Obdachlosen gemacht und von ihnen auch auf der Straße und in Lokalen verkauft. Der Bub sehe jetzt allerdings anders aus als auf den Suchfotos: Er trage die Haare vorne kurz und hinten zu einem kleinen Schwanz zusammengebunden. Mit Hilfe der Polizei beginnt die Mutter im Obdachlosenmilieu zu recherchieren. Sie besucht die Notschlafstellen, jene Lokale, wo es billiges Essen gibt, geht auch zu einer Redaktionssitzung der »Kupfermucken«. Markus wird nicht gefunden, offenkundig hat die Frau jemanden gesehen, der ihm ähnlich sieht.

Doch Brigitte Rohrhuber wirft die Flinte nicht ins Korn. Sie hofft auf ein Wiedersehen mit Markus. »Ich weiß, dass er noch lebt, dass er aber erst dann zurückkommen wird, wenn er etwas erreicht hat. Ich muss eben warten.« Wesentlich leichter wird das vermutlich dem Bundesheer fallen, das pünktlich zu jedem Einrückungstermin einen Stellungsbefehl an den Vermissten schickt.

Der Tag, an dem die Hoffnung endete

Wie lange kann man hoffen? Wie lange muss man es, um vor sich selbst zu bestehen? Niemand weiß, ob nicht manche Eltern der jahrelangen Ungewissheit die schreckliche Erkenntnis vorziehen würden, dass es nichts mehr zu hoffen gibt.

Es war einer der ersten schönen Frühlingstage, dieser 15. April 1997. Die 7-jährige Sandra Kovarik bettelt am Nachmittag ihre Mutter an: »Bitte, bitte, darf ich heute mit dem Rad zu Lisa fahren? Es ist doch so schön, ich passe auch gut auf.« Die Mutter gibt dem Drängen nach. »Also gut, fahr los. Aber benimm dich.« Die Eltern von Lisa, einer Schulfreundin, werden angerufen, dass Sandra jetzt kommen werde.

Das Mädchen strampelt knapp nach drei Uhr los. Ihr Weg führt von der Kaistraße in Wien-Favoriten entlang des linken Ufers der Liesing bis zur nahen Klederinger Straße. Eine Strecke, die Sandra schon oft gefahren ist, nie brauchte sie länger als zehn Minuten. Viel Verkehr gibt es dort, an der Peripherie der Großstadt, ja nicht. Diesmal aber ist sie auch eine halbe Stunde nach ihrer Abfahrt noch nicht bei Lisa eingetroffen. Frau Birgit Desch, Lisas Mutter, ruft daraufhin bei Sandras Eltern an, wo das Mädchen denn bleibe.

»Mein Puls war plötzlich auf 200, die Angst schnürte mir die Kehle zu, ich zitterte am ganzen Körper«, schildert Christa Kovarik später ihre Reaktion. In Favoriten ging immer noch die Angst vor einem unbekannten Mädchenmörder um, der im Laufe der letzten Jahre drei Opfer gefordert hatte. Sollte auch Sandra ...?

Verzweifelt fährt Walter Kovarik, 38, Sandras Vater, ins Polizeikommissariat Favoriten. »Meine Tochter ist weg, verschwunden – bitte helfen Sie!« Dutzende Kinder werden jährlich als abgängig gemeldet. Jeder Polizeibeamte glaubt – oder hofft er es nur? –, dass sich die Situation rasch klären wird. Probleme in der Schule, ein Streit zu Hause, rasch reißen Kinder aus. Sie verstecken sich irgendwo, werden gefunden oder kehren selbst reumütig zurück. Die Suche nach abgängigen Kindern beginnt daher meist im Elternhaus. Gibt es Anhaltspunkte für den Grund des Verschwindens, vielleicht einen Abschiedsbrief?

Auch im Fall Sandra durchsuchen die Polizisten zuerst das Kinderzimmer des Mädchens. Keine Spur, kein verdächtiger Hinweis. Der Garten, eine Gartenhütte, sogar der Raum, in dem die Abfallbehälter untergestellt sind, werden durchsucht, auch hier keine Spur von Sandra. Ein Bub aus dem Nachbarhaus erzählt dann, dass er am Vortag in der Umgebung von einem unbekannten Mann angesprochen wurde, der ihn nach seinem Alter gefragt habe. Der Mann sei ihm verdächtig vorgekommen, meint der Bub. Könnte das eine Spur sein? War es ein »Kinderverzahrer« – wie der Wiener Mundartdichter H. C. Artmann so treffend sagen würde? Wenn ja, dann galt es eine Nadel in einem Heuhaufen zu finden.

Rufe ohne Echo

Die nächste Station der Beamten ist das Lokal »Tröpferl«, bekannter Treffpunkt für Radler am Ufer des Liesingbaches. Niemand hat Sandra an diesem Tag gesehen, niemand etwas Auffälliges bemerkt.

Dann besuchen die Polizisten die Familie, zu der Sandra fahren wollte. Birgit Desch, Lehrerin in der nahe gelegenen Schule, gibt an, dass sie schon die Eltern aller Schulfreundinnen von Sandra angerufen hätte, es wäre ja möglich, dass das Mädchen zu jemandem anderen gefahren sei. Keine Spur. Dann fällt der Lehrerin noch etwas ein: Während sie auf Sandra wartete, habe sie beim Fenster hinausgesehen und ein ihr unbekanntes Auto bemerkt, vermutlich einen weißen VW des Typs Golf, mit einem roten Streifen oder einer roten Aufschrift. Der Wagen sei langsam am Ufer der Liesing entlanggefahren. Tatsächlich wurden Reifenspuren auch im Rasen neben dem Fahrweg gefunden. Jedenfalls muss hier weiter recherchiert werden.

In der Zwischenzeit haben sich Freunde und Bekannte der Familie Kovarik selbst auf die Suche nach Sandra gemacht. Es ist schon dämmrig und immer wieder hört man die ohne Echo bleibenden

Rufe: »Sandra, Sandra.« Ein paar hundert Meter von der Wohnung der Familie Desch entdecken die Suchenden dann neben dem Ufer der Liesing hinter einem Gebüsch eine braune Wolldecke. Die herbeigeholten Polizisten stellen fest, dass sich offenkundig Blutspuren auf der Decke befinden. Obwohl Scheinwerfer aufgestellt werden, bleibt die weitere Suchaktion von dutzenden Polizisten des Kommissariats, einer Sondereinsatzgruppe und eines Trupps mit Suchhunden an diesem Dienstagabend erfolglos.
Mittwoch früh. Im Gerichtsmedizinischen Institut werden die Blutspuren auf der gefundenen Decke überprüft. Während diese Untersuchung noch andauert, erfährt die Polizei, dass die Decke schon am Montag, also einen Tag vor Sandras Verschwinden, neben der Liesing gelegen sei. Kurz darauf stellt sich heraus, dass die Decke aus einem Tage zurückliegenden Autoeinbruch stammt. Da die Wagenfenster eingeschlagen worden waren, dürften die Blutspuren auf der Decke vom unbekannten Täter stammen.
In der Zwischenzeit haben Polizisten die Suche nach Sandra Kovarik entlang der Liesing fortgesetzt. Etwa 200 Meter unterhalb des Wohnhauses der Familie Desch wird im Bachbett bald ein rosafarbiges Kinderfahrrad gefunden. »Ja, das ist das Rad meiner Tochter«, ist sich der Vater, ein Angestellter der Fluglinie AUA, sicher. Die Gedanken rotieren. Was bedeutet der Fund? Ist es ein Hinweis auf einen Unfall, ist das Mädchen in die Liesing gestürzt? Wurde sie hineingestoßen? Wurde sie entführt und das verräterische Rad in den Bach geworfen? Alle Möglichkeiten gleich furchtbar – wobei sich die Eltern daran klammern, dass Sandra noch lebt. Unter welchen Umständen, daran wagen sie nicht zu denken.

Ein nasser Teddybär ...

Am Mittwochnachmittag eine weitere Entdeckung: Ein rot gemusterter Kinderrucksack war am Ufer der Schwechat angetrieben worden, ein paar hundert Meter stromab der Einmündung der Liesing, etwa vier Kilometer vom Haus der Familie Desch entfernt.
Wieder wird der Vater ins Sicherheitsbüro gerufen. Wieder die gleichen Fragen, wie nach dem Auffinden des Fahrrades. Wieder die gleiche Antwort: »Ja, das ist der Rucksack meiner Tochter.« Er nimmt den völlig durchnässten Teddybären Sandras aus dem

Rucksack und fährt nach Hause. An den Tod seiner Tochter will er nicht glauben. Das Fahrrad ist da, der Rucksack ist da, da müsste man doch auch den Körper seines Kindes – an das Wort »Leichnam« will er gar nicht denken – finden? Sie kann nicht irgendwo im Wasser sein, wir müssen sie finden, sie darf nicht im Wasser sein, hämmert er sich ein. Er drückt den nassen Teddy an sich.
Die Polizei aber muss auch an das Mögliche denken. In einem Fernschreiben an die slowakischen Behörden in Pressburg sowie die ungarischen in Budapest werden diese ersucht, »Leichenländungen« sofort nach Wien zu melden. Das Verschwinden Sandras wird auch im Fernsehen gemeldet, die Zeitungen berichten in großer Aufmachung. Im Sicherheitsbüro drängen sich die Reporter, um Luftaufnahmen von der großen Suchaktion entlang der Liesing und der Schwechat zu bekommen. Ein riesiges Polizeiaufgebot durchkämmt das Gebiet. Suchhunde werden eingesetzt. Alles vergebens.
Die ersten Angaben über den unbekannten Mann und das verdächtige Auto brachten die Behörden nicht weiter. Niemand außer dem einen Buben hatte den Unbekannten gesehen, der weiße VW war ein Auto des Stadtgartenamtes gewesen.
Elf Tage nach dem Verschwinden rücken die Reporter und Pressefotografen neuerlich aus. Die Eltern des Mädchens hatten gemeinsam mit Freunden eine Großfahndung organisiert. Nachdem bereits ab acht Uhr früh rund 20 Polizisten und die Rettungshunde-Brigade mit 60 Tieren im Einsatz sind, schließen sich mittags auch etwa 50 Bekannte der Familie des Mädchens der Suche an. Im Böhmischen Prater, im Laaer Wald, in den Schrebergarten-Anlagen der Umgebung und in den Donauauen wird gesucht. In Booten rückt auch die Gendarmerie aus, um das Donauufer unterhalb der Einmündung der Schwechat abzusuchen. Die Zeitungen formulieren dramatisch: »Ein mächtiger, kalter Strom – ein kleines, verlorenes Mädchen: Das ist der Stoff, aus dem das Drama der Familie Kovarik ist!«
Wie häufig in derartigen Situationen, schlägt jetzt auch die Stunde der Hellseher. Sie bieten Angehörigen ihre Hilfe an, meist verlangen sie auch Geld. Eine Pendlerin aus Oberösterreich, offenkundig angeregt durch die Berichte über die große Suchaktion, ruft am 30. April bei den verzweifelten Eltern an: »Ihre Tochter ist tot, sie

ist ertrunken und liegt jetzt am Ufer unter der Kettenbrücke in Budapest.« Nachdem Sandras Vater dem Sicherheitsbüro von diesem Anruf berichtet hat, wird die Polizei in Budapest gebeten, auch diesem Hinweis nachzugehen. Gefunden wird nichts. Ebenso dubios auch die Mitteilung eines Urlaubers, der in Jugoslawien ein Mädchen gesehen haben will, das Sandra ähnlich sehe.

Samstag, 17. Mai 1997. Das Verschwinden des Mädchens liegt mehr als einen Monat zurück. Längst haben die Zeitungen andere Themen, längst sind auch die Plakate mit der Bitte um Mithilfe bei der Suche nach der Abgängigen in den Lebensmittelläden abgenommen. Längst glimmt nur noch ein Funke Hoffnung, Sandra lebend wiederzusehen. Es geschehen doch immer wieder Wunder. Vielleicht hat eine kinderlose Frau das Mädchen entführt? Vielleicht bringt sie es wieder zurück?

An diesem Samstag spaziert der 72-jährige Pensionist Karl Binder aus Fischamend zu Mittag am nahen Donauufer entlang. Er geht häufig zum Strom, schaut den Fischern zu und den Schiffen nach. Beim Stromkilometer 1909,5 sieht er, dass sich bei einem ins Wasser hängenden Gestrüpp etwas verfangen hat. Kleider, meint er zuerst. Dann sieht er eine Hand aus den Wellen ragen. Eine schrecklich blasse Hand.

Die alarmierte Gendarmerie zieht die Leiche aus dem Wasser. Ein Mädchen, bekleidet mit einer dunkelgrünen Jacke, roter Hose und weißen Turnschuhen. Bald steht fest: Es ist die kleine Sandra Kovarik. Sie dürfte ins Wasser gestürzt und ertrunken sein. Spuren von Gewaltanwendung werden nicht festgestellt. Die Polizei schließt den Vermisstenakt. Der Fall ist geklärt.

Ein langer Trauerzug begleitet den Sarg des Kindes beim Begräbnis am Oberlaaer Friedhof. In dem weißen Kleid, das sie zur geplanten Erstkommunion tragen wollte, wird Sandra beigesetzt. In der Erinnerung wird sie weiterleben.

Hilfe im Internet

»Die Zeit zwischen Hoffen und Bangen hinterlässt einen tiefen Riss im ›seelischen Bindegewebe‹ und viele Eltern leiden unter einem Trauma, das keinen Abschluss findet«, erklärt

Gottfried Fischer, Leiter des Kölner Instituts für Psychotraumatologie zur seelischen Marter von Angehörigen vermisster Kinder. Der deutsche »Kinderschutzbund« geht von jährlich 50.000 vermissten Kindern und Jugendlichen aus. Die meisten kehren wieder zurück oder werden gefunden, aber hunderte von ihnen bleiben für längere Zeit oder für immer spurlos verschwunden.

Für die Suche nach abgängigen Kindern, aber auch als eine seelische Stütze für die Angehörigen sind die verschiedenen Seiten im Internet nützlich.

- Die älteste ist die seit 1997 bestehende Seite www.vermisste-kinder.de, die von einer Elterninitiative gegründet wurde.
- Unter einem ähnlichen Titel (www.vermisste-kinder.ch) bietet eine Gesellschaft in Zug Informationen über abgängige Kinder aus der Schweiz an.
- Die Münchnerin Nicole Luck betreibt die Seite www.gesuchte-kinder.de, auf der zusätzlich auch Suchmeldungen nach Erwachsenen aufscheinen.
- Vom Deutschen Roten Kreuz stammen die Seiten www.wir-suchen-dich.de und www.wo-bist-du.de. Wer hier Informationen über vermisste Kinder abrufen will, muss sich per E-Mail identifizieren.
- Sehr umfangreich ist die Seite eines deutschen Vereins unter www.anti-kinderporno.de, auf der vor allem nach Kindern gesucht wird, die möglicherweise Opfer sexueller Gewalt wurden.
- Aus Belgien kommt die Seite www.euregio.net, auf der viersprachig nach vermissten Kindern gesucht wird. Bemerkenswert der vollständige Text des Berichtes der Dutroux-Kommission, die zur Aufklärung der Hintergründe des Falles in Belgien eingesetzt wurde.
- Speziell für die Suche nach Kindern, die von einem Elternteil entführt worden sind, ist die Seite www.kinder-nach-hause.de gedacht.
- Der populäre TV-Fahnder Eduard Zimmermann bietet im Internet (www.e110.at) nicht nur Informationen über aktuelle Kriminalfälle, sondern publiziert dort auch Suchmeldungen nach Kindern.

II.

Reisen ohne Wiederkehr

Bunte Prospekte in Reisebüros locken in die Ferne. Ein Urlaub, eine Safari oder einfach nur eine andere Umgebung erleben. Das wär doch was – also Koffer zu und weg. Doch mit eingepackt wird meist auch uneingestanden etwas Nervosität. Wird auch alles klappen, wird's gut gehen? Und Freunde und Bekannte haben zum Abschied dann einen Rat: »Pass gut auf dich auf!« Das gelingt nicht immer, aufzupassen allein hilft oft nicht. Man gerät in unvorhergesehene Situationen.
Andere wieder wollen ihrer Umgebung entkommen, in der Ferne ein neues Ich finden. Ihr Reiseziel heißt »Neues Leben«. Auch wenn sie das beim Abschied von zu Hause nicht so klar gesagt haben. Irgendwann bleiben dann die Ansichtskarten an die Verwandten aus, läutet das Telefon in der Heimat nicht mehr. Was ist geschehen? War es ein Unfall oder das Abschneiden der Nabelschnur zur Familie? War es noch Schlimmeres?
Vermisst in der Fremde – einige geheimnisvolle Fälle aus den letzten Jahren, wie Verwandte und Freunde sie erlebten und die Polizei sie dokumentierte.

Eine Ansichtskarte aus Brastagi

Ein Jahr nach Abschluss des österreichischen Staatsvertrags, im Jahr 1956, wanderte der Wiener Walter Dunkl, damals 26 Jahre alt, in die Schweiz aus. Er handelte dann in Zürich mit Autozubehör und fühlte sich wohl bei den Eidgenossen. Fünf Jahre später zog es auch die Kärntnerin Sieglinde Prager in die Schweiz. Die beiden lernten einander kennen, es war Liebe auf den ersten Blick. 1962 war Hochzeit, das erste Kind kam im selben Jahr. Nach dem Sohn

Karl wurde dem Ehepaar 1973 ein zweiter Junge geboren, Wolfgang. Die Familie wohnt seither in Uster, einer kleinen Stadt 20 km östlich von Zürich.
Wolfgang wurde Maler und Anstreicher. Und es zog ihn in die weite Welt. Zuerst wählte er europäische Ziele: Irland, Skandinavien. Da er im »Hotel Mama« wohnte, konnte er sich das leisten.
»Wolfi wollte unbedingt nach Asien. Da er brav arbeitete und auch sonst sehr umsichtig war, waren wir einverstanden. Also flog er am 12. Dezember 1994 mit seinen 21 Jahren nach Bangkok und reiste von dort quer durch Thailand und Malaysia«, erzählt sein Vater Walter den Autoren. Der junge Mann rief regelmäßig an, schickte Ansichtskarten und die in der Schweiz eintreffenden Belege der Abbuchungen von seiner Kreditkarte verrieten den Eltern ebenfalls, wo er steckte.
Anfang Juni 1995 erreichte Wolfgang Dunkl Sumatra und rief aus der im Norden der Insel liegenden Küstenstadt Medan zu Hause an. Er erzählte seinen Eltern, dass er nun Millionär sei – allerdings nur in Rupien, da er rund 800 Schweizer Franken eingewechselt habe. Ende September, so sagte er, werde er wieder heimkommen. Eine Ansichtskarte kam dann noch, abgestempelt in Brastagi am 19. Juni 1995. Der Text: »Habe eine dreitägige Dschungelexpedition hinter mir, angenehmes Klima, habe eine Top-Kondition!« Außerdem schrieb er noch, dass er ein Mädchen namens Marie-Christine kennen gelernt habe, halb Indonesierin, halb Französin. Das war das letzte Lebenszeichen von Wolfgang Dunkl. Warum war er plötzlich verstummt, warum schrieb er nicht mehr? Der Juli verging, der August verging, aus Sumatra kam keine Nachricht mehr. Auch nicht im September, er kehrte auch nicht zurück.
»Es war am 5. Oktober. Sieglinde sagte mir, dass sie mittags in der Küche auf einmal einen lauten Schrei gehört habe, obwohl niemand im Raum gewesen sei. Sie habe sofort gedacht, Wolfi sei etwas Schlimmes zugestoßen«, schildert Walter Dunkl den Autoren ein mysteriöses Erlebnis seiner Frau. Nach diesem seltsamen und unerklärlichen Zeichen war es für die Familie klar, dass sie etwas tun müsse.
Da die Dunkls immer noch österreichische Staatsbürger sind, meldeten sie gleich am nächsten Tag beim Außenministerium in Wien, dass ihr Sohn in Sumatra verschwunden sei und sie seit Ju-

ni keine Lebenszeichen mehr von ihm erhalten hätten. Danach nahmen sie auch direkt Kontakt mit der österreichischen Botschaft in Jakarta auf.

Rucksack abgeholt

Die ersten Ermittlungen durch die örtliche Polizei in Sumatra ergaben, dass Wolfgang Dunkl gemeinsam mit dem 24-jährigen Mädchen Marie-Christine Quassette am 17. Juni 1995 nach Brastagi gekommen und dort bis 19. Juni in der Herberge »Wisma Ikut« geblieben war. Was Wolfgang dann gemacht hat, konnte oder wollte offenkundig niemand sagen – nur, dass das Mädchen den Rucksack des Burschen abgeholt und den Inhalt verkauft hat. Wusste oder ahnte sie, dass Wolfgang ihn nie mehr abholen würde, dass ihm etwas zugestoßen war? Wer ohne Rucksack losmarschierte, der konnte ja nur einen kleinen Ausflug planen, konnte nicht die Absicht haben, länger wegzubleiben. Jedenfalls wurde das Mädchen von der Polizei in Bukit Lawang im Orang-Utan-Reservat Bohorok festgenommen und wegen illegalen Aufenthalts zu sieben Monaten Haft verurteilt. Bei ihr fand man nur den leeren Rucksack Dunkls.

Auf Anraten von Frau Pointner, einer Mitarbeiterin der österreichischen Botschaft in Jakarta, meldet Familie Dunkl ihren Sohn im November 1995 auch in der Schweiz als abgängig. Doch die Kantonspolizei in Uster fühlt sich nicht in der Lage, in Sumatra zu recherchieren. Der Akt wird einfach schubladisiert.

Anfang März 1996 wird die verzweifelte Familie dann vom Außenministerium in Wien benachrichtigt, dass Wolfgang Dunkl vermutlich auf dem Vulkan Sibayak abgestürzt und eine weitere Verfolgung der Angelegenheit »nicht mehr zielführend« sei. Aus, Schluss, Aktendeckel zu.

»Wir beschlossen daher, selbst im Mai nach Indonesien zu fliegen«, erzählt Walter Dunkl. Und berichtet dann eine seltsame Geschichte: »Vor unserer Abreise erzählte uns eine Freundin in Zürich von einem Traum. Sie habe ein längliches Gebäude mit blauem Dach gesehen, wahrscheinlich eine Fabrik. Auf einem asphaltierten Platz davor standen blaue Behälter. Auf diesem Platz sah sie Wolfi am Boden liegen, ein Mann mit glatten schwarzen Haaren, dunklem Anzug und weißem Hemd beugte sich über ihn, ein

Mädchen lief weg. Die Freundin meinte noch, wir sollten uns das merken, vielleicht würden wir irgendwo so eine Situation antreffen. Wir hielten nichts von dieser Geschichte, behielten sie aber im Gedächtnis.«
War das nach dem geheimnisvollen Schrei in der Küche, den Frau Sieglinde gehört haben will, ein weiteres Zeichen aus einer anderen Dimension?

Die blaue Fabrik
Am 13. Mai 1996 erreichten das Ehepaar Dunkl und ihr älterer Sohn Karl die österreichische Botschaft in Jakarta. Sie konnten einige Akten einsehen und sahen auch ein Foto von Marie-Christine Quassette, der Bekannten Wolfgangs. »Die Sekretärin sagte uns noch, dies sei die Kopie einer Kopie von einem alten Foto, einem schlechten Bild, das ihr nicht ähnlich sehe, sie wirke darauf viel älter«, erinnert sich Walter Dunkl.
Die Französin befand sich zu der Zeit, als die Familie Dunkl in Sumatra war, wegen ungültiger Aufenthaltsgenehmigung in Schubhaft. Durch Vermittlung des deutschen Konsuls in Jakarta konnten sie mit ihr im Gefängnis sprechen. »Das ist nicht die Frau, die wir auf dem Foto in der österreichischen Botschaft gesehen haben«, war sich Sieglinde Dunkl sicher. Beim Hinausgehen aus der Zelle machte ein Polizist sie auf eine lange, dicke Narbe bei der Frau aufmerksam, die vom Haaransatz etwa 15 cm die Wirbelsäule entlang auf den Rücken hinunter reichte. Niemand konnte sich darauf einen Reim machen.
Am 15. Mai fuhr die Familie Dunkl dann nach Brastagi, dem letzten bekannten Aufenthaltsort ihres Sohnes. Auf dem Weg dorthin schrie Sieglinde plötzlich auf: »Die blaue Fabrik!« Tatsächlich stand neben der Straße ein Gebäude, wie es die Zürcher Freundin vor ein paar Tagen als Traumbild beschrieben hatte. Eine Anlage zur Verarbeitung von Mineralwasser. War das wieder ein Zeichen?
In »Wisma Ikut«, der letzten Herberge von Wolfgang Dunkl, konnte sich niemand erinnern, wohin der Bursche gehen wollte. Was man jedoch wusste, war, dass er am 19. Juni 1995 zu Mittag das Haus mit kurzer Hose, T-Shirt und Hüfttasche verlassen hatte und seither nicht wiedergekehrt war. Am Tag zuvor hatte er mit Frau Quassette einen Streit gehabt und sie dann gemieden. »Wir

haben in Brastagi, einem Touristenort auf 1.300 m Seehöhe im nördlichen Hochland, mit den Leuten gesprochen und Fotos von Wolfi aufgehängt. Wir waren überall, wo Touristen hingehen, bis zum Toba-See, aber niemand konnte uns helfen«, erzählt Walter Dunkl.

Schließlich besuchte die Familie noch Bukit Lawang, die vorletzte bekannte Station von Wolfgang. »Man erinnerte sich zwar an ihn, aber wir fanden keine Unterlagen, teilweise fehlten in den Besucherbüchern, etwa im Orang-Utan-Reservat, die Seiten von Anfang Juni 1995.«

Gegenüber dem Hotel, in dem die Familie nächtigte, befand sich eine Latex-Fabrik, wo Naturkautschuk verarbeitet wurde. Auf Anraten eines einheimischen Medizinmannes, den sie tags zuvor aufgesucht hatten, befestigte Frau Dunkl über Nacht eine alte Taschenlampe von Wolfgang an ihrem Körper; dies sollte ihre Träume beeinflussen – vielleicht ergab sich daraus ein Hinweis auf das Schicksal des Abgängigen. »Tatsächlich wurde meine Frau durch laute Geräusche aus Richtung der Latex-Fabrik geweckt, sie saß dann stundenlang auf der Terrasse vor unserem Zimmer und nahm Signale aus dieser Richtung auf. Ihrer Meinung nach konnte das nur bedeuten, dass ein Zusammenhang mit Wolfi bestand«, erzählte Walter Dunkl.

Bis heute ist das Ehepaar davon überzeugt, dass diese Fabrik und die mysteriöse »blaue« Anlage in Brastagi etwas mit der Geschichte von Wolfgangs Verschwinden zu tun haben. »Die Aqua-Fabrik, abseits im Dschungel, wäre die perfekte Tarnung für eine große kriminelle Sache mit Drogen oder Waffen, die rebellische Provinz Aceh ist nicht weit. Über die Latex-Fabrik und den Hafen von Medan könnte die heiße Ware abtransportiert werden«, kombiniert Walter Dunkl. Vielleicht habe Wolfgang davon etwas mitbekommen.

Wer ist Frau Quassette?

Im Juni 1996 wird der Fall von der Kriminalpolizei in Zürich, Spezialbüro 2, neu aufgenommen und an Bern weitergeleitet. Da Wolfgang Dunkl nach wie vor österreichischer Staatsbürger ist, wird die Akte an die Interpol Wien überwiesen. Sachbearbeiter ist der Abgängigenspezialist Oberinspektor Ernst Punzer.

Im August 1996 wird eine neue mysteriöse Variante bekannt: Frau Quassette soll aus Indonesien abgeschoben werden. Sie hat kein Geld, die Franzosen wollen nicht zahlen. Sie muss nach Neu-Kaledonien, ihre Familie soll für die Kosten aufkommen. Die französische Botschaft in Jakarta ruft deshalb in Neu-Kaledonien an, dort heißt es: Unsere Marie-Christine ist zu Hause, wir zahlen nicht. Hatte Sieglinde Dunkl also doch Recht, als sie erklärte, die inhaftierte junge Frau in Bukit Lawang habe keine Ähnlichkeit mit dem Foto, das ihnen in der österreichischen Botschaft vorgelegt worden war? Hatte diese sich eine falsche Identität zugelegt?
Die verzwickte Angelegenheit wird dadurch bereinigt, dass Frau Quassette auf eigene Kosten am 7. August 1996 nach München fliegt. Dort wird sie später von der Kriminalpolizei vernommen. »Wir bekamen das Protokoll zur Einsicht und haben der Polizei in Uster gesagt, dass die Aussagen der Frau in vielen Details falsch seien«, behauptet Walter Dunkl. Doch nichts geschah. Bis dann doch wieder Neuigkeiten bekannt wurden, die den Fall in einem neuen Licht erscheinen ließen.

Reisepass neben Skelett

Im Mai 1997, knapp zwei Jahre nach dem Verschwinden Dunkls, meldete die Interpol aus Jakarta nach Wien, dass in Gunung an den Hängen des Vulkans Sibayak in Nordsumatra ein Skelett ohne Schädel gefunden worden sei. Daneben entdeckten die Polizisten den Pass von Wolfgang Dunkl, eine Kreditkarte und ein Flugticket, einen kaputten Fotoapparat sowie zwei rote kurzärmelige und ein langärmeliges T-Shirt.
Das Skelett und die Habseligkeiten wurden durch Zufall gefunden. Ursprünglicher Zweck der Suchaktion war es nämlich, Spuren eines vermissten deutschen Geschwisterpaares, des 27-jährigen Hans-Jörg und der 30-jährigen Christiane Eichhorn, zu finden. Teile des Gerippes wurden deshalb als makabre Diplomatenpost nach Deutschland gesandt und dort eine DNA-Analyse gemacht. Zu klären war, ob die Knochen von den Geschwistern Eichhorn oder von Dunkl stammen könnten, da ja sein Reisepass neben der Leiche gefunden worden war. Das Ergebnis: negativ, kein Zusammenhang mit Wolfgang Dunkl. Und auch kein Zusammenhang mit den Geschwistern Eichhorn.

Natürlich ließ die Nachricht vom Fund des Skeletts und vor allem der persönlichen Gegenstände von Wolfgang der Familie Dunkl keine Ruhe. Aus dem deutschen Konsulat in Medan erfuhren sie, dass Einheimische die Fundgegenstände an sich gebracht hatten. »Man sagte uns, dass weder der Pass verwittert noch das Passfoto vergilbt war. Das ist aber nicht möglich, wenn der Pass tatsächlich fast zwei Jahre neben dem Skelett in einer Vulkanschlucht im Freien gelegen hätte«, sieht Walter Dunkl weitere Ungereimtheiten, die diesen Fall immer wieder begleiten.

Jedenfalls verstärkte sich für ihn der Verdacht, dass Marie-Christine Quassette tiefer in den Fall verwickelt sein könnte, als sie in ihren Aussagen beteuert. Konsequenz: Er ersucht am 4. Juni 1997 die Interpol Wien um Einleitung eines Strafverfahrens gegen die Französin. »Ich bin heute der festen Überzeugung, dass diese Frau eine eingelernte Geschichte bei den Verhören nicht mehr richtig wiedergeben konnte. Wenn Wolfi Opfer eines Gewaltverbrechens geworden ist, kann man doch seine letzte Bekannte nicht frei nach Europa ausreisen lassen«, argumentiert Dunkl. Der Akt ging an die Wiener Staatsanwaltschaft, doch die Untersuchungsrichterin zeigte keine Lust, hier aktiv zu werden: Mangels »inländischer Zuständigkeit« wies sie Anträge der Staatsanwaltschaft ab. Da der mögliche Tatort in Sumatra liegt, wären die indonesischen Juristen am Zug.

Mit ihrem Latein am Ende wandte sich die Familie Dunkl an die österreichische Regierung: an Außenminister Wolfgang Schüssel, dann an Innenminister Karl Schlögl und zuletzt an Kärntens Landeshauptmann Jörg Haider. Überall bat sie um Hilfe. Es ist allerdings unklar, was die Politiker hätten tun sollen.

Im Februar 2000 übermittelte die österreichische Botschaft in Jakarta mit Kurierpost neue Knochenteile – einen Finger, eine Rippe und Knochenstaub – von anderen unbekannten Leichen an die Interpol-Zentrale in Wien. Sie wurden in das Gerichtsmedizinische Institut nach Innsbruck gebracht und mit einer DNA-Probe von Wolfgang Dunkls Mutter verglichen. Auch diese Untersuchung verlief negativ.

»Wir wissen nicht, was mit Wolfgang in Sumatra geschehen ist. An einen Unfall glauben wir nicht. Wahrscheinlich wurde er Opfer eines Verbrechens. Natürlich hoffen wir, dass er noch lebt.

Allerdings können wir uns nicht vorstellen, unter welchen Umständen das sein könnte«, zieht die Familie Dunkl Bilanz.

Verwandte geben ihre Hoffnungen nie auf und es ist die schwierige Pflicht der Polizei, ebenfalls nicht aufzugeben. Das Wissen, dass oft erst nach Jahren eine neue Spur entdeckt wird, ist jene Vitaminpille, welche die Fahnder fit hält.

Unbequemer Umweltschützer im Regenwald verschwunden

Auf der indonesischen Insel Borneo verschwand im Mai 2000 der in Basel (Schweiz) geborene Bruno Manser, 47, der weltweit durch sein Eintreten für den Schutz des Regenwaldes in Südostasien bekannt geworden war. Er befand sich auf dem Weg zu den Penan-Waldnomaden, deren Lebensgrundlage durch intensive Holzschlägerungen gefährdet ist.

Zuerst war Manser Schafhirte in Graubünden, dann lebte er in den 80er-Jahren bei den Penans, strich wie diese nackt durch den Dschungel und erlegte Wild durch Schüsse aus dem Blasrohr. Er musste die Rodung des Regenwaldes durch internationale Holzkonzerne miterleben und organisierte Widerstand dagegen. Bei der Regionalregierung von Sarawak fiel der Schweizer sehr bald in Ungnade. Vor der Verhaftung durch Spezialeinheiten der Regierung konnte er sich 1990 nur durch die Flucht nach Europa retten. Von der Schweiz aus initiierte er Protestaktionen gegen den Import von Tropenholz. Vor dem Bundeshaus in Bern versuchte er 1993 vergeblich, durch einen 60-tägigen Hungerstreik strengere gesetzliche Regelungen für derartige Importe zu erreichen. Ohne Erfolg blieb auch seine Aktion, 1998 vor dem UNO-Sitz in Genf mit dem Fallschirm abzuspringen, um dadurch Schutzbestimmungen durchzusetzen.
Am 15. Februar 2000 brach Manser wieder nach Borneo auf. Ein schwedisches Kamerateam begleitete ihn von Kalimantan aus ein Stück Weges, dann marschierte der Umweltaktivist gemeinsam mit einem ortskundigen Schweizer weiter. Zuerst konnten die beiden noch ein Boot benutzen, dann schlugen sie sich zu Fuß und

schwer bepackt bei Dauerregen durch den Dschungel durch. Am 18. Mai musste der Führer umkehren. Manser gab ihm noch einen Brief an seine Freundin mit, in dem er von Durchfall und einer gebrochenen Rippe berichtete. Allein marschierte er dann weiter in die Provinz Sarawak.

Mysteriös eine Nachricht, die dann noch aus dem kleinen Städtchen Bareo kam. Bogner hat nochmals an seine Freundin geschrieben, dass er sich verstecken müsse und nach Einbruch der Dunkelheit den Holzfällertrassen folgen werde. Der Brief war nicht abgestempelt, er dürfte von einem Einheimischen zur Post gegeben worden sein. Danach gibt es kein Lebenszeichen mehr von Bruno Manser.

Aus Furcht vor dem Eingreifen der Regierungstruppen erstatteten Mansers Freunde keine Abgängigkeitsanzeige, sondern kontaktierten Hellseher, Traumdeuter und Pendler, um sein Schicksal zu klären. Hoffnung löste dann eine Straßenblockade der Penans bei Long Kevok im August 2000 aus. Lebte Manser noch und hatte er die Aktion gegen die Holzfäller initiiert? Oder war er im Dschungel umgekommen, vielleicht auch von Regierungstruppen gefangen genommen und inhaftiert worden?

Im November 2000 wurde dann das schweizerische Außenministerium eingeschaltet, das die Botschaft in Kuala Lumpur und das Konsulat in Sarawaks Hauptstadt Kuching mit Nachforschungen beauftragte. Die malaysischen Behörden reagierten eher zurückhaltend: Man habe keine Informationen über Manser und es sei sehr schwierig, seine Route zu rekonstruieren, da er ohne Einreiseerlaubnis ins Land gekommen sei und daher nirgends offiziell registriert worden war.

Im August 2001 versucht Bruno Mansers Bruder Erich selbst, Hinweise auf den Verbleib des Verschwundenen zu finden. Mit elf Penan-Nomaden durchstreifte er das in Frage kommende Gebiet zwischen dem Fluss Brunei und dem heiligen Berg Batu Lawi, ohne allerdings irgendwelche Spuren zu finden. Das Schicksal des Umweltaktivisten bleibt ungeklärt.

»Sex and Crime« auf der Insel Phuket

Die Stimme der Sekretärin am Telefon war freundlich, aber distanziert: »Ich verbinde jetzt mit dem Herrn Direktor.« Ein Knacken in der Leitung, dann meldete sich ein Bariton: »Ich bitte Sie mich zu verstehen, aber ich habe mit der Geschichte schon so viele Unannehmlichkeiten gehabt, juristische und persönliche, dass ich keine Stellungnahme abzugeben wünsche. Mir ist das alles sehr peinlich.«

Die peinliche Geschichte – das ist das rätselhafte Verschwinden seines Schwagers in Thailand und alles, was danach folgte. Samt Ehekrise und Scheidung. Eine mysteriöse Affäre, die lange wegen der Prominenz der Beteiligten geheim gehalten wurde. Hier wird sie dargestellt, wobei die Namen und Funktionen der Hauptfiguren geändert wurden.
Am 16. August 1993, am Tag nach Mariä Himmelfahrt, fuhr Peter Stippel, 50, Direktor einer großen Versicherung und gleichzeitig auch Gemeinderat im Burgenland, mit seinem Mercedes in der Wiener Berggasse, dem Sitz des Sicherheitsbüros, vor. »Mein Schwager ist verschwunden, ich muss eine Abgängigkeitsanzeige erstatten«, verschaffte er sich beim Journaldienst Gehör. Der Beamte wunderte sich zwar, warum der Mann diese Anzeige nicht bei einem Kommissariat macht, doch wies er ihn nicht ab. Das selbstbewusste Auftreten und der gezückte Ausweis mit der Berufsbezeichnung »Generaldirektor-Stellvertreter« erstickten derartige Gelüste im Keim.
Die Befürchtungen Peter Stippels waren durch ein Schreiben des Hotels »Sandy House« in Patong, einem Badeort an der Westküste der Insel Phuket in Thailand, ausgelöst worden. Sein Schwager Dr. Hans König hatte sich dort am 23. Mai 1993 eingemietet. Als die Monatsrechnung am 23. Juni fällig wurde, fanden die Hotelangestellten im Zimmer 207 des Gastes nur ein paar Kleidungsstücke sowie den Reisepass und die Visa-Karte Königs. Er selbst war spurlos verschwunden. Das Hotel habe am 9. Juli Vermisstenanzeige erstattet und überdies ihn, den Schwager, informiert, erklärte der Herr Direktor dem Beamten.
»Ich habe noch am 11. Juni mit Hans in Thailand telefoniert, er

hat nichts erwähnt, was auf eine Abreise schließen hätte lassen«, gab der Anzeiger zu Protokoll. Nach seinen Angaben lernte König, der in einem Pharma-Betrieb in Mödling (Niederösterreich) als Chemiker arbeitete, im Frühjahr 1992 bei einem Urlaubsaufenthalt in Phuket eine junge Thailänderin namens Anny Chawang kennen. Später besuchte er sie in ihrer Heimat. Er gab seinen Job in Mödling auf und reiste mit seiner Freundin durch Thailand. »Ich kenne die junge Frau nur aus Erzählungen, aber so ganz vertraute ich ihr nicht«, meinte Stippel.

Der Polizist im Sicherheitsbüro spitzte die Ohren, als der Versicherungsmanager angab, sein Schwager Hans König dürfte mindestens eine Million Schilling auf einem Konto bei einer thailändischen Bank haben, als Grundkapital für die Gründung eines Wasserski-Clubs. War der 41-jährige Wiener – laut Beschreibung etwa 177 cm groß, braune Augen und graues Haar, das er schwarz gefärbt trug – Opfer eines Verbrechens geworden? Oder war er freiwillig untergetaucht? Welche Rolle spielte seine Freundin? War das Geld noch vorhanden? Um diese Fragen zu beantworten, setzte der Beamte im Sicherheitsbüro über die vorgesetzte Dienststelle im Innenministerium die Behördenmaschinerie in Bewegung. Erste Anlaufstelle war die Interpol in Bangkok, die um Erhebungen an Ort und Stelle ersucht wurde.

Einen Tag nach dem Versicherungsdirektor erschien dessen Ehefrau Regina, die um zwei Jahre ältere Schwester Hans Königs, im Sicherheitsbüro. Eine temperamentvolle Frau, im Zeichen des Schützen geboren und gewohnt, dass ihre Wünsche sofort erfüllt wurden. Offenkundig war ihr Kontakt mit ihrem Bruder ein innigerer, offenkundig machte sie sich mehr Sorgen um den Verschwundenen als ihr Mann. Und ebenso offenkundig war sie bestrebt, durch eigene Recherchen handfeste Informationen über das Schicksal ihres Bruders zu erhalten. Wieweit es nur die Sorge um Hans war oder ob auch das in Thailand vermutete Geld eine Rolle spielte, bleibt ungeklärt.

Jedenfalls hatte sie angeblich sofort nach Erhalt des Briefes des Hotels »Sandy House« versucht, mit der Freundin ihres Bruders in Thailand telefonisch Kontakt aufzunehmen. Dort habe man eine Telefonnummer in Kopenhagen genannt, wo sich Chawang aufhalten solle. »Die Person, die sich dort meldete, war meiner

Meinung nach Anny Chawang, doch nannte sie mit verstellter Stimme einen anderen Namen«, behauptete Königs Schwester gegenüber dem Polizeibeamten.

Frau oder Mann?

Sie legte dem Beamten auch ein Foto der Thailänderin vor. Schlank, schwarzhaarig, ebenmäßiges Gesicht. Der Inspektor betrachtete es eingehend. »Sind Sie sicher, dass es sich um eine Frau handelt? Ich glaube, die hier abgebildete Person ist ein so genannter ›Lady-Boy‹, also ein Mann, der sich wie eine Frau kleidet und sich auch als eine solche ausgibt, vielleicht auch operativ eine Geschlechtsumwandlung durchführen ließ.« Regina Stippel war schockiert. Sie kannte Chawang ja persönlich, da sie ihren Bruder im Vorjahr in Thailand besucht hatte. Ihr war nichts Ungewöhnliches aufgefallen und schließlich müsste Hans es doch auch gemerkt haben, dass seine Freundin keine Frau war. Oder war gerade das der Reiz für ihn?

Die Wiener Polizei jedenfalls meldete den Verdacht, dass Anny Chawang möglicherweise keine Frau war, der Interpol in Bangkok. Zusätzlich wurde die Interpol in Kopenhagen eingeschaltet, um etwas über die angeblich dort erreichbare Person herauszufinden, welchen Geschlechts auch immer. Die Recherche hatte Erfolg. Die dänische Polizei stellte innerhalb von zwei Tagen fest, dass Frau Anny Chawang in Wahrheit ein 21-jähriger Mann war und nun auf Grund einer am 27. Juli 1993 geschlossenen Schwulen-Ehe mit dem Dänen Peter Frederiksen dessen Namen trug. Chawang kam am 16. Juni 1993, also kurz vor der Entdeckung des Verschwindens von Hans König, aus Thailand nach Kopenhagen.

Chawang-Frederiksen wurde von der dänischen Polizei in der Kopenhagener Scandiagade 96 festgenommen. Gefunden wurde ein Samsonite-Koffer, der einwandfrei aus dem Besitz von König stammte. Die zum Mann mutierte ehemalige Freundin des Verschwundenen erzählte, dass König massenhaft Geld bei sich hatte, als er nach Thailand kam. »Er hatte viele Schilling-Banknoten in Büchern versteckt und das Geld dann zur Bank gebracht.« Eine weitere Aussage Frederiksens löste neue Verwirrungen aus. Demnach habe König Ende April 1993 in der Pasan-Klinik in Bangkok eine plastische Gesichtsoperation an sich vornehmen lassen. »Ich

weiß nicht, warum er das getan hat, aber er war danach kaum mehr zu erkennen«, erzählte Frederiksen den dänischen Polizisten. Von sich aus nahm die männliche Freundin Königs gleich nach ihrem Verhör durch die dänische Polizei telefonisch Kontakt zu dessen Schwester in Wien auf. Sie gab sich aber weiterhin als Frau aus und erzählte, sich von König getrennt zu haben. Es gäbe ein Sparbuch in Höhe von etwa drei bis vier Millionen Baht, also fast zwei Millionen Schilling, das bei der Thai Farmers Bank in einem Safe liege, gab der Lady-Boy an. Die Schlüssel dazu hätten König und ein Bankangestellter.
Die Schwester des Verschwundenen zeichnete das Gespräch vorsichtshalber auf Tonband auf und übermittelte Kopien davon sowohl an das Sicherheitsbüro als auch an die österreichische Botschaft in Bangkok. In der Folge überhäufte Regina Stippel sowohl die Wiener Polizei als auch Erich Binder, den österreichischen Botschafter in Bangkok, mit Briefen und Faxnachrichten und äußerte immer neue Wünsche.

Über drei Millionen Baht

Die Behörden reagierten so rasch wie kaum in anderen Fällen. Botschafter Binder meldete nach ein paar Tagen der Schwester des Verschwundenen das Ergebnis seiner Recherchen: »Laut Auskunft der Thai Farmers Bank liegt nach wie vor ein Betrag von Baht 3,333.534,75 aus einer bis 25. August 1993 gesperrten Festgeldeinlage auf dem Konto Hans Königs.« Dieser Betrag entsprach damals erheblich mehr als einer Million Schilling. Die Vermutung, der Wiener könnte einem Verbrechen zum Opfer gefallen sein, erhielt dadurch neue Nahrung. Offenkundig war er nach dem 25. August nicht mehr in der Lage, an das Geld zu kommen.
Wie aber passte die Gesichtsoperation zu diesem Bild? So etwas lässt man doch nach den Erfahrungen von Kriminalisten vor allem dann vornehmen, wenn man untertauchen will. Aber wer untertaucht, lässt nicht Millionen auf einem Konto liegen.
Über Interpol teilte die Polizei in Thailand schließlich Details mit. Neben dem Fixgeldbetrag von mehr als 3 Millionen Baht auf dem Konto 332-3-01144-2 der Thai Farmers Bank existierte noch ein normales Sparbuch für König mit einer Einlage von 21.000 Baht. Außerdem habe der Österreicher noch das Schließfach 16 gemie-

tet, doch wüsste die Bank nicht, was dieses enthalte. Es könne nur mit dem Schlüssel geöffnet werden, der an König ausgefolgt worden sei.

Knapp einen Monat nach Erstatten der Abgängigkeitsanzeige im Wiener Sicherheitsbüro faxt Regina König am 21. September 1993 erneut an den österreichischen Botschafter in Bangkok: Ob es ihr nicht möglich sei, das Geld ihres Bruders von der thailändischen Bank abzuheben? Sie habe noch eine ältere Vollmacht ihres Bruders in Händen, ob das nicht genüge? Gleichzeitig kündigte sie an, selbst am 3. Oktober nach Thailand zu kommen, um die Recherchen auf eigene Faust fortzusetzen.

Dass sie auf dieser Reise von einem Bekannten, dem Wiener Kriminalbeamten Erich Gruber, also sozusagen einem Profi, als »Privatmann« begleitet wurde, erzählte sie dem Sicherheitsbüro und auch der österreichischen Botschaft in Bangkok allerdings nicht. Die beiden quartierten sich für vier Tage in den Zimmern 403 und 404 im »K-Hotel« des Wieners Werner Karasek in Patong auf der Insel Phuket ein. Das Hotel war so etwas wie eine österreichische Außenstelle auf der thailändischen Ferieninsel. Außerdem kannte Karasek viele Leute, auch solche, die bei der Suche nach dem verschwundenen Hans König, der sich selbst meist Hannes nannte, helfen konnten.

Als erste Adresse nannte Karasek das Restaurant »Der kleine Wiener« am Strand von Patong und als Ansprechpersonen die Geschäftsführer und Besitzer des Lokals, Jörg Hartmann und Marcus Boese, 29. Boese war auf Phuket als Homosexueller bekannt und hatte Kontakte zu den männlichen Strichern sowie zu den so genannten »Lady-Boys« der Transvestitenszene. Regina Stippel übergab Boese einen Spesenvorschuss von 50.000 Baht, umgerechnet damals rund 25.000 Schilling, damit dieser Näheres über den Umgang ihres Bruders und Details über seine »Begleiterin«, die inzwischen ja als Mann enttarnte Anny Chawang, herausfand.

Eine Woche später flogen die Schwester des Verschwundenen und der Kriminalbeamte wieder nach Wien zurück. Boese hatte in der Zwischenzeit mit keinen neuen Erkenntnissen aufwarten können. Mit einer Ausnahme: König muss um das wahre Geschlecht Chawangs gewusst haben, denn er hatte ihr die Teilnahme an einer Transvestiten-Schönheitskonkurrenz finanziert.

Gefährliche Strömungen?

Die Wiener Interpol, die ja vom Aufenthalt Regina Stippels und ihres Begleiters in Thailand nichts wusste, nahm Kontakt mit Herbert Nilson, einem in der deutschen Botschaft in Bangkok tätigen Beamten des deutschen Bundeskriminalamtes, auf. Der Spezialist für Rauschgift und organisierte Kriminalität nützte seine Kontakte zur Halbwelt und suchte dort nach Spuren von König.

Im Rotlichtviertel von Patong verriet man ihm, dass der Österreicher dort häufig aufgetaucht sei und insbesondere Kontakte mit Transvestiten gesucht habe. Seit Monaten aber sei er nicht mehr gesehen worden. Auch eine Suchmeldung in der Zeitung »Thai Rath« brachte kein verwertbares Ergebnis. Der deutsche Polizist vertrat daher in einer Mitteilung an die Wiener Interpol die Meinung, dass König ertrunken sein könnte. »An der Westküste von Phuket herrschen besonders im Mai und Juni gefährliche Unterströmungen, denen schon viele Schwimmer zum Opfer gefallen sind. Es wäre daher denkbar, dass König Opfer eines Badeunfalls wurde und die Leiche in die Andaman Sea hinausgetrieben wurde.«

Überrascht wurde die Wiener Interpol dann im Juli 1995 durch einen Brief, den der Szene-Wirt und Privatermittler Marcus Boese aus Thailand schickte. Er habe Kopien von Faxnachrichten der Interpol Kopenhagen und Bangkok, Polizeiberichte und anderes »Beweismaterial« zum Fall des verschwundenen Österreichers Hans König in seinem Besitz und wolle etwas zur Aufklärung des Falles beitragen. Er schreibt, dass am 4. Oktober 1993 der Wiener Polizist Erich Gruber und eine Frau Regina, die sich als Schwester von König vorgestellt habe, nach Phuket gekommen seien. »Ich möge König tot oder lebend finden, als Prämie versprachen sie mir eine Million Baht«, deklarierte sich Boese. Er habe dann von der Schwester Königs die im Hotel zurückgelassenen Habseligkeiten des Verschwundenen bekommen. Verblüfft war er, als er ein halbes Dutzend Nasivin-Nasensprays im Gepäck fand. Die Sprays stammten aus Österreich, laut Etiketten aber aus verschiedenen Apotheken. Die Schlussfolgerung Boeses: König könnte in den Fläschchen Rauschgift versteckt gehabt haben.

Dann schildert Boese, dass er am 24. Oktober 1993 im Jaranga

Guesthouse in Patang den Wasserski Königs (»Marke Kneißl«) und dessen Leinen-Reisetasche (»grün-braunes Pepita-Muster«) gefunden habe. Der Zustand dieser Tasche war sauber, es sei daher unwahrscheinlich, dass diese seit Monaten – also seit dem Verschwinden Königs – dort gelegen sei. In der Wohnung seines Bekannten Jörg Hartmann, des Besitzers des Lokals »Der kleine Wiener« in Patang, habe man die Tasche dann nochmals untersucht und in einem doppelten Boden etliche in Plastik eingeschweißte Pakete gefunden. »Es war uns klar, dass es sich hier um Heroin oder Kokain handelte«, schreibt Boese weiter. Von dem Fund, der bei Hartmann blieb, habe man den inzwischen nach Wien zurückgekehrten Polizisten Erich Gruber verständigt. Zwei Tage später wurde Boese verhaftet, »angeblich wegen arbeiten ohne Arbeitserlaubnis«, wie er schreibt. Er vermutet eine Intrige Hartmanns, um sich in den Besitz des gefundenen Rauschgifts zu setzen. Am 17. Dezember 1993 fand die Gerichtsverhandlung gegen ihn statt – unter den Zuhörern Hartmann, der Wiener Polizist Erich Gruber und die Schwester des verschwundenen Hans König. Tatsächlich waren der Polizist und seine Auftraggeberin am 14. Dezember neuerlich im »K-Hotel« in Patong Beach abgestiegen, diesmal bewohnten sie ein Doppelzimmer. »Offenkundig glaubten die Österreicher, dass ich verurteilt und nach Deutschland abgeschoben werde, denn sie verließen vor dem Urteilsspruch den Gerichtssaal«, schreibt Boese weiter. Doch er wurde freigesprochen und aus der Haft entlassen. Boese nimmt ein Taxi und fährt nach Patang ins Lokal Hartmanns. Dort sitzen die Österreicher bei Champagner. Kein Wunder, dass Boese nicht an Zufall glaubt.
In Wien allerdings werden vom Polizisten und Frau Regina die Behauptungen Boeses, sie hätten von dem Rauschgiftfund gewusst, zurückgewiesen. Sie beschließen, »keine weiteren Ermittlungen« dazu anstellen zu lassen.

Neue Post aus dem Gefängnis

Auf linierten Blättern, wie sie Häftlingen zur Verfügung gestellt werden, schreibt am 18. September 1995 der Österreicher Hans-Georg Weber-Marginean aus seiner Zelle im Gefängnis von Phuket an die österreichische Botschaft in Bangkok und ersucht um Weiterleitung an die Interpol in Wien. »Ich möchte Ihnen mitteilen, dass ich unwahrscheinliche Informationen habe bezüglich eines vermissten österreichischen Mannes, Dipl.-Ing. Dr. Hans König«, beginnt der seit Juni 1995 Inhaftierte und breitet dann auf vier Seiten aus, was er angeblich alles weiß. Er gibt sich informiert darüber, dass Marcus Boese in einer von König zurückgelassenen Reisetasche »mehrere Kilo Heroin« gefunden habe. Zwischen den Zeilen klingt durch, dass seine Informationen »der Familie des König« schaden könnten, und er deutet an, dass die Schwester des Verschwundenen dessen »ganze Barschaft (3,3 Millionen Baht) nach Österreich gebracht« habe. Es könnte sein, dass mit diesem Wissen eine Erpressung versucht werde. Natürlich nicht von ihm, sondern von Jörg Hartmann, dem Bekannten von Boese und Besitzer des Lokals »Der kleine Wiener« in Patong.

Der Brief beweist der Polizei nur, dass in der Halbwelt von Phuket die tollsten Gerüchte über König kursieren und jeder versucht, aus seinem Wissen oder auf Grund von Vermutungen Kapital zu schlagen. Sei es eine Belohnung der Verwandten, sei es eine bessere Betreuung im Gefängnis oder auch nur um Abwechslung in das Knast-Dasein zu bringen.

Inzwischen spitzte sich in Wien das Verhältnis von Regina Stippel zu ihrem Ehemann, dem Versicherungsdirektor, dramatisch zu. Ihm waren die Aktionen seiner Frau zu aufwändig, die Liaison seines Schwagers mit einem Transvestiten und die mögliche Verwicklung des Verschwundenen in eine Rauschgiftaffäre könnten ihm beruflich schaden. Doch die Frau war nicht zu bremsen, eine in der Luft liegende Scheidung schien unvermeidbar. Obwohl sehr teuer, wurde sie schließlich doch vollzogen.

»Pater Vinzenz« weiß etwas

Am 9. Januar 1996 läutete um 10 Uhr abends in der Wohnung der Schwester des verschwundenen Hans König in der Wiener Billrothstraße das Telefon. Am Apparat war eine hochdeutsch sprechende Frau, die sich als Margarete Schulz vorstellte: »Ich bin die Bewährungshelferin Ihres Bruders, er sitzt im Gefängnis Tegel in Berlin-Moabit.«

Der Angerufenen klopfte das Herz bis zum Hals. Sollte es tatsächlich, fast drei Jahre nach dem Verschwinden ihres Bruders, ein Lebenszeichen von ihm geben – oder freute sie sich zu früh? Sie

führte das Gespräch vorsichtig weiter, schaltete ein Aufnahmegerät ein und hörte auf jeden Unterton in der Stimme der Unbekannten. Unter Zwang habe Hans König in Thailand in der Drogenszene arbeiten müssen, ein Urlauber habe ihm zur Flucht verholfen. Er sei total abgemagert und verwirrt nach Berlin gekommen und habe anfangs seine Identität verheimlicht. Erst jetzt habe er ihr gesagt, dass er eine Schwester in Wien hätte, die sie anrufen sollte. Jetzt wollte die Schwester des Verschwundenen natürlich wissen, wie sie mit ihrem Bruder in Kontakt kommen könne. »Das weiß nur Pater Vinzenz, aber ich weiß nicht, wie man ihn erreichen kann«, wurde die Anruferin mysteriös. Sie gab aber dann ihre Telefonnummer bekannt und legte auf.
Nach einem Rückruf unter der angegebenen Nummer in Berlin meldete sich jedoch eine andere Frau. Ja, der Anschluss habe einer Frau Schulz gehört, aber die sei über 80 Jahre alt, schwer krank und in einem Altersheim. War alles also nur eine unerklärliche Mystifikation, war die Hoffnung, kaum aufgekeimt, schon wieder verflogen?
Tausend Gedanken schossen der Schwester des Verschwundenen durch den Kopf, als das Telefon nach ein paar Minuten nochmals läutete. Wieder die Frau, die sich als Schulz vorgestellt hatte. Aus dem weiteren Gespräch ergab sich, dass sie über einige Details aus dem Leben Königs informiert war. Dann die Bombe: »Ich habe ein Schriftstück, in dem Ihr Bruder Sie als Erbin eingesetzt hat«; wenn sie dieses haben wolle, müsse aber über Geld gesprochen werden. Sie wisse, dass König etwa zwei Millionen Schilling in Thailand besitze. Wenn die Geldfrage erledigt werden könne, würde ihr Bruder in ein paar Tagen nach Wien kommen. Als »Kontaktperson« in Wien sei eine gewisse Frau Maria Kunz zuständig, deren Telefonnummer die Anruferin Regina Stippel gab. Damit endete das Gespräch.
Am nächsten Tag berichtete die Schwester des Verschwundenen dem zuständigen Beamten im Wiener Sicherheitsbüro von den mysteriösen Anrufen. Die angegebene Telefonnummer der Frau Kunz in Wien habe sie angerufen, doch die Frau heiße Eva und nicht Maria und habe auch erklärt, keine Frau Schulz in Berlin zu kennen.
Wieder nahm die Wiener Polizei Kontakt mit der deutschen Inter-

pol in Wiesbaden auf. Am 15. Januar 1996 übermittelte diese folgende Nachricht: »Ein Dr. König sitzt in der Berliner Strafvollzugsanstalt unter seinen Personalien nicht ein. Die Berliner Telefonnummer 7715513 ist seit August 1995 an den russischen Staatsbürger Michailas Sarf vergeben. Vorher war der Anschluss für die in der gleichen Wohnung gemeldet gewesenen Erika Hedwig Mathilde Schulz registriert, die jedoch im Mai 1995 nach Wolfsburg verzogen und dort am 1. Oktober 1995 verstorben ist. Der erwähnte ›Pater Vinzenz‹ ist in der JVA Berlin-Tegel bekannt, derzeit jedoch in einem unbekannten Kloster auf Urlaub.«
Was also hatten diese Anrufe zu bedeuten, die immerhin gewisse Kenntnisse sowohl über die Familie des Verschwundenen als auch über Namen und Personen in Berlin verrieten? Dem Wiener Sicherheitsbüro gegenüber äußerte Regina Stippel einen Verdacht: Jemand könnte versuchen, ein Lösegeld für den möglicherweise im Ausland festgehaltenen Hans König herauszuschlagen, und man teste, wieweit sie zahlungswillig und zahlungsfähig sei.

Anonymität gelüftet
Ende Januar 1996 erhielt die Schwester des verschwundenen Hans König in ihrer Wohnung in der Billrothstraße neuerlich einen Anruf jener Frau, die sich drei Wochen zuvor als Margarete Schulz aus Berlin vorgestellt hatte. Nach einem heftigen Wortwechsel, während dem die verzweifelte Wienerin alle ihr bisher bekannten Fakten den Angaben der Anruferin gegenüberstellte, lüftete »Frau Schulz« ihre wahre Identität. Sie stellte sich schließlich als Cornelia Stirer vor. Sie wohne in Wien, nur ein paar Gassen weiter, in der Blumengasse.
Am nächsten Tag wurde die 38-jährige Frau von der Polizei im Sicherheitsbüro vernommen. Sie ließ gleich zu Beginn des Verhörs eine Bombe platzen: Sie unterhalte seit Jahren eine Beziehung zum Schwager des Verschwundenen, dem Versicherungsdirektor. Von ihm wisse sie von früheren Schwierigkeiten in der Ehe, von der Scheidung und dass er dadurch in finanzielle Bedrängnis gekommen sei. Von ihm sei sie auch angeleitet worden, bei seiner Frau als »Bewährungshelferin aus Berlin« anzurufen und mitzuteilen, dass ihr Bruder noch lebe. Durch diese Anrufe wollte er seine Frau ärgern, sie in Zweifel stürzen, seine Rachegefühle befrie-

digen. Bei ihrem letzten Anruf sei sie betrunken gewesen und habe daher auch ihren wahren Namen genannt.

Die Suche nach dem verschwundenen Österreicher endete also mit einem Rosenkrieg seiner Verwandten und die Polizei wurde mit den persönlichen Intrigen des Ehepaares auf Trab gehalten. Der Vermisstenakt jedenfalls wurde vorerst geschlossen, die weitere Suche nach Hans König als chancenlos abgebrochen.

Zu viert aus dem Gefängnis nach Jamaika

Major Franz Polzer leitet die Kriminalabteilung der niederösterreichischen Gendarmerie. Er hat kurz geschnittene aschblonde Haare und blaugraue Augen, an seiner durchtrainierten Figur hat Schreibtischspeck keinen Platz. Er ist ein Typ, der auch in Fernsehkrimis glaubhaft einen scharfen Ermittler darstellen könnte. Drehbücher dafür würde sein Alltag ohnehin liefern. Betrug, Raub, Mord, das sind die großen Fälle, die dann ausführlich in der Zeitung stehen. Besonders dann, wenn die Täter ausgeforscht werden können. Polzer und seine Mitarbeiter werden aber auch eingeschaltet, wenn verschwundene Personen gesucht werden. Darüber gibt es aber nur ein paar kurze Notizen. Denn häufig endet die Suche erfolglos.
»Dieser Fall hat uns viel Arbeit gemacht, aber wir können ihn nicht abschließen, da wir kein Ergebnis haben«, deutet Polzer auf einen Stoß Aktenordner, die er vorbereitet hat. Seit 1994 wird nach einem abgängigen Niederösterreicher gesucht, aber alle Spuren verliefen im Sand. Im wahrsten Sinne des Wortes – im Sand der Strände von Jamaika.

Vier Männer waren damals zur Sonneninsel aufgebrochen. Ihre Namen tun nichts zur Sache, daher werden sie hier mit Pseudonymen angeführt. Von dieser Reise erfuhren die Behörden erstmals am 28. November 1994. Eine 27-jährige Frau erschien damals beim Gendarmerieposten in Zwentendorf (Niederösterreich) und erstattete Abgängigkeitsanzeige. Ihr gleichaltriger Mann Franz sei von einer Reise nach Jamaika nicht zurückgekehrt. »Er hat von

dort aus noch am 17. November telefonisch seinen Rückflug angekündigt. Am 21. November wollte er wieder zu Hause sein«, gab sie aufgeregt zu Protokoll. Zu Hause, das war der kleine Ort Zell bei Böheimkirchen. Dort sagen sich Fuchs und Hase gute Nacht und nur die Nähe zum nie in Betrieb genommenen Atomkraftwerk Zwentendorf verschafft einiges staunendes Interesse der Weltöffentlichkeit. In einer Volksabstimmung hatte sich 1978 eine Mehrheit der Österreicher dafür ausgesprochen, das fix und fertige Kraftwerk zugesperrt zu lassen. Nach diesem letzten Telefonat habe sie nichts mehr von ihm gehört und auch seine Freunde, mit denen er gemeinsam in Jamaika gewesen sei, könnten nichts über seinen Verbleib aussagen, ergänzte die Ehefrau ihre Angaben.
Franz Bürger war spurlos verschwunden. Irgendwo zwischen seinem letzten Aufenthaltsort in Negril Beach auf Jamaika und dem Flughafen Schipol in Amsterdam, wo er seinen Wagen beim Abflug zurückgelassen hatte. Das Auto mit dem Kennzeichen TU-73GJ wurde dort von der Polizei sichergestellt.

Keine Ausreise ...

War es Mord? Wurden ihm seine obskuren Freundschaften zum Verhängnis? Oder blieb er freiwillig auf der Karibikinsel, ewigen Sonnenschein dem tristen Tullnerfeld vorziehend? Zwar hatte er kein Geld, keine Fremdsprachenkenntnisse, doch auszuschließen war nichts. Eine Fahndung via Interpol lief an. Die örtlichen Beamten konnten jedoch nur nach Österreich melden, dass Bürger nach Jamaika eingereist sei, es aber keine Aufzeichnungen über eine Abreise gebe.

Die Freunde, mit denen Bürger nach Jamaika gefahren war, waren für die Polizei keine Unbekannten. Alle hatten etliches auf dem Kerbholz und auch Bürger selbst war kein Unschuldsengel. Die vier Männer hatten sich im Gefängnis kennen gelernt oder dort ihre Bekanntschaft vertieft.

Dort hatten sie auch einen Plan gesponnen; Mastermind war der 33-jährige Kellner und Drogendealer Egon Scharf: Man wollte in Jamaika das Hotel eines anderen Knastfreundes, eines gewissen Hugo Hofberger, ausbauen und geruhsam und ehrlich in die Zukunft gehen. Mit von der Partie sollten neben diesen beiden Peter Fiedler und eben auch Franz Bürger sein, der als gelernter

Dachdecker wohl eher fürs Manuelle mitgenommen werden sollte.

Für Scharf öffneten sich am 28. September 1994 die Gefängnistore. Versorgt mit 20.000 Schilling besuchte er die schon früher entlassenen ehemaligen Mithäftlinge. Der Traum von Jamaika wurde weitergesponnen und man vereinbarte, am 10. November zu viert in Richtung der Trauminsel zu starten.

Hotel war ein Rohbau

Im Mazda 626 Bürgers fuhr das Quartett dann nach Amsterdam – in Jamaika landete man am 13. November. Quartier fanden die Niederösterreicher auf dem Areal des Hotels »Coconuts« in Negril, das von einem Deutschen namens Ted geführt wurde. Für ihre Unterkunft, die sich als schäbige Holzhütte herausstellte, mussten sie 300 Dollar im Voraus bezahlen. Was sich dann abspielte, erfuhr die niederösterreichische Gendarmerie durch die Aussagen der Freunde Bürgers, die im Gegensatz zu diesem alle drei aus Jamaika zurückkamen.

Eine knappe Woche vor Weihnachten wurde zuerst der Heimkehrer Egon Scharf von den Kriminalbeamten in der Wiener Rennweg-Kaserne befragt. »Gleich am nächsten Tag nach unserer Ankunft haben wir uns das uns so verführerisch beschriebene Hotel Hofbergers in der Nähe von Little Bay angesehen. In Wahrheit war es ein von Unkraut überwucherter Rohbau«, begann er die Schilderung der Erlebnisse in Jamaika. Von undurchsichtigen Geschäften mit anderen Österreichern, die Geld in das Projekt gesteckt hatten, sei immer wieder die Rede gewesen, meinte Scharf.

Offenkundig hatten sich »schwere Burschen« mit Schwarzgeld gefunden und sich wechselseitig übers Ohr gehauen. Für die Niederösterreicher schien das alles um eine Nummer zu groß und mit Ausnahme Hofbergers dachten wohl alle an einen geordneten Rückzug. Franz Bürger war der Erste, der den Schwanz einzog. Jedenfalls erzählte Scharf der Gendarmerie, dass Bürger bald erklärt habe, er müsse wegen eines dringenden Gerichtstermins früher als geplant nach Hause. Er bat seine Freunde, für ihn den Rückflug umzubuchen, er wollte schon am 18. November abreisen. Offenkundig traute er seinen Freunden mehr Englischkenntnisse zu als sich selbst. Bei der Gendarmerie gab Scharf weiters an, dass er am 17. November mit Hugo Hofberger noch einmal zu dessen Hoteltorso in Little Bay gefahren sei, während Bürger und Peter Fiedler in Negril blieben. Als er und Hofberger am 18. November wieder nach Negril zurückkamen, sei Bürger schon abgereist gewesen; jedenfalls habe Fiedler dies behauptet. Die drei anderen Niederösterreicher flogen dann ebenfalls früher als geplant, am 22. November, in die Heimat zurück. »Von Bürgers Frau erfuhr ich, dass Franz noch immer nicht da ist. Ich kann mir beim besten Willen nicht erklären, wo er sich zur Zeit aufhält«, gibt Scharf der Gendarmerie abschließend zu Protokoll. Auch aus den Aussagen der anderen Teilnehmer des Jamaika-Trips ergaben sich keine weiteren Hinweise.

Über Interpol wurden schließlich die Passagierlisten aller Flüge, die zwischen dem 18. und 22. November 1994 von Jamaika Richtung USA abgingen, überprüft. Mit keiner dieser Maschinen war Bürger geflogen – auch nicht mit jener, auf der er nach Angaben seiner Freunde gebucht hatte.

Da Bürger keine nennenswerten Bargeldbeträge bei sich hatte, keinen auffälligen Schmuck trug und auch sonst nicht den Eindruck von Reichtum vermittelte, scheint ein Raubmord an ihm unwahrscheinlich. Möglich wäre allerdings, dass er hinter Machenschaften rund um das Hotelprojekt gekommen war und deshalb von jemandem beseitigt wurde, dem dieses Wissen zum Verhängnis werden konnte.

»Wir haben in alle möglichen Richtungen ermittelt, seine Reisefreunde ausgiebig vernommen und sind allen Spuren nachgegangen – gefunden haben wir allerdings nichts«, stellt Major Franz Polzer in einem Gespräch mit den Autoren lakonisch fest. Aber vielleicht, so meint er, sollte man auch an unspektakuläre Ursachen denken: »Möglicherweise hatte er Streit mit Einheimischen, in dessen Folge er verletzt und danach ins Meer geworfen wurde, vielleicht ist er auch bei einem nächtlichen Bad ertrunken. Denkbar ist vieles.« Jedenfalls fehlt von ihm bis heute jede Spur.

Privatsheriffs suchen Grazer in Mexiko

Er machte sich selbst ein Weihnachtsgeschenk: Am 24. Dezember 1996 flog der 35-jährige Rainer Müller aus Graz (Steiermark) zu einem Vier-Wochen-Urlaub nach Mexiko. »Er war schon einmal drüben, das Land liegt ihm, er kann auch gut Spanisch und diesmal wollte er in den Süden Mexikos, sagte er mir beim Abschied«, erinnert sich seine Freundin Sabine Schulze im Gespräch mit den Autoren an das letzte Zusammentreffen mit ihrem Fast-Verlobten kurz vor Weihnachten. Der Grazer wollte, so kündigte er zu Hause an, mit der Lufthansa über Frankfurt/Main (Deutschland) nach Houston (USA) und von dort mit der Fluglinie Aero Mexicana nach Mexiko-City fliegen.

Am 8. Januar 1997 wirft Müller in San Cristóbal zwei Ansichtskarten an seine Schwestern Michaela und Claudia in den Briefkasten. »Ich komme um eine Woche früher nach Hause. Vielleicht bin ich früher als die Karte da!« Mit seiner Kreditkarte behebt er am Tag darauf in San Cristóbal 2.000 Pesos, rund 3.000 Schilling. Seinen Eltern teilt Rainer Müller noch telefonisch mit, dass er in Mexiko ein Mädchen aus Kanada kennen gelernt hat. Namen nennt er keinen. Am 10. Januar bucht er bei der Lufthansa telefonisch seinen Rückflug von Houston nach Frankfurt/Main vom 24. auf den 18. Januar um. Am 14. Januar ruft er noch seine Freundin Sabine Schulze in Graz an. »Er war guter Dinge und teilte mir mit, dass er vielleicht noch die Halbinsel Yukatan besuchen werde, aber schon am 18. Januar zurückfliegt«, berichtet sie den Autoren. Nichts deutet auf irgendetwas Ungewöhnliches hin, es scheint alles wie auf Schienen zu laufen. Alle freuen sich auf ein Wiedersehen – Rainers Eltern, seine fünf Geschwister und nicht zuletzt seine Freundin Sabine. Als Müller jedoch zum angekündigten Termin und auch eine Woche später nicht zu Hause eintrifft, machen seine Angehörigen die Abgängigkeitsanzeige bei der Polizei in Graz. Sie sollten noch abwarten, vielleicht hat es sich Rainer Müller wieder überlegt und den Abreisetermin verschoben, meint man dort. Schließlich schaltet man dennoch über das Innenministerium auch die Interpol ein. Fotos und eine Personenbeschreibung werden nach Mexiko übermittelt: Rainer Müller ist 1,89 m groß, hat braune Augen und eine Stirnglatze. Er reist als »Rucksacktourist« und hat kein großes Gepäck bei sich. »Wir haben seine Kreditkarte absichtlich nicht sperren lassen. Falls er Verbrechern in die Hände gefallen wäre, würden die sicher damit versuchen, zu Geld zu kommen. Doch es gab keine Abhebung mehr«, erzählt Rainers Vater den Autoren.

Müllers Bruder Helmut-Theobald, der erst kurz zuvor zum Bezirkshauptmann von Deutschlandsberg in der südlichen Steiermark bestellt wurde, schreibt Ende Januar 1997 an Kurt Hengl, den österreichischen Botschafter in Mexiko, und ersucht um Hilfe. Der Diplomat wird aktiv und alarmiert unter anderem die private Organisation »Locatel«, die sich in Mexiko mit der Suche nach Abgängigen befasst. Doch die Privatsheriffs finden auch keine Spur des Grazers.

Im April 1997 fliegen Josefa und Helmut Müller, die Eltern des Abgängigen, von Graz nach Mexiko und beginnen auf eigene Faust mit Recherchen nach ihrem Sohn. Zu Hause haben sie Reiseführer und Landkarten studiert und besuchen in Mexiko jene Orte, wo sich Rainer aufgehalten hat oder wo er gewesen sein könnte. Mit seinem Foto in der Hand suchen sie Imbissbuden auf, fragen in Unterkünften, wo Rucksacktouristen absteigen. »Wir bekamen überall nur ein Kopfschütteln als Antwort auf unsere Fragen«, zieht Vater Helmut Müller die triste Bilanz der privaten Suchexpedition.

»Ich habe mit Rainers Eltern, mit denen ich einen sehr guten Kontakt hatte und immer noch habe, alle Möglichkeiten durchgesprochen, was passiert sein könnte, aber wir sind auf keinen grünen Zweig gekommen«, erzählt die Freundin Sabine Schulze. Ihr sei nur aufgefallen, dass Rainer zuletzt »weniger Freude« an seinem Beruf als Fernmeldetechniker bei der Post gezeigt habe. »Aber dass er deswegen untergetaucht ist, glaube ich nicht«, ergänzt sie. Die Ungewissheit aber nervt. »Ich muss wohl damit leben, dass ich nicht weiß, was mit Rainer geschehen ist.«

Im Traum bei der Wiener Oper

Auch Bezirkshauptmann Helmut-Theobald Müller, der Bruder des Abgängigen, kann sich keinen Reim auf dessen Verschwinden machen. »Er trat immer sehr bescheiden auf und war sicher kein Ziel für Räuber, er sprach gut Spanisch, konnte sich zurechtfinden und warum sollte er seinen Flug umbuchen, wenn er verschwinden wollte?«, fragt er rhetorisch. »Natürlich denken meine Eltern und auch ich immer wieder an ihn und manchmal träume ich auch von ihm«, sagt Helmut-Theobald Müller. »Es ist ein ganz seltsamer Traum – ich sehe ihn auf dem Zebrastreifen vor der Wiener Oper, dabei war ich gemeinsam mit ihm nie an diesem Ort, habe ihn in natura nie dort gesehen.«

Ratlos sind alle Familienangehörigen und die Freundin über den Inhalt eines Fernschreibens der Interpol Mexiko, das am 11. März 1997 in Wien eingelangt ist. Die mexikanischen Behörden informieren darin die österreichische Polizei, dass in den Unterlagen der Lufthansa ein Mr. Rainer Müller und eine Mrs. Lydia Müller aufscheinen. Sie sind am 25. Dezember 1996 in Mexiko gelandet, weiter nach Cancun geflogen und haben das Land am 11. Januar 1997 wieder mit der Lufthansa verlassen, heißt es in der Mitteilung weiter.
War dieser Rainer Müller der Mann aus Graz, der nach seinen Angaben ja mit der Aero Mexicana geflogen ist? Wenn ja, wer war dann die in den Passagierlisten aufscheinende Lydia Müller? Oder war es nur eine zufällige Namensgleichheit? Jedenfalls hat der Rainer Müller aus Graz das am 10. Januar 1997 umgebuchte Rückflugticket von Houston nach Frankfurt/Main nicht benützt. Und ebenso sicher ist, dass der Rainer Müller aus Graz am 9. Januar 1997 letztmals mit seiner Kreditkarte in Mexiko Geld abgehoben hat.
Im April 1997 informiert Bezirkshauptmann Müller den Abgängigkeitsspezialisten der Interpol, Bezirksinspektor Ernst Punzer, dass sein Bruder seinen Informationen nach in Guatemala festgehalten werden dürfte. Die Vermutung stammt von den Eltern, die bei ihrem Mexiko-Besuch auch ein mögliches Ziel ihres Sohnes, die Lagunos de Monte Bello nahe der Grenze zu Guatemala, aufgesucht haben. Er könnte dort, so meinen sie, den Indianern oder den Zapatisten in die Hände gefallen sein. Doch auch in Guatemala, dem Nachbarland Mexikos, kann die Interpol keine Spur des Abgängigen finden.
»Natürlich hoffen ich und alle Verwandten, dass Rainer wieder auftaucht oder sein Schicksal geklärt wird«, meint Helmut-Theobald Müller. Allerdings, so habe er erfahren, werden wegen des Klimas in Mexiko tot aufgefundene unbekannte Personen oft innerhalb von zwei Tagen beerdigt, ohne lange auf behördliche Ermittlungen zu warten. Möglich, dass Rainer Derartiges widerfahren ist und man nie wieder etwas über ihn herausbekommen wird.

Der Vater hat eine andere Form gefunden, dem zermürbenden Warten auf Nachrichten zu begegnen. »Ich spreche oft mit meiner Frau über Rainer – dann setze ich mich hin und schreibe ihm einen Brief. Mit allem, was hier so geschieht, was wir erleben, was wir ihm sagen wollen. Ich kann die Briefe nicht abschicken, aber sie halten den Kontakt mit ihm aufrecht«, sagt er leise.

Der letzte Weckruf um sechs Uhr früh

Sie wohnt in einer jener billigen Wohnungen der Gemeinde Wien, die in den 60er-Jahren des vergangenen Jahrhunderts auch im Bezirk Favoriten errichtet wurden. Viel konnte sich das Ehepaar Morth ja nicht leisten – er war bei der Müllabfuhr beschäftigt, sie Bedienerin in der Post-Direktion. So wohnten sie mit ihrem Sohn Helmut auf Zimmer – Küche – Kabinett, lebten das Dutzendleben in einem anonymen Wohnblock. Frau Hedwig Morth, jetzt 73, lebt immer noch dort. An der Wand hängt ein handkoloriertes und vergilbtes Hochzeitsbild, doch ihr Ehemann ist schon lange tot. Auf einer Kommode steht ein gerahmtes Foto ihres Sohnes Helmut, doch ihr Bub ist seit dem 17. Oktober 1983 spurlos verschwunden. Damals war er knapp 20 Jahre alt.
Zwei Bilder blieben Hedwig Morth und die Einsamkeit einer Pensionistin. Tränen hat sie keine mehr, nach zwanzig Jahren, seit diesen Tagen und Wochen und Monaten der Sorge, der Angst und der Verzweiflung nach dem Verschwinden ihres Sohnes. »Es war an diesem 17. Oktober so wie immer. Ich bin ja schon um fünf Uhr früh mit der Elektrischen weggefahren, in die Innenstadt, wo ich Bedienerin war. So um sechs Uhr habe ich telefonisch den Helmut aufgeweckt und er ging dann zur Arbeit, wie er sagte«, erinnert sie sich.
Was sie damals noch nicht wusste: Ihr Sohn war seit drei Wochen arbeitslos, er hatte seinen Posten als Tischler in einer großen Möbelfirma verloren. Zu Hause aber erzählte er nichts davon, ging immer am Morgen weg und kam am Abend wieder. »Als Helmut bis in die Nacht nicht heimkam, dachte ich, er schläft vielleicht bei einem Freund, aber als er sich auch am nächsten Tag nicht rührte, rief ich bei seiner Firma an. Da erfuhr ich erst, dass er gekündigt worden war.«

War es die Scham, den Verlust des Arbeitsplatzes eingestehen zu müssen, war es die Wut darüber, jedenfalls meldete sich Helmut auch an den folgenden Tagen nicht. Die Mutter ging zur Polizei, machte Abgängigkeitsanzeige. Die Fahndung nach Helmut Morth und seinem orangefarbenen Audi 80, Kennzeichen W 201.626, lief an. Da es keine Anzeichen für einen Unfall, ein Verbrechen oder für Selbstmord gab, lief die Suche zuerst auf kleiner Flamme. Auf Amtsdeutsch heißt das »Aufenthaltsfeststellung« und bedeutet, dass man den Vermissten, so man ihn findet, zuerst fragen muss, ob er überhaupt will, dass sein neuer Aufenthalt bekannt gegeben wird.

»Ich war lange überzeugt, dass er ausgerissen ist«, erzählt die Mutter. Und erinnert sich an den Schrecken, den ihr Helmut schon einmal eingejagt hat. »Er war damals drei Jahre alt und war zum Spielen im Hof. Plötzlich war er weg. Erst am Abend hat ihn ein Bademeister im Laaerberg-Bad entdeckt. Das ist gut drei Kilometer von unserer Wohnung entfernt. Niemand konnte sich erklären, wie er allein dorthin gelangt sein könnte.«

Urlaubsgrüße aus Athen?

Christian Mader, der Abgängigkeitsspezialist der Wiener Polizei, glaubt nicht, dass Morth etwas zugestoßen ist: »Einen wirklichen Hinweis auf ein Verbrechen gibt es nach meinen Erkenntnissen bis heute nicht. Ich könne mir eher vorstellen, dass der junge Mann ausgestiegen ist. Selbstmord kann man natürlich nie ausschließen, bei Morth glaube ich es aber nicht. Sehr mysteriös war, dass sein Auto bis heute nicht gefunden wurde, auch das Kennzeichen ist nie wieder aufgetaucht. Vielleicht hat er den Wagen selbst unter der Hand irgendwo verkauft?«

Im August 1984, also fast ein Jahr nach dem Verschwinden, erhielt eine Freundin von Helmut Morth, die im gleichen Bezirk wohnt, überraschend Post vom Abgängigen. Auf einer Ansichtskarte vom Poseidon-Tempel auf Kap Sounion schrieb er nur: »Herzliche Urlaubsgrüße, Helmut.« Abgestempelt wurde die Karte allerdings in Amarynthos, einer Ortschaft auf der Insel Euböa, drei Stunden Schifffahrt von Athen entfernt.

Die Wiener Polizei schaltete daraufhin auch Interpol ein. Alle Recherchen blieben jedoch ergebnislos, weder Helmut Morth noch

sein Auto wurden gefunden. Lebte er irgendwo als U-Boot, beschaffte er sich auf kriminelle Art das Geld für seinen Lebensunterhalt, war er ermordet worden, um sein Auto in Besitz zu bringen? Fragen über Fragen, doch keine Antworten.
Die verzweifelte Mutter ließ im November 1993 in der RTL-Sendung »Bitte melde dich« eine Suchmeldung veröffentlichen. »Viel Hoffnung hatte ich ja nicht«, sagt sie heute. Doch das Unerwartete geschah: Auf Grund der Sendung meldete sich der in Thessaloniki lebende deutsche Staatsbürger Jürgen Bachar aus Griechenland bei der Polizei und gab an, dass er noch 1985 Helmut Morth Unterkunft gewährt habe – damals ging es ihm gut. Wo er jetzt sei, wisse er nicht. Allzu eilig dürfte es die Polizei damals nicht gehabt haben, denn erst ein Jahr nach der Fernsehsendung und dem Hinweis von Herrn Bachar wurde die Interpol in Griechenland um Hilfe gebeten. Diese fand allerdings weder von Morth noch von dessen Auto eine Spur.
Die Mutter des Abgängigen nahm daraufhin mit dem österreichischen Generalkonsulat in Thessaloniki Kontakt auf. Sie erfuhr, dass es keine Meldepflicht in Griechenland gebe, man daher auch nicht feststellen könne, ob die Angaben des Deutschen stimmen. Sollte Helmut Morth jedoch um eine Passverlängerung ansuchen, werde man sie jedenfalls verständigen.

Langsam schlichtet die Frau wieder die paar Fotos und einige Zeitungsausschnitte in die Mappe, die sie vorher aus dem Kasten geholt hat. »Ich habe sonst nichts mehr von meinem Sohn außer der Erinnerung an früher. Doch ab und zu, natürlich zu seinem Geburtstag oder zu Weihnachten, da denke ich doch, dass er eines Tages bei der Tür hereinkommt. Ich hoffe, dass ich es noch erlebe.« Und da sie ihr Herz auf der Zunge trägt, verrät sie auch, was sie dann tun würde: »Zuerst bekäme er zwei Watschen, dann aber würde ich ihn doch umarmen und abbusseln.«

Wie endete die Pilgerreise?

Das Dorf Medjugorje im Süden von Bosnien-Herzegowina, etwa 50 Kilometer landeinwärts der Adriaküste, hat 1.500 Einwohner, aber 13.000 Gästebetten in Hotels, Pensionen und Privatquartieren. Der Grund für diese gigantische touristische Infrastruktur: Am 24. Juni 1981 soll auf einem nahen Berg sechs Jugendlichen die Jungfrau Maria erschienen sein. Zuerst liefen sie davon, doch am nächsten Tag sprach die Mutter Gottes sogar zu ihnen. Ein Wunder, das von der Kirche zwar noch nicht anerkannt ist, aber dennoch Jahr für Jahr hunderttausende Pilger aus aller Welt anzieht.

Nach Medjugorje, dem »Gebiet zwischen den Bergen«, zog es im Frühjahr 2001 auch den Kamillianerpater Franz Lachinger, 64, und seine Begleiterin Herta Brixler, sie ist 72 Jahre alt. Lachinger leitet die Pfarre »Maria, Heil der Kranken«, die für die Seelsorge in dem größten Wiener Altersheim zuständig ist. Er ist einer von 18 Ordensbrüdern der Kamillianer in Österreich. Brixler kannte er von der Pfarrgemeinschaft.

Von ihrer Pension in dem kleinen bosnischen Ort aus traten sie am 21. Mai, ein paar Tage nach ihrer Ankunft, die Wanderung zum Ort der Marienerscheinung auf den Berg Podbrdo an. Knapp vor elf Uhr vormittags fielen die beiden Österreicher, die angesichts ihres Alters und der Temperatur von 35 Grad Celsius Mühe beim Anstieg auf den Berg hatten, zwei spanischen Angehörigen der UNO-Truppe SFOR auf.

Nachdem Lachinger und Brixler nicht in ihre Pension zurückgekehrt waren, informierte der Besitzer Andre Sivcic am nächsten Tag die Polizei: »Sie haben am Montag bei mir gefrühstückt. Bevor sie weggefahren sind, haben sie einen Zettel hinterlassen, dass sie bis zum Mittagessen um 13 Uhr wieder hier sein werden. Aber am Abend waren sie noch immer nicht zurück.« Am 24. Mai, dem Christi-Himmelfahrts-Tag, wurde dann von der örtlichen Polizei die österreichische Botschaft in Sarajevo vom Verschwinden der Pilger verständigt. Man habe deshalb zwei Tage zugewartet, da Gläubige immer wieder religiöse Erlebnisse haben und auf dem Erscheinungshügel spontan auch länger als geplant bleiben.

Der Wagen von Brixler, mit dem das Pilgerpaar nach Bosnien gefahren war, ein Peugeot 206 mit dem Kennzeichen W 86924 K, wurde am Fuße des Erscheinungsberges versperrt und unbeschädigt gefunden. Im Inneren ein Fotoapparat. Die erste Hoffnung auf eine konkrete Spur der Gesuchten, die man vielleicht auf

Grund der Fotos finden würde, zerschlug sich schnell. Die Bilder zeigten Motive, die keinen Hinweis auf das Verschwinden brachten.
Aus der Pension holte eine Angehörige von Herta Brixler, die ebenfalls in Wien wohnende Cousine Brigitte Kadlec, ein paar Tage später deren Habseligkeiten ab. Offenkundig fehlte nichts, Geld und Reisepass sowie eine Tasche mit Medikamenten waren vorhanden. »Meine Cousine war noch am Wochenende vor ihrer Reise nach Medjugorje bei mir und meinem Mann zu Besuch. Als gläubige Christin freute sie sich sehr auf die Pilgerfahrt«, erzählt die 60-jährige Brigitte Kadlec den Autoren.

Felsspalten, Giftschlangen

Was war in Medjugorje in diesen Maitagen geschehen? Der Weg auf den Erscheinungsberg ist zwar nicht gefährlich, aber mühsam. Vereinzelt gibt es Felsspalten, am Rand des Weges wuchert Dornengebüsch. Waren die beiden Wiener vom Weg abgekommen und in eine der Spalten gestürzt? Hatten sie sich verirrt und lagen sie irgendwo erschöpft? Wurden sie von Giftschlangen gebissen, die es hier häufig gibt? Oder hatten sie ganz einfach ein anderes Ziel gewählt und würden sich später dann von dort melden?
»Sie hatten sicher nicht die Absicht, länger fortzubleiben«, ist die Cousine von Herta Brixler überzeugt. Sie meint auch, ein gewichtiges Indiz dafür zu haben: »Herta hat den Wagen nicht auf den dafür vorgesehenen Parkplatz abgestellt, sondern im Schatten eines großen Gebüsches. Es war sehr heiß an diesem Tag, und da sie ja mittags wieder in ihre Pension zurückfahren wollten, sollte das Auto nicht in der vollen Sonnenglut stehen.« An einen gemeinsamen Selbstmord glaubte niemand, bei derart gläubigen Menschen schien das ausgeschlossen. Aber selbst wenn es dazu gekommen wäre, hätte man Spuren finden müssen.
Suchtrupps durchkämmten das Gebiet, auch SFOR-Soldaten beteiligten sich mit Hubschraubern an der Aktion, ebenso die ortsansässige Jägerschaft mit Suchhunden. Auf dem Erscheinungsberg in der Nähe der »Casa Guiseppe«, einem Exerzitienhaus, glaubte man in der Dunkelheit menschliche Laute zu hören. Bewaffnet mit Taschenlampen wurde das Gebiet abgesucht, doch ebenso ohne Erfolg.

Franz Lachinger und Herta Brixler hatten zwar ihre Wehwehchen – der Geistliche wurde wegen eines Kehlkopfkrebses behandelt – und benahmen sich oft etwas seltsam, doch war anzunehmen, dass bei einem Unfall oder einem Schlangenbiss zumindest einer von ihnen in der Lage gewesen wäre, um Hilfe zu rufen.
In der lokalen Tageszeitung »Dnevni Avaz« erschien kurz darauf ein Bericht über das spurlose Verschwinden von Lachinger und Brixler. Bemerkenswert ein Satz: »Wie wir aus unserer Quelle in Wien erfahren, hört man auch, dass die Verschwundenen Entführungsopfer einer satanistischen Gruppe sein könnten, die in der Nähe von Medjugorje existiert.« In der österreichischen Botschaft glaubt man diese Quelle zu kennen: Alisa Pavelic, die immer wieder von Wien aus Initiativen in Bosnien-Herzegowina organisiert. Offenkundig gibt es auch in Bosnien das Phänomen der Extreme: Während hier auf der einen Seite von vielen Menschen die Jungfrau Maria verehrt und angebetet wird, haben sich als Gegenströmung Gruppen gebildet, die bei Geheimtreffen dem Teufel huldigen. Die »Satanisten« sind bekannt und tatsächlich warnt die Pilgerzentrale in Medjugorje Priester oder Ordensmitglieder, bei ihren Besuchen keine Soutane zu tragen. Sie könnten sonst Zielscheibe der Satanisten werden. »Gehen Sie in Zivil, das ist sicherer«, wird geraten. Lachinger schlug die Warnungen in den Wind – »Ich verkleide mich nicht«, sagte er den Warnern.
Die österreichische Botschaft in Sarajevo schickte am 28. Mai Konsul Herbert Gutschi nach Medjugorje. Schützenhilfe bekam er dort vom Kommandeur der UNO-Mission in Bosnien, General Roland Santieff. Der für den Sucheinsatz im Wallfahrtsort zuständige Polizeichef lieferte dem Konsul einen umfangreichen Tätigkeitsbericht. Danach waren auch die bekannten »Sektenhäuser« in der Umgebung durchsucht worden. Da kein Erfolg gemeldet werden konnte, kündigte der österreichische Botschafter in Sarajevo, Gerhard Jandl, am 7. Juni an, dass eine Belohnung für Hinweise zum Verschwinden des Pilgerpaares ausgesetzt werde.
Nicht nur die Zeitungen in Bosnien und Österreich brachten durch Wochen Berichte über die Abgängigen, auch das Fernsehen entsandte von Wien aus einen Reporter in den Marien-Wallfahrtsort. Sein Bericht flimmerte am 11. Juni 2001 im ORF-TV-Magazin »Thema« über die Bildschirme. Am nächsten Tag melde-

te sich auf Grund der Reportage im Wiener Sicherheitsbüro telefonisch eine Frau, um einen Hinweis über Pater Lachinger zu geben. »Der Pater hat Beziehungen zu dem wegen seiner Heirat in Ungnade gefallenen afrikanischen Erzbischof Emmanuel Milingo gehabt, außerdem zu einem anderen kirchlichen Außenseiter, einem Sektengründer namens Andreas Endl«, gab die Frau an. Sie könne ihre Identität nicht bekannt geben, da sie vor kurzer Zeit Schwierigkeiten mit Sekten gehabt habe.
Die Polizei konnte diese Hinweise nicht verifizieren. Sollten sie stimmen, könnten tatsächlich bisher unvermutete Gründe für das Verschwinden des Geistlichen und seiner ihm vertrauenden Begleiterin vorliegen. Herta Brixlers Cousine Brigitte Kadlec will das nicht glauben. »Für mich ist das unvorstellbar. Andererseits gibt das spurlose Verschwinden natürlich Rätsel auf. Ich kann es mir nur so erklären, dass die beiden – tot oder lebendig – aus Medjugorje weggebracht worden sind.«
Die Suche nach den beiden verschwundenen Wienern brachte, knapp bevor sie abgebrochen wurde, noch ein überraschendes Ergebnis: Etwas abseits des Pilgerweges entdeckte man in einem dichten Dornengestrüpp die fast mumifizierte Leiche eines Mannes. In einer Rocktasche steckten Ausweispapiere, wonach es sich um einen Australier handelte. Zwei Jahre zuvor, 1999, war dieser als vermisst gemeldet, aber trotz intensiver Suche nicht gefunden worden.

Im September 2002 kam neuerlich eine Schreckensmeldung aus dem Wallfahrtsort in Bosnien-Herzegowina. Wieder war eine Frau spurlos verschwunden. Die 78-jährige Wienerin Hedwig Witek-Hotar wollte mit einer Bekannten auf den Kreuzberg gehen, geriet jedoch auf dem steilen und steinigen Weg außer Atem. »Geh nur voraus, warte halt bei der nächsten Station auf mich«, sagte sie noch ihrer Begleiterin. Als die Frau jedoch nicht nachkam, ging ihre Bekannte nach einer halben Stunde zurück, doch von Witek-Hotar war nichts mehr zu sehen. Da sie auch in ihrer Pension nicht aufgetaucht war, begann eine Suchaktion. Am folgenden Tag wurden auch Hubschrauber der SFOR-Truppen eingesetzt, die lokale Polizei rückte mit Hunden aus, doch von der Wienerin fand sich keine Spur. Die Gegend entwickle sich zu »einem südosteuropäischen Bermuda-Dreieck«, formulierte daraufhin die Wiener Tageszeitung »Kurier«.

Der Besuch bei Marschall Malinowski

In vielen Veröffentlichungen wird er immer noch als der prominenteste Vermisste des vergangenen Jahrhunderts bezeichnet: Raoul Wallenberg, ein schwedischer Diplomat, der während des Zweiten Weltkrieges in Ungarn Dienst versah. Sein Name ging vor allem deshalb in die Geschichte ein, weil er zahlreiche Juden vor der Deportation, vor dem sicheren Tod gerettet hat.

Nachdem 1944 in Ungarn die »Pfeilkreuzler«, die mit Nazi-Deutschland kollaborierten, die Macht übernommen hatten, begannen auch sie mit der Judenvernichtung. Sollte das neue Regime jedoch vom neutralen Schweden anerkannt werden, so würde man die Aktionen einstellen, bedeutete man dem Botschaftsmitarbeiter Wallenberg. Da das nicht geschah, sperrte die Regierung 70.000 Budapester Juden in ein Getto, das schließlich wegen fortgesetzter Gräueltaten sogar unter den Schutz der deutschen Wehrmacht gestellt wurde. Wallenberg ermöglichte vielen Juden die Ausreise, durch seine Aktivitäten entgingen andere Juden der Vernichtung.

Im Januar 1945 begann die 2. Ukrainische Front der Roten Armee eine Großoffensive und marschierte in Ungarn und bald auch in Budapest ein. Wallenberg wollte mit den Sowjets über eine Nachkriegsordnung in Ungarn verhandeln und vor allem die Rückgabe geraubten jüdischen Vermögens erreichen. Er ließ sich am 17. Januar von seinem ungarischen Chauffeur Vilmos Langfelder von Budapest nach Debrecen fahren, um dort den russischen Oberbefehlshaber Marschall Rodion Jakowlewitsch Malinowski aufzusuchen.

Seither gibt es die widersprüchlichsten Aussagen, ob der damals 32-jährige Wallenberg dort überhaupt ankam oder was nach diesem Besuch geschah. Selbst Interventionen von Regierungen brachten keine Klarheit über das Schicksal des »Engels von Budapest«, wie Wallenberg bezeichnet wird.

In einer Nachricht an die Familie Wallenberg teilte der russische

Vize-Außenminister Wladimir Dekanosow Ende Januar 1945 mit, Wallenberg sei unter den Schutz der Roten Armee gestellt worden, nach massiven Nachfragen erklärte allerdings der Sowjetdiplomat Andrej Wyschinski im August 1947, dass sich »Wallenberg nicht in der Sowjetunion befindet und dass er uns unbekannt ist«.
In den Jahren danach folgte eine Intervention der schwedischen Regierung nach der anderen, Diplomaten befreundeter Staaten wurden eingeschaltet, doch vergebens. Immer wieder wurden hinhaltende Antworten gegeben, bis der russische Außenminister Andrei Gromyko im Februar 1957 offiziell erklärte, dass Raoul Wallenberg am 17. Juli 1947 in der Lubjanka, dem Hauptquartier des Sowjet-Geheimdienstes in Moskau, »einem Herzversagen« erlegen sei. Kein Wort dazu, warum der Diplomat überhaupt dorthin gebracht worden war.
In der Folge tauchten Aussagen von entlassenen Gefangenen auf, wonach Wallenberg später auf dem Weg in das Zwangsarbeitslager Workuta gesehen worden sei. In seinen Memoiren behauptete der Sowjetagent Pawel Sudoplatow, dass Wallenberg als Mehrfachspion enttarnt und dann, als er nicht auch für die Sowjetunion arbeiten wollte, mit einer Giftspritze hingerichtet worden sei.
Ein anderer Zeuge schien der Moskauer Mediziner Alexander Mjasnikow zu sein: Wallenberg sei unter einer Nummer in einer Nervenklinik nahe der Hauptstadt untergebracht, steckte er einer schwedischen Kollegin. Als diese ein weiteres Gespräch mit ihm suchte, widerrief er seine Aussage und starb kurz darauf an Herzversagen.

Ein Fund in der Lubjanka

1989, nach der Wende in der Sowjetunion, erhielten die Verwandten Wallenbergs Post vom russischen Geheimdienst: in der Lubjanka seien bei Inventurarbeiten unter altem Büromaterial auch der Pass, der Führerschein, ein Terminkalender und das Zigarettenetui des schwedischen Diplomaten gefunden worden. Nähere Hinweise gäbe es nicht.
1991 trat dann eine russisch-schwedische Untersuchungskommission zusammen und sichtete das gesamte bisher vorhandene Material. Tenor des Berichts, der neun Jahre später veröffentlicht wurde: »Wir haben keine gesicherten Ergebnisse.« Im schwedi-

schen Außenministerium wurden unzählige Akten über die Nachforschungen nach Wallenberg angelegt – sie nehmen 28 Meter in den Archiven ein. Am 22. Dezember 2000 wurden der Diplomat und sein mit ihm verschleppter Chauffeur Vilmos Langfelder offiziell von Russland rehabilitiert. Der Generalstaatsanwalt erklärte, die beiden seien widerrechtlich festgenommen und aus politischen Gründen ihrer Freiheit beraubt worden.

Wurde Wallenberg ermordet? Lebte er vielleicht noch Jahre nach seinem behaupteten Tod als Nummer in einer Nervenklinik? Wurde ihm eine andere Identität verpasst – lebt er gar als Greis noch irgendwo? All das ist für die Familie nicht nur menschlich interessant – es geht auch um Materielles. Immerhin wäre Raoul Wallenberg heute Erbe eines Vermögens, das auf rund 6 Milliarden Euro geschätzt wird. Die Wallenbergs sind über ihr Familienunternehmen »Investor AB« an zahlreichen Industriebetrieben beteiligt.

Raoul Wallenbergs in der Schweiz lebender Halbbruder Guy von Dardel versuchte bis zu seinem Lebensende das Schicksal des Diplomaten zu klären: »Was geschah nach dem 17. Januar 1945 mit Raoul und warum? Ich gebe die Hoffnung nicht auf, die Wahrheit zu erfahren.«

Suche nach Soldaten des Zweiten Weltkriegs

Es sind aber nicht nur die Schicksale von Prominenten, die ungelöst sind: Am Beginn des 21. Jahrhunderts, mehr als ein halbes Jahrhundert nach Ende des Zweiten Weltkrieges, suchen noch immer tausende Kinder und Enkel nach ihren Vätern oder Großvätern, die in den Kriegswirren nach 1939 zwischen Skandinavien und Afrika, zwischen Russland und Frankreich anscheinend spurlos verschwunden sind. Mit dieser Suche beschäftigt sich der Suchdienst des Roten Kreuzes und ein Ende ist nicht abzusehen.

Franz Deix, der Leiter dieses Suchdienstes in Österreich, ist Chef einer Kleinabteilung, in der drei Mitarbeiter und ein Zivildiener beschäftigt sind, die sich über mangelnde Tätigkeit nicht beklagen können: »Noch immer sind tausende Österreicherinnen und Österreicher auf der Suche nach ihrer Vergangenheit, ihren Wurzeln, geben sich nicht damit zufrieden, dass ihre Väter oder Großväter einfach verschwunden oder irgendwo gefallen sind. Oder vielleicht doch noch leben. 50 Prozent aller Fälle können wir positiv abschließen. Das heißt, wir können entweder eruieren, wo und wann die betreffende Person gefallen und begraben ist, oder wir finden tatsächlich noch lebende Personen. Doch hier gibt es fallweise Probleme, denn wir brauchen das Einverständnis der gesuchten Personen, dass sie Kontakt mit den nach ihnen suchenden Nachfahren aufnehmen wollen. Was etwa im Fall von ehemaligen US-Soldaten oder französischen Zwangsarbeitern gar nicht so einfach ist, weil sie kein besonderes Interesse haben, nach Jahrzehnten eventuelle Alimentationszahlungen zu leisten.«

Der Suchdienst des Roten Kreuzes ist ein weltumspannendes Netz, dem die Arbeit durch die ständig irgendwo aufflammenden Kriegskonflikte – wie zuletzt am Balkan oder in Ruanda – oder durch Naturkatastrophen nie ausgeht. Doch noch immer ist der Suchdienst des Roten Kreuzes – so Franz Deix – zu rund 80 Prozent damit beschäftigt, Vermisste aus dem Zweiten Weltkrieg zu finden. Eine wichtige Quelle sind dabei die Sonderarchive in Moskau, die 1992 für das Deutsche Rote Kreuz geöffnet wurden und damit weltweit zur Verfügung stehen.

Einen Einblick in die Arbeitsweise des Suchdienstes gewährt ein Auszug aus einem Brief an die Tochter des Obergefreiten Siegfried L., geboren 1921 in Schwaz, verschollen seit 1945: »Der Suchdienst des Deutschen Roten Kreuzes hat aus den Archivbeständen der Gemeinschaft Unabhängiger Staaten (GUS) eine Meldung aus dem Gebiet der ehemaligen Sowjetunion, das Schicksal Ihres Angehörigen betreffend, erhalten, die wir Ihnen hiermit übermitteln möchten. Obergefreiter Siegfried L. war im Gebiet von Tscheljabinsk in Kriegsgefangenschaft geraten und ist dort am 1. 10. 1945 verstorben. Nähere Angaben über die Todesursache und die Grablage liegen leider nicht vor. Wir bedauern, Ihnen diese schmerzliche Nachricht übermitteln zu müssen, hoffen jedoch, dass die Aufklärung des Schicksals Ihres Angehörigen dazu beiträgt, eine lange währende Ungewissheit zu beenden.«

Der Suchdienst des Österreichischen Roten Kreuzes war in den vergangenen Jahrzehnten mit nahezu einer halben Million Schicksalen beschäftigt, jeder einzelne Fall stelle für Rot-Kreuz-Mitarbeiter eine besondere Herausforderung dar. Die politischen Umwälzungen der vergangenen Jahre brachten eine neue Flut von Briefen. Kriegsgefangene aus Ex-Jugoslawien wollten über das Rote Kreuz ihren Angehörigen ein Lebenszeichen geben, unzählige geflüchtete Familien wollten wissen, ob Verwandte noch in der alten Heimat leben.

Das weltweite Netz der Interpol

In vielen Fällen von spurlos verschwundenen Menschen wird auf die Hilfe der Interpol gesetzt. Diese weltweite Einrichtung ist eines der wichtigsten Instrumente bei der Suche nach Abgängigen, die im Ausland vermutet werden. Die Anfänge dieser Organisation reichen bis ins Jahr 1914. Derzeit sind an der Interpol, einer Institution, in der Macht und Ohnmacht nahe beieinander liegen, 177 Staaten beteiligt.

In Wien residiert die Interpol in einem großen Gebäudekomplex nahe der Wirtschaftsuniversität am Alsergrund. Der davor neu entstandene Platz trägt den Namen eines verstorbenen Wiener Polizeipräsidenten, des volkstümlichen Josef Holaubek. Als Leiter fungiert Erich Zwettler, 39, der Anfang der 90er-Jahre die Ermittlungen in einer Aufsehen erregenden Briefbombenserie, die vier Tote und zahlreiche Verletzte forderte, geleitet hat. In den USA hat er einen FBI-Kurs absolviert und besitzt seither die Plakette als »Special Agent« der amerikanischen Bundespolizei.

Einer der Vorgänger des jetzigen Wiener Interpol-Chefs war übrigens Robert »Bobby« Köck. Er wurde durch seine Teilnahme an der länderübergreifenden TV-Sendereihe »Aktenzeichen XY ungelöst ...« populär. Häufig wurde er sogar auf der Straße von Leuten angesprochen, die kriminalistischen Rat suchten. Köck wurde schließlich Opfer einer politischen Intrige, ging verbittert in Pension und starb völlig unerwartet im Oktober 1991. Im Stiegenhaus jenes Spitals, in das er zu einer routinemäßigen Durchuntersuchung bestellt worden war.

In Deutschland leitet Ekkehart Kappler vom Bundeskriminalamt Wiesbaden die lokale Interpol-Abteilung, in der Schweiz ist Jean Benoit für die internationale Fahndung zuständig.

Vor und während des Ersten Weltkriegs setzten neue Formen des internationalen Verbrechertums ein, deren Brutalität, Beweglichkeit und Vernetzung die jeweiligen nationalen Polizeiorganisationen heillos überforderten. Hunger, Armut, Arbeitslosigkeit, der Tod von Millionen Menschen im erwerbsfähigen Alter waren der Nährboden für diese Entwicklung. In vielen Ländern setzte sich die Überzeugung durch, dass dieser neuen kriminellen Entwicklung nur durch eine verstärkte und institutionalisierte länderübergreifende Zusammenarbeit der Sicherheitsbehörden entgegengewirkt werden könne.
Der Wiener Polizeipräsident Johannes Schober lädt 1923 zu einem Polizeikongress nach Wien. Hochrangige Polizisten aus Ägypten, Dänemark, Deutschland, Frankreich, Griechenland, Holland, Italien, Japan, Jugoslawien, Lettland, Polen, Rumänien, Schweden, Schweiz, Tschechoslowakei, Ungarn, Türkei und den USA kommen zu diesem Meeting, das am 3. September 1923 in Anwesenheit von Bundeskanzler Ignaz Seipel eröffnet wird.
Fünf Tage dauert diese Veranstaltung und verhandelt werden: zwischenstaatliche Amtshilfe der Sicherheitsbehörden, Bekämpfung des internationalen Verbrechertums, die Auslieferung und Ausweisung von Kriminellen sowie die Einführung einer internationalen Verkehrssprache der Polizei. Am Schlusstag werden die Mitglieder der permanenten »Internationalen kriminalpolizeilichen Kommission in Wien (IKPK)« gewählt. Die Interpol ist gegründet, ihr Sitz ist Wien. Ihr erster Präsident wird Johannes Schober. Bei der Wiener Polizeidirektion wird ein »Internationales Büro« eingerichtet.
Schon auf diesem Wiener Kongress wird von der Bundespolizeidirektion Wien ein internationales Polizeifunknetz gefordert. Im Jahr 1927 wird auf der »Conferénce Radiotélégraphique Internationale« in Washington die Reservierung eines Kurzwellenbandes für den internationalen Polizeifunk erwirkt.
Hauptzweck der IKPK ist laut Geschäftsordnung: »Verbürgung und Ausgestaltung gegenseitiger weitestgehender Amtshilfe aller

Sicherheitsbehörden im Rahmen der in den einzelnen Staaten bestehenden Gesetze. Sorge für die Ausgestaltung aller Einrichtungen, welche geeignet sind, den Kampf gegen das gemeine Verbrechertum zu gestalten.« In dieser Geschäftsordnung sind bereits zwei fundamentale Prinzipien verankert, die noch heute gültig sind und die Effizienz der Interpol relativieren: der Vorbehalt des nationalen Rechts und die Beschränkung der Zusammenarbeit auf Delikte des Strafrechts.

Die Kartei der Gauner

Zehn Jahre nach der Gründung umfasst die Karteikartensammlung dieser Kommission 1933 bereits mehr als 3.200 international agierende Verbrecher. Darunter 47 Geldschrankknacker, 210 Räuber, 11 Frauenhändler, 27 Vergewaltiger, 26 Drogenhändler, 52 Wirtschaftsbetrüger, 200 Einbrecher, 10 Bankbetrüger, 86 Falschspieler, 77 Urkundenfälscher, 6 Museums- und Kirchendiebe, 29 Zugräuber, 139 Trickbetrüger, 1.248 Taschendiebe und 13 Heiratsschwindler.

Fünf Jahre später, 1938: Hitlerdeutschland hat die Macht in Österreich übernommen. Die IKPK zählt bereits 34 Mitglieder. Doch nun brechen andere Zeiten an: Nach dem Tod des Wiener Polizeichefs und IKPK-Präsidenten Otto Steinhäusl 1940 beansprucht der mächtige Himmler-Stellvertreter Reinhard Heydrich das Amt des IKPK-Präsidenten und verlegt den Sitz der Kommission nach Berlin. Interpol wird als Abteilung V dem Reichssicherheitshauptamt unterstellt. Eine internationale Tätigkeit der Kommission gibt es allerdings so gut wie nicht mehr.

Nach Ende des Zweiten Weltkriegs, 1946: In Brüssel wird eine Konferenz abgehalten, bei der in Anwesenheit von 17 Delegationen die Organisation als »Interpol« neu formiert wird. Der Initiator dieser Nachkriegskonferenz, der Belgier F. E. Louwage, wird neuer Präsident der Interpol, der Franzose L. Ducloux sein Generalsekretär, der Sitz der neuen Interpol wird nach Paris verlegt. Österreich tritt der neuen Interpol im Dezember 1947 wieder bei.

1952 wird in Lagny-Pomponne (Frankreich) eine zentrale Funkstation errichtet, 1955 tritt das 50. Land der Interpol bei. Die 25. Generalversammlung wird 1956 in Wien abgehalten, die Delegierten beschließen neue Statuten, die im Großen und Ganzen heute noch gültig sind, und ändern den Namen auf »Internationale Kriminalpolizeiliche Organisation (IKPO)«. 1966 beziehen die Mitarbeiter des Generalsekretariats das neue Gebäude in Saint-Cloud. Ein Jahr später zählt die Interpol 100 Mitgliedstaaten. Heute sind 177 Nationen dabei, der Sitz des Generalsekretariats befindet sich in Lyon, Frankreich. In Österreich werden die Aufgaben des Zentralbüros der IKPO/Interpol in der Gruppe II/D (Kriminalpolizeilicher Dienst/Interpol) des Innenministeriums wahrgenommen.

So effizient die Interpol beim Aufspüren spurlos verschwundener Menschen auch sein kann, so beschränkt sind freilich auch ihre Mittel. Die Interpol ist keine operative Einrichtung, das heißt sie hat auch keine eigenen Exekutivorgane. Die Souveränität jedes Mitgliedstaates bleibt gewahrt. Die Zusammenarbeit erfolgt im Geiste der Allgemeinen Deklaration der Menschenrechte und unterliegt deshalb dem Verbot jeglicher Diskriminierung aus Gründen der Rasse, Hautfarbe, des Geschlechts, der Sprache, Religion, politischen Überzeugung oder anderer Kriterien. Ebenso müssen der Gleichheitsgrundsatz und das Prinzip der Unschuldsvermutung beachtet werden. Daraus folgt, dass Interpol-Mitarbeiter eines Landes in einem anderen Land nicht tätig werden können. Die landläufige Vorstellung, dass Interpol-Beamte in James-Bond-Manier durch die Lande jetten und Verbrecher jagen oder Vermisste suchen, ist schlicht falsch. Nicht falsch hingegen ist die oft gehörte Formulierung: »Die Interpol sucht ...« Das heißt nämlich nichts anderes, als dass ein Verbrecher oder ein Vermisster von der Gesamtheit oder einem Teil der in der Interpol zusammenarbeitenden nationalen Polizeibehörden gesucht wird.
Erschwerend für die Arbeit von Interpol kommt ein weiteres Faktum hinzu: Es gibt praktisch keine Sanktion, wenn eine ersuchte ausländische Interpolstelle entgegen der statutenmäßig übernommenen Verpflichtung einem Ersuchen nicht rechtzeitig, nicht ausreichend oder gar nicht nachkommt. Die Interpol ist also auf den Goodwill ihrer Mitglieder angewiesen. Trotz all dieser Behinderungen, Einschränkungen und Komplikationen ist die Interpol keine völlig zahnlose Organisation. Zwei ihrer wichtigsten Instrumentarien bei der Suche nach Verbrechern und Verschwundenen heißen intern AMSS und EKIS.

Das AMSS ist ein vollelektronisches Suchsystem. Dringende Fahndungs- und Auskunftsersuchen sowie kriminalpolizeiliche Informationen, die an alle Landeszentralbüros einer bestimmten geografischen Zone oder weltweit an alle Landeszentralbüros gerichtet sind, werden per Funk oder Telex an das Generalsekretariat weitergeleitet, das mit dem AMSS-System für die Weiterleitung auf dem Funk- oder Telexweg und mittlerweile längst auch über das Internet sorgt.

EKIS wiederum ist das kriminalpolizeiliche elektronische Informationssystem, das als zentrale Evidenz fungiert und ein wichtiges Instrument in der täglichen Arbeit der Interpol ist. Hier finden die Ermittler alle Fahndungsdaten, vor allem auch von minderjährigen und erwachsenen Abgängigen. EKIS gibt zum Beispiel Aufschluss darüber, wann, wo und weswegen jemand erkennungsdienstlich »behandelt«, also fotografiert oder daktyloskopiert wurde. Das Lichtbild der betreffenden Person ist elektronisch gespeichert und kann am Computerterminal ausgedruckt werden. Daneben gibt es eine Evidenz für unbekannte Leichen und nicht identifizierbare Personen.

Doch bei all dieser weltweiten elektronischen Vernetzung und den immer verfeinerten elektronischen Hilfsmitteln sind auch von der Interpol keine Wunder bei der Suche nach der berühmten Stecknadel im Heuhaufen zu erwarten.

III.

Trautes Heim – oft nur ein Klischee?

Im deutschen Kriminalistik-Verlag erschien vor einiger Zeit ein Leitfaden für die polizeiliche Bearbeitung von Vermisstenfällen. Eine trockene Aneinanderreihung von Hinweisen, wie die Beamten bei der Aufnahme und bei der Bearbeitung von Anzeigen am besten vorgehen sollten. Erwähnt wird in dem Buch auch ein wichtiger Aspekt: Ein Täter kann »mit der Erstattung einer Vermisstenanzeige versuchen, das von ihm begangene Tötungsdelikt zu verschleiern«. Es gelte daher, auch diese Möglichkeit in Betracht zu ziehen.

Besonders virulent muss ein derartiger Verdacht dann sein, wenn es bereits vor dem Verschwinden einer Person zu Konflikten mit jenem Freund oder Angehörigen gekommen ist, der dann die Vermisstenmeldung bei der Polizei macht. Oder dann, wenn die Abgängigkeitsanzeige erst sehr spät erstattet wird.

Zwei Koffer gepackt und auf und davon

Den Campingurlaub in Ancona brach das Ehepaar Karl (50) und Justine (46) Dubsky wegen Kreislaufbeschwerden des Mannes vorzeitig ab, eine Woche früher als geplant. Am Samstag, dem 6. Juni 1970, fuhr man gemächlich nach Hause, nach Wiener Neustadt in Niederösterreich. »Gut, dass Sie da sind«, begrüßte Justine Dubskys Chef, der Besitzer des Schuhmodengeschäfts, in dem diese arbeitete, am Montag die überraschend zurückgekehrte Frau. Ob sie wohl in ihrer letzten Urlaubswoche aushelfen würde, es sei viel zu tun. Die Verkäuferin sagte zu, am Dienstag würde sie kommen.

Doch Justine Dubsky kam nicht. Sie ist bis heute nicht wieder aufgetaucht. Was hatte sich in diesen paar Stunden am Montag, dem 8. Juni 1970, abgespielt? In den Stunden zwischen der Zusage, am Dienstag zur Arbeit zu gehen, und ihrer plötzlichen Abreise am Abend des gleichen Tages aus der ehelichen Wohnung?

Das Ehepaar saß angeblich vor dem Fernseher und sah sich »Varietézauber« mit Corry Brokken an, zwischendurch verschwand die Frau in einem anderen Zimmer und um halb zehn Uhr abends stand sie mit zwei gepackten Koffern vor ihrem Mann. »Ich möchte noch allein Urlaub machen«, sagte sie ihm und ging. Taxi hatte sie keines bestellt, vom Fenster aus sah er seine Frau Richtung Bahnhof gehen. So jedenfalls erzählte es Karl Dubsky am 21. September 1970, also dreieinhalb Monate nach der Abreise seiner Frau, der Polizei. Erst an diesem Tag erstattete er die Abgängigkeitsanzeige.

Zuerst habe er nur etwas verärgert vermutet, dass seine Frau vielleicht einen Freund in Düsseldorf besuchen wollte. Es soll sich dabei um einen intensiven Flirt gehandelt haben, den seine Frau vor einiger Zeit anlässlich eines Kuraufenthalts begonnen hatte, schilderte der Ehemann der Polizei. Dort aber war sie nicht eingetroffen, wie Karl Dubsky festgestellt haben will. Später sei seine Meldung über die plötzliche Abreise seiner Frau bei der Polizei »nicht angenommen« worden, wie er behauptete.

Trotz der langen Nachdenkpause, die sich der Ehemann nach der Abreise seiner Frau gegönnt hat, schubladisierte die Kriminalpolizei in Wiener Neustadt vorerst den Fall. Den vorher erwähnten Leitfaden aus dem deutschen Kriminalistik-Verlag hat es damals leider noch nicht gegeben ... Tief betroffen dürfte der Ehemann außerdem nicht gewirkt haben. Jedenfalls fuhr er noch vor Erstatten der Abgängigkeitsanzeige und kurz nach dem Verschwinden seiner Frau am 4. Juli mit einer Bekannten für 14 Tage nach Rumänien auf Urlaub.

Erst am 3. Dezember 1970 erstattet die Polizei Wiener Neustadt bei der zuständigen Staatsanwaltschaft Anzeige gegen unbekannte Täter wegen Verdachtes des Mordes an Justine Dubsky. Alle Erhebungen bei Taxilenkern und bei den Fahrkartenschaltern der Bundesbahn hätten keinen Hinweis ergeben, dass die Frau abgereist ist. Unschwer zu erraten, wen die Polizei mit »unbekanntem Täter« meint: den Ehemann der Verschwundenen. Am 22. Dezember wird eine Hausdurchsuchung vorgenommen – sowohl in der Wohnung als auch im Keller. Auch der Hausgarten wird von Beamten mit einem Leichenspürhund abgesucht. Ergebnis: negativ. Parallel dazu wurde über Interpol nachgefragt, ob irgendwo unbekannte weibliche Leichen gefunden wurden. Ergebnis: negativ.

Wer fuhr nach Venedig?
Die Vorgesetzten der Wiener Neustädter Polizisten im Innenministerium rügten die Arbeit ihrer Untergebenen und forderten zu neuen Recherchen auf. Im August 1971 fand man dann den Taxifahrer Johann Fruth. Er gab zu Protokoll, dass er »im Sommer 1970, es kann ein Tag im Juni gewesen sein«, eine Frau aus jener Gasse, in der das Ehepaar Dubsky wohnt, abgeholt und zum Bahnhof gebracht habe. Die Frau habe Gepäck gehabt, gesprochen habe er nicht mit ihr. Auf einem in der Lokalzeitung veröffentlichten Foto von Frau Dubsky will er »eine frappierende Ähnlichkeit« erkennen: »Ich will fast sagen, es ist dieselbe Frau.«
Bei der Bundesbahn wurde daraufhin neuerlich versucht, Fahrten ab Wiener Neustadt zu rekonstruieren. Die einzige Angabe: Am 9. Juni um drei Uhr früh wurde eine Fahrkarte nach Venedig-Santa Lucia ausgegeben. An wen, sei nicht festzustellen. Vom Zeitpunkt her könnte es allerdings Frau Dubsky gewesen sein. Weder in Venedig noch sonst wo konnten allerdings weitere Hinweise auf den eventuellen Aufenthalt der Frau gefunden werden. Justine Dubsky bleibt spurlos verschwunden. Zwei Erklärungen gibt es: Entweder ist sie freiwillig untergetaucht und lebt irgendwo unter einem anderen Namen oder sie wurde ermordet und die Leiche so perfekt beseitigt, dass auch sie nicht gefunden werden konnte.
Am 7. Mai 1986 wird die Frau vom Kreisgericht Wiener Neustadt für tot erklärt. Die Polizeiakten werden geschlossen. Ein paar Ausschnitte im Archiv der Lokalzeitung sind das Einzige, was an Justine Dubsky erinnert.

Auch eine andere Ehefrau verschwand nach häuslichen Streitereien spurlos. Ihr Schicksal wurde aktenkundig, nachdem sich ihr Mann erhängt hat.

Eine Leiche in der Küche

Selbst als Rentner hat man noch Sorgen mit dem Nachwuchs, dachte sich wohl der in der Industriestadt Knittelfeld (Steiermark) wohnende 63-jährige pensionierte Eisenbahner Julius Sahs im Dezember 1968 und rief den zuständigen Gendarmerieposten an. Der Grund: Sein 28-jähriger Sohn Klaus war schon einige Tage nicht an seiner Arbeitsstelle, einem ÖBB-Bauhof in Zeltweg, aufgetaucht, ohne sich zu entschuldigen. Darüber mache er sich Gedanken, sagte der Pensionist zu den Beamten, es wird doch nichts passiert sein? Was er nun tun solle? Telefon habe der Junior ja keines. Die Beamten rieten ihm, einen Schlosser zu verständigen, man werde dann kommen und die Wohnung des Sohnes in der Dr.-Pölz-Gasse in Zeltweg öffnen.

Es war ein Vorgang von wenigen Minuten. Zwei Gendarmen waren die Ersten, die die Wohnung betraten. Von einem Haken in der Küche baumelte der tote Klaus Sahs. Er hatte sich erhängt. Dem Zustand der Leiche zu schließen musste man annehmen, dass er bereits vor etwa einer Woche Selbstmord verübt hatte. Abschiedsbrief wurde zwar keiner gefunden, doch bestand nach dem Befund der Tatortermittler kein Zweifel an dem Freitod. »Wir müssen die Ehegattin verständigen«, meinten die Beamten zu Julius Sahs, »sie wohnt doch eigentlich auch hier, wissen Sie, wo sich Frau Anna Sahs aufhält?« – »Das ist ja das Problem! Sie ist ausgerissen, seit Mai ist sie weg und wir wissen nicht, wo sie ist, weder mein Sohn wusste es, noch meine Frau oder ich«, erklärte der Mann.

Klaus Sahs hatte Anna im Juli 1962 geheiratet, die geschiedene Frau brachte eine Tochter – Rosemarie – in die Ehe mit. In der Folge entsprangen vier weitere Kinder der Verbindung, fast jedes Jahr eines.

Dann erzählte der Vater des Selbstmörders den Beamten die Ereignisse seit dem Frühjahr: Am 21. Mai 1968 kam um halb sechs Uhr früh die aus der ersten Ehe seiner Schwiegertochter stammende elfjährige Rosemarie zu ihnen. Sie war verstört und weinte. Sie erzählte von einem Streit, den ihre Mutter am Abend zuvor mit ihrem Stiefvater gehabt hatte. Obwohl es laut herging, sei sie eingeschlafen. In der Früh habe ihr der Stiefvater gesagt, die Mutter sei weg und sie solle zum Großvater gehen, da er in die Arbeit müsse.

Die Großeltern sollen sich dann um sie und auch um die anderen vier Kinder kümmern.
Tatsächlich nahmen Julius und seine Frau Ernestine die fünf Kinder in Obhut. Klaus meinte nur, seine Frau sei »wieder einmal« davongelaufen, er wisse nicht, wohin sie sei. Seit diesem 20. Mai 1968 hat niemand mehr die damals 35-jährige Anna Sahs gesehen. Sie ist spurlos verschwunden.

Scheidung vor der Tür
Jetzt wurden die Gendarmeriebeamten hellhörig. Ein Selbstmörder, eine verschwundene Ehefrau, da stimmt doch einiges nicht. Warum man denn nicht damals im Mai eine Abgängigkeitsanzeige erstattet habe, wurde Julius Sahs gefragt. »Mein Sohn war ohnehin bei Gericht«, kam zur Antwort. Ergebnis der Rückfrage beim Bezirksgericht Knittelfeld: Ja, Klaus Sahs war zwar im Juli 1968 bei Gericht – er wollte jedoch eine Scheidungsklage gegen seine Frau einreichen, sie aber nicht abgängig melden.
Über Drängen der Gendarmerie erstatteten seine Eltern jetzt, im Dezember, die Abgängigkeitsanzeige, die Fahndung im Inland und per Interpol lief an. In der Wohnung von Sahs wurde erhoben, dass offenkundig keine Kleider, kein Mantel der Verschwundenen fehlten. Aus den Akten wurde darüber hinaus festgestellt, dass Anna Sahs Anfang 1965 mit Würgemalen ins Spital gegangen war. Von ihrem Mann sei sie so »hergerichtet« worden, er habe sie »bis zur Bewusstlosigkeit gewürgt«, gab sie damals der Gendarmerie zu Protokoll. Ein Verfahren gegen Klaus endete mit einer Verurteilung wegen Körperverletzung, Strafe wurde keine ausgesprochen.
Als Zeugen sagten schließlich die Nachbarn aus. Sie hätten beobachtet, dass Frau Sahs am 20. Mai, nur mit Rock und Bluse bekleidet, laut schimpfend gegen zehn Uhr abends das Haus verlassen habe. Ihr Mann sei ihr gefolgt. Mehr wüssten sie nicht, gesehen hätten sie Frau Sahs seither nicht wieder, der Mann gab nur ausweichend Auskünfte.
Unmittelbar nachdem der Selbstmord von Klaus Sahs bekannt geworden war, gingen Gerüchte durch die Gemeinde: »Der Eisenbahner hat seine Frau umgebracht und sich jetzt selbst gerichtet«, wurde verbreitet. Streit habe es ja immer gegeben. Schon vorher

war in der Umgebung bekannt geworden, dass Sahs offenkundig auf Brautschau gehe. Er machte jungen Frauen in der Umgebung Anträge, mit einer jungen Slowakin knüpfte er engere Beziehungen an und besuchte sie Ende September 1968 in Pressburg. Seinen Kindern erzählte er, dass sie bald »eine neue Mutti« bekommen würden.

»Dies alles deutet darauf hin, dass sich Klaus Sahs völlig im Klaren war, dass seine Frau nicht mehr zurückkommen werde«, vermerkten die Beamten der Erhebungsabteilung des Landesgendarmeriekommandos Steiermark im Juni 1969 in einem Bericht an die Staatsanwaltschaft Leoben, die Vorerhebungen wegen Verdachtes des Mordes an Anna Sahs durchführte. Zwar wurde gegen »unbekannte Täter« ermittelt, es bestand aber kein Zweifel, wer damit gemeint war.

Doch alle Recherchen verliefen im Sand. Anna Sahs tauchte weder lebend wieder auf, noch wurde ihre Leiche gefunden. Sie war verschwunden, wie der Schatten, wenn sich die Sonne hinter einer Wolke versteckt. Schließlich wurden die Akten geschlossen und Anna Sahs am 21. Dezember 1973 für tot erklärt. Fünf Kinder blieben als Waisen zurück – Grabstein gibt es keinen, vor dem sie um ihre Mutter trauern könnten.

Erschossen, ertrunken, mit Steinen in der Rocktasche

Es ist ein trüber, kühler Frühlingsmorgen an jenem 28. März 1966. Seit Tagen weht frischer Wind aus Westen. Ein Eisenbahner geht auf dem Weg zur Arbeit knapp vor sieben Uhr früh am Bregenzer Bootshafen vorbei. Unmittelbar neben dem dort vertäuten Gendarmerieboot sieht er etwas im Wasser schwimmen. Ein Kleiderbündel, das weggeworfen worden war? Erst als der Eisenbahner näher an die Kante der Ufermauer tritt, merkt er, dass es sich um einen Menschen handelt, der offenkundig tot mit dem Rücken nach oben in den leichten Wellen schaukelt.

Die verständigte Gendarmerie lässt den Toten bergen, auf Anordnung des Bezirksgerichtes wird die Leiche obduziert. Der aus Innsbruck angereiste Gerichtsmediziner Univ.-Prof. Dr. Franz Josef Holzer stellt noch in Bregenz fest, dass der Mann zwar einen

Schädeldurchschuss aufweist, die Todesursache aber Ertrinken war. Im Blut wird ein Alkoholgehalt von fast drei Promille festgestellt. Der Verwesungszustand des sehr fettleibigen und etwa 50 Jahre alten Mannes lässt darauf schließen, dass der Körper zwischen sechs und zwölf Wochen im Wasser lag. Der Eintritt des Todes könnte also schon zum Jahreswechsel 1965/66 erfolgt sein. Wahrscheinlich wurde die Leiche vom deutschen oder schweizerischen Teil des Bodensees durch die vorherrschende Strömung nach Bregenz getrieben. Eine Suchaktion auf dem Seegrund im Umkreis des Auffindungsortes bleibt jedenfalls ergebnislos. Waffe wird keine gefunden. Um Näheres über die Schussverletzung herauszufinden, nimmt Holzer den Schädel des Opfers mit in sein Institut nach Innsbruck. Das Ergebnis der Untersuchung: Ein 7,65-mm-Projektil hat den Kopf durchschlagen, die Waffe war an der rechten Schläfe angesetzt.

Bei der Untersuchung der Kleider des Toten findet man keine Ausweise und auch kein Bargeld. Einige Details könnten jedoch weiterhelfen, hofft die Gendarmerie: Ein sichergestelltes Zündholzbriefchen trägt die Aufschrift des Lebensmittelgeschäftes Fritz Kaiser in Schaanwald (Liechtenstein), nach den Etiketten zu schließen stammt der Mantel aus einem Herrenmodengeschäft in Basel, die teure Omega-Armbanduhr des Toten war bei einem Uhrengroßhändler in Frankfurt/Main gekauft worden, wie Recherchen ergeben. Das sind zwar wichtige Anhaltspunkte, im Moment aber bringen sie nichts.

Der verblüffendste Fund: In beiden Sakkotaschen steckten Mauerbrocken, jeder etwa einen Kilo schwer. Die auf der Hand liegende Schlussfolgerung: Der Mann hatte sich am Ufer des Bodensees erschossen und zur »Sicherheit« seine Kleidung mit den Mauerbrocken beschwert. Sterbend war er ins Wasser gestürzt und schließlich ertrunken. Denkbar war aber auch eine andere Tatvariante: der Mann war erschossen und seine Leiche vom Mörder in den See versenkt worden. Dafür würde das Fehlen von Geld und Ausweispapieren sprechen.

Der Unbekannte wird nach der Obduktion am St.-Gallus-Friedhof von Bregenz in einem namenlosen Grab beerdigt.

Frappierende Ähnlichkeit
Fünf Monate vergehen. Fast scheint es, als wäre der Tote vergessen, die Akten geschlossen. Dann findet ein aufmerksamer Gendarmeriebeamter der Erhebungsabteilung Vorarlberg im August 1966 im Zentralfahndungsblatt Nr. 95 des Jahres 1966 den Vermerk 3.347, wonach von Deutschland aus seit Mai 1965 nach einem aus Mannheim abgängigen 46-jährigen Josef Gaum und dessen Ehefrau gesucht wird. »Bei Vergleichen des Lichtbildes von Josef Gaum im Zentralfahndungsblatt und dem Foto der im März 1966 in Bregenz gefundenen unbekannten männlichen Leiche lässt sich eine frappierende Ähnlichkeit feststellen«, berichtet daraufhin Vorarlberg an das Innenministerium in Wien. In Zusammenarbeit mit deutschen Gerichtsmedizinern kann dann erhärtet werden, dass der Tote tatsächlich Josef Gaum ist.
Der Tote war damit zwar identifiziert, der Fall jedoch noch immer nicht zur Gänze geklärt. Gleichzeitig mit dem Mann war auch seine aus Dänemark stammende Ehefrau Inger Gaum, 39, der deutschen Polizei als vermisst gemeldet worden. Von ihr fehlte nach wie vor jede Spur. Somit wurde auch der Verdacht eines Verbrechens immer konkreter: Hatte Gaum seine Frau ermordet und beseitigt und anschließend Selbstmord verübt? Wurde Gaum von seiner Frau ermordet und tauchte diese danach unter? Oder wurden beide Opfer eines Verbrechers und wurde die Leiche der Frau bisher nicht entdeckt? Viele Fragen, auf die es keine Antwort gab.
Schon das Verschwinden des Mannes war mysteriös genug und könnte aus der Feder eines Krimi-Autors stammen: Josef Gaum, 45, verlässt am 3. Mai 1965 sein Büro in der Rheinischen Hypothekenbank in Mannheim, bei der er sich vom Büroboten bis zum Prokuristen hochgearbeitet hat, und hebt von seinem Konto bei einem anderen Geldinstitut 20.000 DM ab. Gaum ist Spezialist für Wertpapiere und gilt in der Bank als vermögend. Am nächsten Morgen ruft er sein Büro an. Er komme etwas später, teilt er mit, und murmelt etwas von einer Autopanne. Doch er kommt nicht, auch nicht in den nächsten Tagen, und in seiner Wohnung hebt niemand das Telefon ab.
Gaums im nahe gelegenen Ludwigshafen wohnende verheiratete Schwester Margret von Briel wird verständigt. Sie fährt mit ihrem Vater ein paar Tage später zur Wohnung des Bruders in der Erz-

bergerstraße 5 und sie lassen im Beisein von Polizeibeamten vom Hausmeister, der über einen Zentralschlüssel verfügt, die Wohnung öffnen.
Wie erwartet sind weder Josef Gaum noch seine Ehefrau Inger zu Hause. Die Kleiderschränke sind gefüllt, im Badezimmer hängt Wäsche zum Trocknen. Nur die Blumen sind leicht welk. In einer Schublade finden die Verwandten 15.000 DM in bar. Entgegen dem Rat der Polizei wird das Geld nicht mitgenommen, es bleibt in der Lade. Man hofft, dass das Ehepaar Gaum bald wieder nach Hause kommt. Von einer Nachbarin erfahren die Verwandten noch, dass Inger Gaum am 3. Mai noch Konserven in den Keller getragen hat.
Vier Tage später besuchen die besorgten Verwandten neuerlich die Wohnung. Das Ehepaar ist noch immer nicht da – aber die 15.000 DM aus der Schublade sind weg. Der Hausmeister gerät unter Verdacht, schwört jedoch Stein und Bein, er habe die Wohnung in der Zwischenzeit nicht betreten. In der Nacht vom 9. zum 10. Mai habe er allerdings jemanden im Treppenhaus gehört, dem aber keine Aufmerksamkeit geschenkt. Stimmen die Aussagen des Hausmeisters, dann bleibt nur eine Schlussfolgerung: entweder Josef oder Inger Gaum müssen in dieser Nacht gekommen sein und das Geld geholt haben, denn außer dem Hausmeister haben nur sie Wohnungsschlüssel.
Da ein Verbrechen nicht auszuschließen ist, wird auch der Keller der Gaums genau untersucht, da eine frisch zementierte Stelle verdächtig scheint. Die Feuerwehr gräbt den Keller bis auf den gewachsenen Boden in 1,5 Meter Tiefe auf, ohne etwas zu finden.
Die deutsche Polizei beginnt nun intensiv und auch weltweit nach Gaum und seiner Ehefrau zu fahnden. Vorerst ergebnislos. Erst später wird Seltsames bekannt: In der Nacht vom 9. zum 10. Mai, etwa um drei Uhr früh, beobachtet die Autobahnpolizei bei der Abfahrt Heidelberg, wie vor ihren Augen ein blauer Opel Kapitän auf der regennassen Fahrbahn ins Schleudern gerät, über eine Böschung kippt und sofort in Flammen aufgeht. Der Fahrer zwängt sich unverletzt aus dem brennenden Fahrzeug und kann noch eine Aktentasche aus dem Kofferraum bergen und sich selbst in Sicherheit bringen. Dann brennt der Wagen aus. Der Fahrer erklärt, dass er Josef Gaum heiße und das Auto seiner Frau gehöre.

Von der Feuerwehr wird das Wrack noch in der Nacht mit einem Abschleppwagen nach Mannheim gebracht, Gaum fährt mit. Er lässt sich jedoch nicht vor seinem Haus, sondern etwa drei Kilometer entfernt im Stadtteil Lindenhof absetzen. Das kam heraus, als die Mannheimer Polizei im Briefkasten der Gaum-Wohnung eine Rechnung der Heidelberger Feuerwehr fand. War also doch Gaum vor oder nach dem Unfall in seiner Wohnung gewesen und hat sich von dort die 15.000 DM mitgenommen? Gesehen hat ihn jedenfalls niemand. Auch von seiner Frau gab es weiterhin keine Spur.

Spur in die Schweiz

Am 23. Dezember 1965, einen Tag vor dem Heiligen Abend, weist sich in einer Filiale der Schweizerischen Bankgesellschaft in Rohrschach am Bodensee (Kanton St. Gallen) ein Mann als Josef Gaum aus und will, dass von seinem Konto in Mannheim 15.000 DM überwiesen werden. Es werde etwas dauern, wird ihm gesagt, und da er ohnedies noch etwas erledigen möchte, verlässt er das Gebäude. Eine halbe Stunde später ruft er bei der Bank an und erfährt, dass sein Konto in Deutschland gesperrt sei. Wortlos legt der Mann auf, er taucht bei keiner anderen Bankfiliale auf.

Im August 1966, mehr als ein halbes Jahr später, erfährt die deutsche Polizei, dass Josef Gaum mit einem Kopfschuss und ertrunken im österreichischen Bregenz aus dem Bodensee gefischt und als namenlose männliche Leiche beerdigt worden ist. Zwar konnte man jetzt rekonstruieren, dass sich Gaum nach seinem Verschwinden aus Deutschland jedenfalls im Dezember 1965 in der Schweiz und entweder davor oder danach auch in Liechtenstein aufgehalten hat, was aus dem Zündholzbriefchen zu schließen war. Doch was hat sich in der Zwischenzeit abgespielt?

Neuerlich wird versucht, mehr Klarheit in den Fall zu bringen. Im Januar 1969 beschäftigt sich die TV-Sendung »Aktenzeichen XY ungelöst ...« mit der noch immer abgängigen Inger Gaum und ihrem toten Ehemann. Mit sensationellem Ergebnis. Bei der Tiroler Gendarmerie meldete sich auf diese Sendung hin die in Tarrenz arbeitende Kellnerin Ottilie Tegischer, 30, und erklärt: »Der Mann, der im Fernsehen gezeigt wurde, ist der Vater meiner außerehelichen Tochter Natalie Christine.« Sofort schickt die von dem Anruf verständigte Mannheimer Polizei einen Beamten nach Tirol, dem die Kellnerin ihre Geschichte erzählt.

Angeblich hat sie Gaum in Volders bei Innsbruck, wo sie im Gasthof »Post« arbeitete, kennen gelernt. Der Tiroler Gendarmerie und dem Polizisten aus Mannheim schilderte sie im Posten Imst dann, was sie mit Gaum erlebt hat: »Der Mann kam Anfang Juli 1965 in das Kaffeehaus, bestellte einen Kaffee, etwas später einen zweiten und dann noch einen dritten. Ich war etwas vorlaut und ärgerte mich vor ihm über die dauernden Störungen. Er lachte nur und meinte, er habe nur deshalb immer wieder etwas bestellt, damit er sich mit mir unterhalten könne. Nach ein paar Stunden kam er wieder und sagte mir, dass er sich im Ort ein Zimmer genommen hat.« Dann kam er täglich in das Kaffeehaus und stellte sich als Dr. Josef Braune vor. Er sei Mitaktionär einer Getreidehandelsgesellschaft in Frankfurt. Schon nach zehn Tagen machte er ihr einen Heiratsantrag, den sie aber nicht ganz ernst genommen habe. »Mir imponierte, dass er mich als Dame behandelte und mit mir fast täglich nach der Lokalsperre, also etwa um ein oder zwei Uhr früh, nach Solbad Hall in die Löwenbar fuhr«, gab Tegischer zu Protokoll.

Ihr neuer Freund aus Deutschland verwöhnte sie nach Kräften. Anlässlich eines Ausflugs zur Südtiroler Seiser Alm kaufte er ihr ein goldenes Armband um 500 DM, und als er einmal allein – angeblich nach Frankfurt – wegfuhr, ließ er ihr, quasi als Pfand, 125.000 Schilling zurück. Als »Beweis«, dass er bestimmt zurückkommen werde. Bald war Tegischer mit Gaum, der sich in Tirol ja als Braune ausgab, intim geworden. Der Mann wohnte dann bei ihr in Tarrenz, sie gab den Kellnerinnenjob auf. Mit seinem Fiat 1800 mit dem Stuttgarter Kennzeichen S-VN 47 machten sie gemeinsam zahlreiche Ausflüge, waren in Venedig und im Wiener Prater, in Vaduz und Zürich, in San Remo und München.

»Der Mann war sehr furchtsam, besonders wenn er einen Gendarmen sah. Er hat meist eine Pistole bei sich gehabt«, erzählte nach der Fahndungssendung die Kellnerin der Gendarmerie. »Um zu meiner Wohnung in Tarrenz zu gelangen, mussten wir durch eine dunkle Tenne gehen. Er schickte mich immer voraus, damit ich Licht machen sollte, erst danach folgte er.« Einmal habe sie seinen Ausweis gesehen. Er lautete auf Josef Wilhelm Braune, wohnhaft in Frankfurt/Main, Rödlweg 26.

Der Schwager der Kellnerin, der Buchdrucker Peter Scheiber, wurde einmal zu Hilfe gerufen, als Braunes Wagen streikte. Vor der Gendarmerie erzählte er: »Im Kofferraum habe ich eine amerikanische Pistole, Marke PI 11, gesehen. Als Grund dafür nannte mir der Bekannte meiner Schwägerin, dass er sich bedroht fühle.«
Rätsel über Rätsel: Warum benützte Gaum in Tirol einen falschen Namen und hatte sogar einen Ausweis mit diesem Namen bei sich und wovor fürchtete er sich derart, dass er sich sogar bewaffnet hat? War sein berufliches Vorleben doch nicht so korrekt, wie man annahm, und waren vertuschte Unregelmäßigkeiten bei seiner Bank Grund für das Verschwinden?

Ausgebranntes Autowrack
Am 16. Dezember 1965 verreist Gaum allein, er müsse wegen einer Kriegsverletzung nach Zürich ins Spital. Am 23. Dezember – also an jenem Tag, an dem Gaum vergeblich versuchte, in Rohrschach in der Schweiz Geld abzuheben – ruft er nochmals bei der Kellnerin an und erklärt, bald wieder zurückzukommen. Seither hat Ottilie Tegischer nichts mehr von dem Mann gehört. Von ihrer Schwangerschaft hatte sie nichts erzählt. Zurück blieben drei Sommerhosen, eine Badehose und ein Lederkoffer. Kein Geld, keine persönlichen Aufzeichnungen. Nachdem sie sechs Monate später sein Kind zur Welt gebracht hatte, versuchte sie bei deutschen Polizeidienststellen die Adresse ihres Bekannten herauszufinden. Vergeblich. Ein Dr. Josef Braune sei unbekannt. Erst durch die Fernsehsendung wisse sie jetzt, wie der Vater ihres Kindes wirklich hieß.
Durch den Anruf der Kellnerin wurde ein weiteres Detail aus dem seltsamen ratenweisen Verschwinden Gaums aufgeklärt. Die Behörden holten dazu einen alten Akt aus dem Jahr 1965 aus dem Archiv. Ende Dezember war im Mehrauer Wald nahe von Bregenz ein ausgebrannter Fiat 1800 ohne Kennzeichentafel entdeckt worden. Erst später stellte man auf Grund der Motornummer fest, dass dieser Wagen in Stuttgart unter der Zulassungsnummer S-VN 47 registriert war – genau jene Nummer, die auch Gaums Auto hatte, als er in Tirol bei der netten Kellnerin lebte. Allerdings: In Stuttgart war als Besitzer ein Mann namens Joseph Baum registriert. »Ich habe nie ein Auto gehabt, ich kann gar nicht

fahren«, erklärte dieser Joseph Baum den überraschten Beamten, die nach dem wahren Besitzer des Autowracks suchten. Schließlich wurde festgestellt, dass der Wagen am 11. Mai bei einem Stuttgarter Gebrauchtwagenhändler gekauft und ohne nähere Ausweiskontrolle auf Joseph Baum zugelassen worden war. Der Käufer war jedoch, wie sich jetzt herausstellte, Josef Gaum. Offenkundig brauchte er einen neuen Wagen, da er ja am Tag zuvor den Unfall bei Heidelberg gehabt hatte. Warum er den neuen Wagen unter einem falschen Namen anmeldete, bleibt ein Rätsel.
Für die deutsche Polizei ergaben sich demnach folgende Fakten:
Am 3. Mai 1965 ist Josef Gaum das letzte Mal an seinem Arbeitsplatz in Mannheim.
Am 4. Mai ruft er in der Bank an, dass er etwas später kommen werde, doch er erscheint nicht mehr in der Bank. Auch seine Frau wurde seit damals nicht mehr gesehen.
In der Nacht vom 9. auf den 10. Mai hat Gaum bei Heidelberg einen Autounfall, sein Wagen brennt aus. Er kehrt in seine Wohnung zurück, holt 15.000 DM und verschwindet wieder, ohne jemandem etwas zu sagen. Seither sind keine Geldabhebungen von Gaum feststellbar.
Am 11. Mai kauft Gaum in Stuttgart ein neues Auto und lässt es auf einen falschen Namen registrieren.
Am 15. Mai trifft Gaum in Tirol ein und lebt ab Anfang Juni unter dem Namen Dr. Josef Braune bei der Kellnerin Ottilie Tegischer in Tarrenz.
Am 23. Dezember versucht Gaum unter seinem richtigen Namen in einer schweizerischen Bank in Rohrschach Geld zu beheben. Er erfährt, dass sein Konto gesperrt ist. Am gleichen Tag wird auch sein in Stuttgart gekauftes Auto im Bregenzer Wald ausgebrannt gefunden.
Kurz darauf findet er im Bodensee den Tod.
Seine Leiche wird am 28. März 1966 am österreichischen Ufer des Sees geborgen.

Wie Gaum ums Leben kam, ob es Selbstmord oder Mord war, was die Ursache seines Verschwindens war und vor allem, was mit seiner Frau geschah, konnte bis heute nicht geklärt werden. Ottilie Tegischer übersiedelte 1970 mit ihrer Tochter nach Pfronten im Allgäu. Inzwischen ist sie in Pension und Großmutter. »Ich habe nie wieder von dem Fall gehört«, erklärt sie den Autoren am Telefon.

Das Rätsel um den verheimlichten Abschiedsbrief

Der in dem kleinen Ort Unterretzbach (Niederösterreich) nahe der Grenze zu Tschechien praktizierende Arzt Dr. Theodor Seebauer sucht am 13. August 1975, einen Tag vor seinem 64. Geburtstag, ganz aufgeregt das Wiener Sicherheitsbüro in der Berggasse 41 auf. »Unser 28-jähriger Sohn ist seit zwei Monaten verschwunden und unsere Schwiegertochter weigert sich, darüber mit uns zu reden«, erklärt er den Beamten und erstattet offiziell Abgängigkeitsanzeige.

Theodor junior hatte mit 22 Jahren die damals erst 20 Jahre alte und von ihm schwangere Salzburger Malerin Marie-Theresia Menzel geheiratet, die aus einer angesehenen Familie stammte. Die Eltern der Braut haben ein Antiquitätengeschäft in der noblen Getreidegasse. Theodor Seebauer wohnte mit seiner Frau, die bald nach dem ersten noch ein zweites Kind bekam, in Wien, studierte hier Medizin und wurde von seinen Eltern großzügig finanziell unterstützt. Monatlich bekam er 6.000 Schilling.

Am 14. Juni 1975 brachte er die beiden Kinder David und Theodor nach Unterretzbach. Da er studieren müsse und seine Frau eine Ausstellung in Klagenfurt organisiere, bat er darum, dass sie für einige Tage bei seinen Eltern bleiben dürfen. »Er war ziemlich nervös bei seinem Besuch, aber wir dachten, das habe mit seinem Studium zu tun«, berichtet Seebauer senior der Polizei. Drei Tage später, also am 17. Juni, telefonierten die Eltern noch mit ihrem Sohn, der ankündigte, seine Kinder am 20. Juni zu holen. Doch er kam nicht. Durch ein Telefonat mit ihrer Schwiegertochter erfuhren die Eltern, dass ihr Sohn nach dem 17. Juni die Wohnung in Wien verlassen habe. »Über die Gründe sagte sie uns nichts, auch nicht, wo Theodor jetzt ist«, war der Vater des Verschwundenen bestürzt. Vollends aus der Fassung geriet er, als dann die Schwiegertochter schrieb, dass sie nun mit einer Künstlerkollegin in einem gemieteten Haus in Natternbach (Oberösterreich) lebe und die eheliche Wohnung in Wien aufgeben werde.

Die Polizei ließ Marie-Theresia Seebauer in dem kleinen oberösterreichischen Ort vernehmen. Die Frau des Verschwundenen erklärte, dass dieser während ihrer Abwesenheit die Wiener Wohnung verlassen und ihr nur brieflich mitgeteilt habe, er werde nach Südamerika gehen. Sie weigerte sich allerdings, den Beamten diesen Brief zu zeigen. Erst nach massiven Interventionen und dem Hinweis, dass sie damit eine Amtshandlung behindern würde, rückte sie im November 1976, also eineinhalb Jahre nach dem Auszug ihres Mannes aus der gemeinsamen Wohnung, eine Kopie des Schreibens heraus. Theodor Seebauer schrieb: »Was jetzt kommt, wird wahrscheinlich einen großen Schock bei dir auslösen. Ich habe in meinem Beruf gänzlich versagt. Ich habe euch verlassen. Ich weiß nicht, was jetzt kommen wird, glaube nicht, dass noch alles gut werden wird. Ich wäre momentan eine starke Belastung für euch. Vielleicht ist es gut so, dir stehen alle Tore offen. Meine Eltern und ihr habt es nicht verdient, so betrogen zu werden, es tut mir Leid, ich kann jetzt nicht anders. Thodi.«
Keine Rede davon, dass Seebauer also nach Südamerika gehen wolle, wie seine Frau ursprünglich behauptet hatte. Die Angaben in dem Brief könnten sich darauf beziehen, dass Seebauer lange Zeit das Studium geschwänzt hat, dennoch aber die monatliche Apanage seiner Eltern bezog, er sie also »betrogen« hat.
Die Eltern Seebauers äußerten der Polizei gegenüber andere Vermutungen: Vielleicht sei Theodor dazu gebracht worden, dubiose Antiquitätengeschäfte abzuwickeln. Als Indiz führten sie an, dass ihr Sohn in den vergangenen Jahren nicht nur für seine Schwiegermutter Karin Menzel, sondern auch für einen Wiener Antiquitätenhändler Chauffeur gespielt und für beide Transportfahrten nach Deutschland durchgeführt habe. Vielleicht sei er in der Folge »beseitigt« worden. Beweise für ihren Verdacht hatten sie allerdings keine.

Ein Boot gemietet

Marie-Theresia, die Ehefrau des Verschwundenen, sorgte dann kurz vor Weihnachten 1976 für eine weitere Sensation. In einem Brief an ihre Schwiegereltern teilte sie mit: »Da mich selber eine innere Unruhe wegen Theodor befallen hat, bin ich seinen Spuren gefolgt. Ich bin nach Holland gefahren, wo er sich ein altes Boot

gekauft hat und damit losgesegelt ist. Leider fehlt von ihm seither jede Spur. Ich habe bei der holländischen Küstenpolizei die Vermisstenanzeige aufgegeben.«
Ein Brief, der Rätsel aufgab. Woher wusste die Frau exakt, wo sich ihr Ehemann ein Boot besorgt hatte? Wieso recherchierte sie selbst, die sie sich vorher distanziert zur Abgängigkeit ihres Mannes geäußert hatte, 1.000 Kilometer von der Heimat entfernt, ohne die Polizei um Hilfe zu bitten?
Die Polizei überprüfte nun die Angaben von Marie-Theresia Seebauer mit Hilfe der Interpol. Im holländischen Fischerdorf Staveren wurden die Beamten fündig: »Ja, Herr Seebauer hat am 22. Juni 1975 bei mir um 20.500 Gulden ein Segelboot gekauft«, gab Jan de Jong, der Verkäufer des Sieben-Meter-Bootes namens »Nuage«, an. Dieser Betrag entsprach rund 150.000 Schilling und niemand in Österreich konnte sich erklären, wie der Medizinstudent zu diesem Vermögen gekommen sein könnte. Seebauer hat dann in Holland verschiedene Dinge eingekauft, unter anderem einen Sextanten und einen Kurzwellen-Weltempfänger. Er erzählte, dass er nach Tahiti oder nach Griechenland segeln wolle, doch warnte ihn de Jong, da das Schiff nicht hochseetauglich sei.
Ingrid Wald, eine Schwester des Verschwundenen, arbeitet als Restauratorin in Wien. Sie hatte ein gutes Verhältnis zu ihrem Bruder. Den Autoren erzählte sie: »Theodor hat sich sehr fürs Segeln interessiert. Er bestellte sich immer wieder einschlägige Zeitschriften, hatte Seekarten, die er sich immer wieder ansah, und hatte eine Zeit lang sogar ein kleines Segelboot am Mondsee. Ich habe ihm dafür die Segel genäht.« Einen Tag vor dem Verschwinden ihres Bruders hatte sie noch Kontakt zu ihm: »Er war auf dem Absprung, wie er sagte, in eine Tasche war ein dicker Lammfellmantel gepackt. Er nahm auch seine Zeugnisse mit, unter anderem das Maturazeugnis. Seekarten hat er auch mitgehabt. Ja, irgendwie war er angezogen wie ein Seemann – so in Blau und Weiß. Das war seine liebste Kleidung.«
Allerdings – wo es hingehen sollte, sagte Theodor nicht. Ingrid Wald wusste, dass er viel Geld bei sich hatte, etwa 240.000 Schilling. »Den Großteil, rund 200.000 Schilling, hat er, wie wir erst später erfahren haben, von einem Sparbuch abgehoben, das unser Vater für ihn angelegt hat, damit er später einmal eine Praxis er-

öffnen kann. Theodor kannte das Losungswort.« Der Griff auf das Sparbuch könnte eine Erklärung für die Entschuldigungen sein, die in dem Abschiedsbrief erwähnt wurden, meint Ingrid Wald. Sie zündet sich eine Zigarette an, muss kurz innehalten und kämpft mit ihrer Stimme: »Das Boot kann er sich damit also in Holland gekauft haben. Aber er war doch auch ein logisch denkender Mensch und deswegen glaub ich nicht, dass er sich der Gefahr ausgesetzt hätte, mit einem Boot, das nicht hochseetauglich ist, in die Nordsee und dann übers offene Meer zu fahren.«
An dem Tag, an dem sie Theodor zuletzt sah, dürfte er »unter starkem Stress gestanden sein, er wirkte psychisch überfordert. Ich kann mir vorstellen, dass sein Verschwinden im Zusammenhang mit dem sehr gespannten Verhältnis zu seiner Frau, vielleicht auch mit Vorgängen im Antiquitätenhandel steht.« Obwohl Ingrid Wald versichert, dass sie sich mit der ganzen Geschichte abgefunden hat, scheint es doch, als würden gewisse Erinnerungen wieder hochkommen: »Die Frau meines Bruders hat sich damals nicht einmal um die Wohnungsauflösung gekümmert. Das hab' auch ich machen müssen.«

Die Kluft zwischen den Familien der Eheleute Seebauer wurde nach dem Verschwinden Theodors immer weiter und der Verdacht, die Ehefrau des Abgängigen könnte mehr wissen, als sie erzählte, blieb bestehen.

Geheimnisvolle Telefonanrufe

Mysteriös auch das Verschwinden des Martin Rödl aus Axams in Tirol. Nach einer Zechtour verließ der damals 27-jährige Eisenbahnarbeiter am 3. Dezember 1997 gegen Mitternacht das Lokal „Pfiff" in Imst. Fröhlich lachend bog er hinter der Kirche ab. Auto habe er keines dabei und außerdem sei er nicht betrunken, hatte er dem Wirt noch gesagt, der ihn nach den paar Gläsern Bier vor der Gendarmerie warnte.
Zuerst war seine Frau Claudia nicht besonders beunruhigt, als er nach der vorgezogenen Nikolaus-Feier mit Freunden nicht nach Hause kam. Wahrscheinlich wird er nach dem Umtrunk direkt zur

Arbeit gegangen sein, vermutete sie. Doch ein Anruf dort, in Innsbruck, ließ sofort Befürchtungen aufkommen. Er war nicht zum Dienst erschienen. Claudia erstattete Abgängigkeitsanzeige. Die Gendarmerie begann mit Suchaktionen, mit Hunden stöberte man die gebirgige Umgebung von Imst ab. Erfolglos. Ungeklärt blieb auch, welchen Weg Rödl nach dem Verlassen des „Pfiff" nach Hause genommen haben könnte.
Nach ein paar Tagen, der Schnee lag schon ziemlich hoch, wurde die Suche eingestellt. Der Mann war wahrscheinlich abgestürzt, hatte sich betrunken verirrt, so die Annahme. Nach der Schneeschmelze werde man ihn vielleicht finden ...

Er war verschwunden, »als hätt's ihn nie gegeben«, wundert sich seine ältere Schwester Anita, heute 38 Jahre alt.
Bei den Ermittlungen im Freundeskreis des Verschwundenen drang die Gendarmerie immer tiefer in ein offenbar streng gehütetes Geheimnis ein: Rödl hatte seit geraumer Zeit ein intimes Verhältnis mit einer Frau in Landeck. Die Schwierigkeiten, sein Doppelleben zu kaschieren, könnten die Ursache dafür sein, dass er nach der Nikolaus-Feier Selbstmord begangen hat oder ganz einfach untergetaucht ist, um ein neues Leben zu beginnen. Ein Indiz für diese Variante waren geheimnisvolle Anrufe, von denen die Mutter Rödls berichtet. »Immer wieder, auch in der Nacht, hat 's Telefon geläutet, aber niemand hat sich gemeldet.« Sie vermutete ihren Sohn dahinter und beschwor den stummen Anrufer, doch etwas zu sagen. Vergebens.
Die Gendarmerie ging den Mitteilungen über die geheimnisvollen Telefonanrufe nach und nahm die Ermittlungen wieder auf. War Rödl doch ausgestiegen und versuchte er seiner Familie ein Lebenszeichen zu geben, ohne sich direkt zu deklarieren? Auch eine Aussage des Wirtes vom „Pfiff" erschien nun in einem neuen Licht. Er will gesehen haben, dass Martin Rödl bei seinem letzten Besuch in seinem Lokal »viel Geld« bei sich gehabt habe. Seine Ehefrau wusste jedoch nichts von Martins dicker Brieftasche und auch auf dem gemeinsamen Konto gab es keine unerklärlichen Abhebungen. Von wem also stammte das viele Geld, gab es jemanden, der Rödl beim Aussteigen geholfen hat?
Jeder Laie stellt sich die Frage, wie es möglich ist, trotz internatio-

naler Zusammenarbeit der Sicherheitsbehörden unterzutauchen und weiterhin ein so genanntes »bürgerliches Leben« zu führen. Abgängige Personen werden international »nur« zur Aufenthaltsermittlung ausgeschrieben, sie haben in aller Regel durch ihr Verschwinden ja kein Gesetz verletzt. Das heißt, dass »aktive« Fahndungen, wie nach Kriminellen, kaum durchgeführt werden. Die mit den Daten eines Abgängigen gefütterten Computer der Polizei bringen nur dann ein Ergebnis, wenn sich der Betreffende selbst an eine Behörde wendet, vielleicht wegen einer Passverlängerung, oder wenn er sich, etwa bei einer Verkehrskontrolle, ausweisen muss. Selbst an den Grenzen innerhalb der EU werden ja keine Ausweise verlangt. Auf die Spur von U-Booten, die keinen neuen Namen angenommen haben, kommt die Polizei unter Umständen durch die elektronischen »Fingerabdrücke«, die man eventuell bei der Benützung von Kreditkarten im Datennetz hinterlässt.

Aus der Freiheit in die Zelle – und retour

Wochenlang hielt 1999 ein Sensationsprozess die Schweiz in Atem: Der europaweit bekannte Tierarzt und Spezialist für Ferkelzucht Gabor Bilkei, 55, musste sich vor einem Zürcher Geschworenengericht wegen Mordes an seiner Frau Heike verantworten. Begonnen hat alles, wie so oft, mit einer Vermisstenmeldung.

Heike Bilkeis Bruder hatte im Juni 1996 die Kantonspolizei alarmiert. Seine Schwester sei verschwunden, ihr Ehemann antworte nur ausweichend auf Fragen nach ihrem Verbleib, meldete Heikes Bruder der Polizei. Von seinem Schwager habe er nur erfahren, dass Heike ausgezogen sei und man sich »im Guten« getrennt habe.

Die Polizisten begannen mit ihren Recherchen. Bald stellte sich heraus, dass eine Bekannte der Familie zuletzt am 29. April mit Heike Bilkei im Ferienhaus des Ehepaares in Emmetten (Kanton Nidwalden) telefoniert und dass Ehemann Gabor am 2. Mai den Geländewagen seiner Frau in eine Garage nach Wallisellen gebracht hatte und den Auftrag gab, ihn zu verkaufen. Bei einer Untersuchung im Ferienhaus entdeckten die Polizisten merkwürdige Flecken an der Wand in der Garage. Die erste Vermutung:

Blut! Die folgende Analyse verneinte den Verdacht: Es war eine braunrote Lackfarbe.
Wieder und wieder wird Gabor Bilkei befragt, zuerst erklärt er, seine Frau noch im Mai in Luzern kurz getroffen zu haben, dann tischt er eine neue Version auf: Sie sei nach Südafrika geflogen, um dort bei Scientologen eine Entziehungskur zu machen. Reporter von »Radio Z« fanden dagegen heraus, dass Bilkei kurz nach dem Verschwinden seiner Frau in einem Reisebüro für sich und die beiden Kinder Flugtickets nach Südamerika zuerst bestellt, dann aber wieder storniert hatte. Für die Polizei, die bisher keine anderen Hinweise hat, reichen die Verdachtsmomente gegen den Ehemann aus, er wird am 5. Juli 1996 verhaftet. Von Frau Bilkei fehlt nach wie vor jede Spur, Erhebungen in Südafrika durch die Interpol verlaufen im Sand. Interessant ist noch ein Fund in der Wohnung des Tierarztes: Die Polizei stellt ein Notizbuch Bilkeis sicher, das Namen und Telefonnummern von russischen Mafia-Paten enthält, unter anderem die des rund um die Welt von Nachrichtendiensten observierten Sergei Michailow. Die Abteilung für »Organisierte Kriminalität« bei der Bundespolizei in Genf kann die gefundenen Namen eindeutig zuordnen.
Zeitungen erinnern an ähnliche mysteriöse Vermisstenfälle in der Schweiz. Spurlos verschwand im Oktober 1992 die 36-jährige Esther Marches aus Laupen bei Wald. Der Zürcher »Tagesanzeiger« dazu: »Am 20. Oktober 1992 kam die 12-jährige Tochter nach Hause – das Radio lief, im Aschenbecher brannte eine Zigarette – die Mutter war nicht mehr da. Zudem fehlte eine rote Bettdecke. Die Polizei entdeckte damals Faserspuren im Kofferraum des Autos ihres Ex-Mannes. Auf Grund dessen wurde er vorübergehend verhaftet, musste jedoch bald wieder freigelassen werden.« Ebenfalls keine Spur gibt es von der im März 1996 verschwundenen Rita Ruinelli, 42, aus Rüti. Ihr Ehemann Reto hatte die Vermisstenanzeige erstattet, als ihn die Polizei jedoch neuerlich vernehmen wollte, war er nicht mehr da. Kurz darauf wurde er in der Nähe im Wallis tot aufgefunden, er hatte Selbstmord begangen.

Nach elf Monaten gefunden
Die Vernehmungen Gabor Bilkeis in der Zelle bringen die Polizei um keinen Schritt weiter. Die Suppe war zu dünn. Am 30. Januar 1997 muss der Ehemann der Verschwundenen auf freien Fuß gesetzt werden.

Am Karfreitag des gleichen Jahres, am 28. März, macht ein Spaziergänger in einem Wald bei Wetzikon eine grausige Entdeckung: Neben einem Baum findet er den zum Teil mit verwesten Fleischresten bedeckten Kopf einer Frau. Im Schädel finden sich vier Einschusslöcher von Pistolenkugeln – die Frau ist offenkundig ermordet worden. Routiniert werden von der Polizei alle offenen Fahndungen nach vermissten Frauen überprüft, eine Untersuchung in der Zürcher Gerichtsmedizin, ein Vergleich des Zahnbildes und eine DNA-Analyse geben dann Gewissheit: Es ist die vor elf Monaten verschwundene Heike Bilkei. Der Mörder muss die ehemalige schweizerische Meisterin im modernen Fünfkampf und zweifache Mutter enthauptet und den Körper an anderer Stelle versteckt haben. Die Suche in der Umgebung des Fundortes des Schädels aber blieb erfolglos.

Im Kopf der Frauenleiche fanden die Polizisten auch ein Projektil, das aus einer Pistole der Marke Beretta stammt. Eine derartige Pistole ist – neben drei anderen – seit 1990 für Gabor Bilkei registriert. Der Mann wird daher am 2. April erneut verhaftet. Seiner Entlastung sollen Briefe dienen, die seine Ehefrau nach ihrem Verschwinden an Freunde geschickt haben soll. Die Kriminaltechniker stellen jedoch bald fest, dass die Unterschriften nicht von Heike Bilkei stammen. Es wird Anklage erhoben.

Im Prozess verteidigte sich Gabor Bilkei gegen den Vorwurf, er habe seine Frau Heike in der Nacht auf den 30. April 1996 getötet, mit dem Hinweis, er sei Mitte Mai mit einem Koffer, der mit 40.000 Franken gefüllt war, nach Deutschland gefahren. In Waldshut habe er seiner Frau das Geld übergeben. Tatsächlich hatte das Ehepaar in verschiedenen Ländern Bankkonten in Millionenhöhe. Heike Bilkei verfügte unter anderem auch über eines in Waldshut – bestückt mit einer Million Franken. Aus welchen Quellen die Ehefrau des Tierarztes ihr Vermögen speiste, wurde auch während des Mordprozesses nicht geklärt.

Auf Grund aller vorhandenen Indizien – vielleicht auch weil es keinen anderen Verdächtigen im Zusammenhang mit dem Verschwinden Heike Bilkeis gab – wurde der Ehemann zu 14 Jahren Haft verurteilt.

Eine Mülltonne als Sarg

Einen makabren Fund machte in der Karwoche des Jahres 2002 ein Spaziergänger im so genannten Rosenhain, einem Waldstück am Rande von Graz, der steirischen Landeshauptstadt. Neben einem Baum, nur zehn Meter abseits eines bei Joggern beliebten Waldweges, stand eine Mülltonne, die mit schwarzer Plastikfolie zugeklebt war. Der neugierig gewordene Mann riss die Folie weg und öffnete die Tonne: Gestank schlug ihm aus einem in eine Wolldecke gewickelten Kunststoffsack entgegen. Mit einem Taschenmesser schlitzte er den Sack auf und prallte entsetzt zurück. Ein Frauenbein kam zum Vorschein. Die Mülltonne war der Sarg einer ermordeten Frau.

Die Obduktion ergab Tod durch Erwürgen. Auf Grund des Zahnbildes war die Frau rasch identifiziert: Es handelte sich um die 50-jährige Pensionistin Linde Visner. Von ihrer Tochter war die Frau bereits am 12. Oktober 2001 als vermisst gemeldet worden. Noch Anfang Februar 2002 hatte die Polizei um Hinweise auf die Abgängige ersucht. »Größe 1,58 m, korpulent, mittelbraunes glattes Haar mit blonden Strähnen«, wurde sie beschrieben. In der Pressemitteilung hieß es noch, dass seit dem vergangenen Oktober »keinerlei Hinweise auf den Aufenthaltsort oder den sonstigen Verbleib der Vermissten ermittelt« werden konnten.

Ende März wurde dann durch Zufall die Leiche der Frau gefunden. Der wichtigste Hinweis für die Fahnder kam am Tag nach den Zeitungsmeldungen über die »Leiche in der Mülltonne« per Telefon. Ein Mann meldete sich bei der Polizei, dass er seinem aus Deutschland stammenden Freund Hans Peter Balasko vor Monaten geholfen habe, eine Mülltonne in den Rosenhain zu bringen. »Ich wusste nichts von dem Inhalt«, beteuerte er.

Der Polizei war der Name des Mannes, den der Zeuge angegeben hatte, bekannt: Er war der Lebensgefährte der abgängigen Pensionistin Linde Visner. In seiner Wohnung im Grazer Stadtteil Lend

war man bereits kurz nach der Vermisstenmeldung gewesen. Der Mann gab sich damals ahnungslos. Als ihn die Polizei nach dem Leichenfund neuerlich vernehmen wollte, war er weg. Die Wohnung hatte er schon vor Monaten aufgegeben, für die Polizei war er so unverdächtig, dass er nicht einmal observiert wurde. Dennoch konnte er zu Ostern aufgestöbert werden. Er gestand, die Pensionistin Anfang Oktober erwürgt zu haben, weil sie »immer gelästert« habe, wenn er spät nach Hause gekommen sei. Die weiteren Details des Geständnisses: Die Leiche hatte er zuerst im Wohnzimmer in einem Schrank versteckt, dann auf dem Balkon und schließlich, als auch dort der Geruch zu stark wurde, im Keller, ehe er sie in einer Mülltonne in den Wald brachte.
Als diese Umstände bekannt wurden, musste sich die Polizei die Frage stellen lassen, wie gründlich ihre Erhebungen eigentlich waren oder ob Routine blind macht. Allen Erkenntnissen zufolge sollte bei Nachforschungen nach Vermissten besonders intensiv auch im persönlichen Umfeld ermittelt werden. Offenkundig aber haben die Grazer Kriminalisten zwar den Lebensgefährten in der Wohnung aufgesucht, die im Kasten sitzende Leiche aber nicht entdeckt.

Der Unbekannte mit der Mickymaus-Krawatte

Für die Polizei in Wiener Neustadt (Niederösterreich) ist sie die Vermisste Nr. 34 des Jahres 2001. »Seit dem 28. September ist die 37-jährige Kindergartenhelferin Heidrun Wastl abgängig«, wird den Zeitungen mitgeteilt und die große Wiener Tageszeitung »Kurier« bringt darüber eine kurze Meldung im Chronikteil.
Ehemann Paul Wastl, 41, städtischer Gärtnereiarbeiter, hat an jenem Freitagabend Vermisstenanzeige bei der Polizei erstattet. »Meine Frau hatte heute, wie immer, ihren freien Tag. Sie brachte zwar unseren sechsjährigen Sohn Stefan zur Schule nach Neudörfel, anders als sonst holte sie ihn aber nicht ab. Der Bub ging daher nach Schulschluss zuerst allein zu den nur 200 Meter entfernt wohnenden Schwiegereltern und – da diese nicht zu Hause waren – dann weiter zum Kindergarten. Er hoffte die Mutter dort zu finden. Vom Kindergarten wurde ich dann angerufen, dass der Bub

gekommen sei, meine Frau aber dienstfrei habe und ihn niemand nach Hause bringen könne. Die Mitarbeiterinnen fragten mich, was sie nun tun sollten«, erzählte der verstörte Ehemann. Vergeblich habe er danach versucht, seine Frau am Mobiltelefon zu erreichen: »Ich kam aber immer nur auf die Mailbox.« Stundenlang probierte er es, doch als kein Rückruf kam, verständigte er die Polizei.
Am Samstag rückten Beamte mit dem Foto der Frau aus und befragten vor dem Bahnhof, bei Bushaltestellen und in Supermärkten Angestellte und Passanten, ob sie Wastl gesehen hätten. Auch das Personal des Flughafens Schwechat wurde mit dem Foto der Vermissten konfrontiert. Doch die Frau schien wie vom Erdboden verschluckt, niemand hatte sie gesehen oder erinnerte sich an sie.
Nichts hatte zuvor auf ein Verschwinden hingedeutet. Am Freitagvormittag war noch der bestellte Tischler ins Haus der Wastls gekommen und Heidrun verständigte ihren Mann telefonisch davon. Dieser Tischler hatte allerdings eine seltsame Beobachtung gemacht, wie er der Polizei bei seinem Verhör mitteilte. »Außer Frau Wastl war noch ein Mann im Haus, den ich kurz gesehen habe. Er war groß, sein blondes Haar trug er mit Mittelscheitel und er hatte eine auffällige Mickymaus-Krawatte«, beschrieb der Mann den Unbekannten. Auch einer der Nachbarn erinnerte sich, dass er ebenfalls am Freitagvormittag Heidrun Wastl vor ihrem Wohnhaus aus einem dunklen Auto aussteigen und in die Wohnung gehen gesehen habe. Es dürfte sich um einen Toyota oder einen Mercedes gehandelt haben.
War die Frau von einem Unbekannten in ihr Haus gebracht worden und war dieser Unbekannte jener Mann mit der Mickymaus-Krawatte, den der Tischler dann in der Wohnung gesehen hatte? Vor allem: In welchem Verhältnis stand Heidrun Wastl zu dem Unbekannten? Die Polizei ließ zwar ein Phantombild anfertigen, veröffentlichte dieses aber nicht in den TV-Sendungen, in denen in der Folge über den Fall Wastl berichtet worden ist. »Das hat strategische Gründe«, meinte man dazu geheimnisvoll bei der Polizei in Wiener Neustadt.

Seltsame Nachricht im Postkasten

Drei Tage nach dem Verschwinden seiner Frau, am 4. Oktober

2001, fand der Ehemann im Postkasten des Hauses einen Zettel im Normalformat A4. »Ich sorge schon für sie, ihr geht es gut, uns geht es gut. Wir sind im Ausland, sie will dich anrufen, wenn sie bereit ist. Ihr fällt es nicht leicht, das zu tun, aber es ging nicht anders ...«, stand in einer fremden Handschrift auf der Kopie. Als Unterschrift war lediglich ein K. hingeschrieben. »Ich kann nicht glauben, dass sie mich und den Buben verlassen hat. Sie hing ja so an dem Kind«, ist der Ehemann verzweifelt. Denn die einzige Erklärung, die sich aus der geheimnisvollen Nachricht ergibt, bedeutet ja, dass Heidrun Wastl freiwillig verschwunden ist. In einem Fernsehinterview verwendet Paul Wastl dann sogar das Wort »sich davonstehlen«, schränkt dann aber sofort ein, dass er das seiner Frau nicht zutraut.

Für den Brief gibt es allerdings auch eine andere Erklärung: Wenn die Frau einem Verbrechen zum Opfer gefallen ist, könnte der Täter durch das Schreiben die Behörden auf eine andere Spur lenken wollen.

Mitte November 2001 bewilligte ein Gericht dann eine Rasterfahndung besonderer Art: Die Polizei bekam alle Telefonnummern, die Heidrun Wastl von ihrem Arbeitsplatz, von ihrem Handy oder von dem Apparat zu Hause in den Wochen vor ihrem Verschwinden angerufen hatte. »Wir suchen nach der Nadel im Heuhaufen«, beschreibt Norbert Zelloth, Chef der Kriminalpolizei in Wiener Neustadt, die Aktion. Obwohl die Recherche-Ergebnisse einige Aktenordner füllen, ergab sich kein greifbarer Hinweis.

Auch mehr als ein halbes Jahr später stand die Polizei mit leeren Händen da. In der TV-Fahndungssendung »Aktenzeichen XY ungelöst ...« wurden am 5. Juli 2002 die Zuseher in Österreich, Deutschland und der Schweiz um Hinweise auf Heidrun Wastl gebeten. Vergebens. Niemand meldete sich, der die junge Frau irgendwo gesehen hatte. Und auch nach einem Interview mit dem Ehemann in einer Sendung des österreichischen TV-Stars Vera Russwurm kurz darauf erhielt die Polizei keine Hinweise. Mit Tränen in den Augen hatte Paul Wastl vor laufender Kamera seine Frau gebeten, sich zu melden. Vergebens. Entweder kann sie es nicht oder sie will es nicht. Denn nicht immer sind die Familienverhältnisse so friktionsfrei, wie sie von den Angehörigen verschwundener Personen beschrieben werden.

Im September 2002 rückte die Polizei dann mit einer Überraschung heraus: Der Verfasser der seltsamen Nachricht, die im Oktober 2001 im Postkasten Wastls gelandet war, ist entlarvt. Es handelte sich um jenen Tischler, der am Tag des Verschwindens im Haus der Familie Wastl gewesen war und die Angaben über den Mann mit der Mickymaus-Krawatte gemacht hatte. Nach vielen grafologischen Gutachten, die bei Bekannten der Wastls gemacht wurden, steht er nun als Schreiber fest. »Ich habe damals nur meine Vermutung ausgedrückt«, gesteht er der Polizei kleinlaut. Und auch, dass er den Mann mit der auffälligen Krawatte nur erfunden hat. Einen Zusammenhang mit dem Verschwinden von Heidrun Wastl allerdings bestreitet der Tischler. Auch die Polizei hat keine Beweise dafür.

Aus der Nervenklinik verschwunden

Wie Heidrun Wastl so verschwand ein Jahr zuvor auch die aus Wiener Neustadt stammende Johanna Bogner, 42, spurlos. Die auffallend dicke Frau – sie wiegt 111 Kilogramm – war bis zum 23. Juni 2000 zur stationären Behandlung in der Nervenheilanstalt Maria Gugging (Niederösterreich) untergebracht. Irgendwann an diesem Tag dürfte sie unerlaubt das Krankenhaus verlassen haben und ist seither wie vom Erdboden verschluckt.

Erst drei Tage später wurde Franz Bogner, 47, der Ehemann der Patientin, angerufen, dass seine Frau verschwunden sei. »Mir hat nur der Portier gesagt, dass er sie vor einiger Zeit hinausgehen, aber nicht mehr zurückkommen gesehen hat«, gibt Bogner den Inhalt der Verständigung wieder. Wenn seine Frau auftauche, solle er sie in die Heilanstalt zurückbringen, meinte der Portier lakonisch.

Bogner verständigte dann den Gendarmerieposten in Kierling und machte Abgängigkeitsanzeige. Die Beamten haben öfter mit »geflohenen« Insassen der Nervenklinik zu tun und hofften auf eine rasche Aufklärung. Wahrscheinlich sei sie irgendwo im Wald, er möge sich doch auch dort in der Gegend umsehen und umhören, gab man Bogner zu verstehen. Die dicke Frau musste doch auffallen, spekulierten die Kriminalisten. Johanna Bogner trug ihre Zivilkleidung, hatte aber weder Ausweise noch Geld bei sich. Außer-

dem benötigt sie starke Medikamente, sodass sie ohne ärztliche Hilfe kaum auskommen konnte.
Zwar kamen einige Anrufe auf Grund der Vermisstenmeldung in den Zeitungen, man wollte die Frau in Hartberg (Steiermark) gesehen haben, doch gab es keine weiterführenden Spuren. Die Frau war auf rätselhafte Weise verschwunden. Die geistige Kraft, gezielt unterzutauchen, traute ihr niemand zu, bei einem Unfall hätte man sie wohl finden müssen, ebenso, sollte sie Selbstmord begangen haben. Spuren eines Gewaltverbrechens waren aber auch nicht zu entdecken.
Für Bogner, der seit 17 Jahren mit Johanna verheiratet ist, brach eine Welt zusammen. »Ich möchte Klarheit haben, ich möchte wissen, was passiert ist«, sagt er immer wieder. Von der Gendarmerie fühlt er sich im Stich gelassen, ebenso von der Öffentlichkeit. Sein Schulkollege Wastl, dessen Frau später ebenfalls verschwand, schaffte den Auftritt in Fernsehsendungen, er wurde immer wieder von den Redaktionen abgewiesen.
Mit dem Sozialarbeiter Thomas Karolyi von der niederösterreichischen Gebietsbetreuung stand Bogner ein Helfer zur Verfügung, der ihm Halt und Unterstützung bot. »Wir waren gemeinsam suchen, haben Plakate und Fotos verteilt, aber alles vergebens«, berichtet Bogner, der jetzt arbeitslos ist. Er spricht es nicht aus, aber im Innersten rechnet er mit dem Tod seiner Frau. Aber das Warum und das Wie will er wissen, ehe er Ruhe finden kann.

Gibt es den »perfekten Mord«?

Immer wieder stellen sich nicht nur Angehörige die Frage: Kann ein Mensch tatsächlich spurlos verschwinden? Trotz weltweiter Fahndung und umfangreichen Datensammlungen der Behörden gelingt es doch immer wieder Personen, sich zu verbergen, eine neue Identität anzunehmen. Geld und Energie sind dazu nötig. Manche Vermisste werden zwar von der Polizei oder durch Zufall aufgespürt, sie verweigern jedoch jeden Kontakt mit der Vergangenheit. Wer volljährig ist, kann nicht zur Rückkehr gezwungen werden – der Akt wird geschlossen, für die Angehörigen jedoch bleibt der Betreffende nach wie vor spurlos verschwunden.

Doch was ist, wenn der Abgängige einem Unfall zum Opfer fiel, Selbstmord beging oder umgebracht wurde? Müsste da nicht zumindest seine Leiche gefunden werden? Unfallopfer werden fast immer früher oder später gefunden. Auch die Leichen der Selbstmörder werden in den meisten Fällen entdeckt, auch wenn der Lebensmüde im Wasser oder einer Schlucht sein Ende sucht. Meist will er ja, dass er gefunden wird, wie Motivforscher immer wieder feststellten. Anders ist es, wenn der Vermisste zum Mordopfer wurde. Zwar werden 90 Prozent der Morde im Affekt verübt, der Mörder flüchtet in Panik und lässt die Leiche zurück. Aber – immerhin – zehn Prozent der Tötungsdelikte geschehen gut überlegt und raffiniert, indem der Täter dafür sorgt, dass das Corpus Delicti, die Leiche, verschwunden bleibt.
Gibt es ihn also, den »perfekten Mord«, der bis zum Jüngsten Tag ungesühnt bleibt? Michael Douglas versuchte es in dem Hollywood-Film »Ein perfekter Mord«, letzten Endes aber scheiterte der raffinierte Plan. Manche Kriminologen jedoch sind davon überzeugt, dass sich unter den »ewig Vermissten« viele perfekte Morde verbergen.
Dem makabren Einfallsreichtum, eine Leiche verschwinden zu lassen, sind kaum Grenzen gesetzt. Die Chronik ist reich an solchen Gruselstorys: Leichen werden zerstückelt, in Beton gegossen, in Flüssen und Seen versenkt, verbrannt, im Säurebad zersetzt oder kompostieren auf einer Mülldeponie dahin. Tote sollen auf ewig unauffindbar bleiben. Gott sei Dank ist es allerdings nicht so einfach, eine Leiche spurlos verschwinden zu lassen, wie vielfach angenommen wird. Der tote Körper ist zäh, widerstandsfähig und sehr stabil. Knochen haben eine Festigkeit von Hartholz, Muskeln, Sehnen und Knorpeln die von zähem Leder. Leichen überleben besser, als man glaubt.

Vergraben hilft kaum

Die offenkundig nahe liegendste Methode, einen Toten verschwinden zu lassen, scheint es zu sein, ihn zu vergraben. Im Wald, im eigenen Garten. Das ist zum einen eine schwere Arbeit, dichtes Wurzelwerk etwa im Waldboden erweist sich als sehr widerstandsfähig, zum anderen besteht die Gefahr, bei Grabungsarbeiten entdeckt zu werden. Durch Spezialkameras kann aus der Luft frisch umgegrabenes Erdreich entdeckt werden, Tiere wühlen den Boden auf, um an den Leichnam zu kommen. Gerichtsmediziner wissen, dass vergrabene Leichen, findet man ihren Bestattungsort, auch nach Jahren noch in gutem Zustand geborgen werden können. War das Erdreich feucht genug, wurde der Körper in Fettwachs gehüllt und so konserviert.

- Eva Majce aus Wien war Putzfrau bei einem Architekten, aber auch hoch verschuldete Glücksspielerin. Im Frühjahr 1999 erschlug sie aus Habgier den Architekten und schaufelte ihm ein Grab in seinem eigenen Garten. Zuerst fahndete die Polizei nach einem Vermissten, dann wurde bekannt, dass die Frau das Auto des Architekten verkaufen wollte. Weitere Nachforschungen ergaben, dass im Garten des Abgängigen ein Stück der Wiese mit frischen Rasenziegeln ausgebessert war. Die Polizei setzte einen Leichenspürhund ein, der tatsächlich anschlug. Der Ermordete wurde ausgegraben, die Spielerin legte ein Geständnis ab. Sie wurde zu 20 Jahren Haft verurteilt.
- 43 Jahre dauerte es, bis ein anderer Abgängigkeitsfall geklärt werden konnte. 1959 verschwand eine Frau in einem Wald bei Hall in Tirol. Sie habe allein weitergehen wollen, erzählte damals ihr 19-jähriger Sohn der Polizei, bei der er Abgängigkeitsanzeige erstattete. Zwar stand er von Anfang an in Verdacht, mehr über das Verschwinden seiner Mutter zu wissen, doch fand man keine Spur von ihr und auch keine handfesten Beweise gegen den Junior. 40 Jahre später wurde der Mann jedoch wegen eines anderen, von ihm verübten Mordes verhaftet – und er gestand, vor 43 Jahren auch seine Mutter getötet und im Wald verscharrt zu haben.

Zerstückelte Leichen
Eine Leiche in handliche Einzelteile zu zerlegen, ist Schwerarbeit, braucht Zeit und hinterlässt Blutspuren. Es bedarf besonderer Werkzeuge, ein Küchenmesser allein genügt sicher nicht. Und wohin mit den Leichenteilen? Es gibt keine Garantie, dass nicht auch kleine Leichenteile wieder auftauchen.

- Der Frauenmörder Johann Rogatsch, der 1960 in die Wiener Kriminalgeschichte einging, versuchte in der Waschküche seines

Wohnhauses zuerst mit einem Messer, dann mit einer Säge sein Opfer zu zerlegen. Auf mehr als fünf Teile brachte er es nicht. Den Oberkörper wollte er im Waschküchenofen verbrennen, den Unterleib vergrub er im Kellerboden. Unterschenkel und Oberschenkel warf er eingepackt in eine Mülltonne. Zwei Schäferhündinnen witterten das Menschenfleisch, schnappten es und schleppten ihre makabre Beute nach Hause. Der zu lebenslanger Haft verurteilte Rogatsch fiel übrigens ebenfalls einem Mord zum Opfer: Bei einem Schachspiel in der Strafanstalt Stein an der Donau bekam sein Mitspieler, ein Polizistenmörder, einen Wutanfall und erwürgte ihn.

- Grausig auch der Fall des Filmproduzenten und Regisseurs Helmut Frodl Anfang der 90er-Jahre. Gemeinsam mit einem Komplizen versuchte Frodl sein Mordopfer in einer Badewanne zu zerstückeln. Zunächst mit einem Häcksler, was allerdings nicht gelang. Es musste ein elektrischer Fuchsschwanz herhalten, um die Leiche in einem grausigen Werk in 17 Teile zu zerlegen. Die Leichenteile wurden verpackt und in Müllcontainer am Stadtrand von Budapest geworfen, um auf einer Mülldeponie unauffindbar zu verrotten. Doch ungarische Strotter waren schneller als die Müllabfuhr: Sie stöberten in den Containern nach Verwertbarem und stießen auf die menschlichen Fleischpakete.
- Im Frühjahr 2000 machte der Mord an einem Wiener Postamtsdirektor Schlagzeilen. »Wie schon so oft ist eine bedenkliche Abgängigkeit zu einem spektakulärem Mordfall geworden«, erinnert sich der Chef des Wiener Sicherheitsbüros. Der Postler galt als sehr zuverlässig, treuer Familienvater und ein Motiv für Selbstmord war praktisch auszuschließen. Dann schlitterte er ins Rotlichtmilieu, verliebte sich in ein Freudenmädchen. Ein eifersüchtiger Nebenbuhler streckte den Postbeamten mit zahlreichen Messerstichen nieder und zerlegte die Leiche in sieben Teile. Zunächst mit einem Jagdmesser, dann mühevoll mittels einer Laubsäge. Die Leichenteile verscharrte der Täter in der Nähe einer Tierkörperverwertung, offenbar in dem Glauben, dass Fleischbrocken dort weniger auffallen würden. Der Plan schlug fehl.
- Im April 1995 wurde der Wienerwald zur vorletzten Ruhestätte eines Mordopfers. Spaziergänger entdeckten mehrere Leichenteile, die in schwarze Plastikfolien eingepackt waren. Anhand ei-

ner markanten Narbe wurde der Tote als der Chefkoch eines Chinarestaurants identifiziert. Der Lokalbesitzer hatte seinen Koch ermordet und fachgerecht zerlegt. Im Walddickicht sollte die Leiche auf ewig unauffindbar sein.
- Ein weiteres Beispiel: Der Dreifachmörder Ernst Dostal aus Niederösterreich etwa zerstückelte vor Jahren eines seiner Opfer, den Torso transportierte er an die Südautobahn und sprengte ihn mit einer Ladung Dynamit in tausend Fetzen. Immerhin wurden später noch genügend Reste, gezählte 420 Stück, eingesammelt und es gelang, den Toten zu identifizieren.

Einbetonieren oder Einmauern als Lösung

Werden Leichen in Beton gegossen, ist ihre Haltbarkeit garantiert. Sie sind bei gleich bleibender kühler Temperatur luftdicht eingemauert und somit keinerlei Fäulnis ausgesetzt.

- Nach einer groß angelegten Suchaktion im Sommer 1998 wurde in Gießen im deutschen Bundesland Hessen von der Polizei die Leiche einer seit 20 Monaten als vermisst geltenden Frau entdeckt. Sie war in einer etwa 300 kg schweren Platte im Garten eines Mehrfamilienhauses einbetoniert worden. Der 62-jährige Ehemann der Toten, der den Polizisten das Versteck letztlich preisgegeben hatte, gestand den Mord an seiner Frau und wurde verhaftet. Schon Mitte 1997 war die Polizei einer Anzeige nachgegangen, wonach die Frau des Frührentners vermisst werde. Der Ehemann hatte damals erklärt, sie habe ihn bereits im Herbst 1996 nach einem Streit verlassen und wäre mit einem fremden Mann nach Holland verschwunden.
- Als »Leiche in der Blumenecke« wird ein ermordeter Antiquitätenhändler aus Oberösterreich in die Kriminalgeschichte eingehen. Nach einer feuchtfröhlich begonnenen, dann aber mit Beschimpfungen endenden Zechtour erschlug der Zechkumpan den Geschäftsmann, zerstückelte die Leiche und betonierte die abgetrennten Gliedmaßen in einer eigens dafür eingerichteten Blumenecke seiner Wohnung ein. Den Rumpf verscharrte der Täter an einem Flussufer. Vor den Geschworenen sagte er: »Ich bin ein herzensguter Mensch, doch ich habe ein starkes Ehrgefühl, das sich im Rausch noch verstärkt ...«

- Ein fast perfekter Mord wurde auch an einem jungen Wiener verübt. »Das war eine abenteuerliche Geschichte um einen Abgängigen, Harald List hat er geheißen«, erzählt Christian Mader, der langjährige Vermisstenreferent des Wiener Sicherheitsbüros. »Der Mann war von einem Tag auf den anderen plötzlich verschwunden. Er hatte angekündigt, dass er mit der Transsibirischen Eisenbahn fahren wollte. Die verzweifelten Eltern sind zu mir gekommen, sie hatten alles Mögliche unternommen, um eine Spur des Sohnes zu finden. Dann sind die Eltern auch noch von Unbekannten bedroht worden: Es würde Folgen für sie haben, sollten sie weiter nach ihrem Sohn suchen. Ich war allerdings immer der Meinung, dem Buben ist etwas passiert. Bei den Erhebungen kam aber nie etwas Handfestes heraus. Wir sind dann letztlich doch zu der Überzeugung gekommen, dass Harald List tatsächlich mit der Eisenbahn weggefahren ist und eigentlich gar nicht als vermisst gelten könne.
  Im Haus eines Freundes von List gab es dann in einem Keller Maurerarbeiten – und das war wirklich filmreif: Eine Kellerwand wurde umgelegt und plötzlich kam eine Leiche zum Vorschein. Und bei ihr steckte ein Reisepass auf den Namen List. Die Leiche wurde trotzdem routinemäßig mit den Abgängigkeitsanzeigen verglichen – und so kam man nicht nur auf den toten List, sondern auch gleich auf den Täter. Er war unter jenen Personen, die wir schon seinerzeit beim Verschwinden von List befragt hatten. Nur: damals war der Nachbar ganz harmlos. Der Täter hatte die Leiche in einen Perserteppich eingewickelt und in seinen Keller geschleppt. Dort hat er eine zweite Mauer aufgezogen – sein Opfer also praktisch eingemauert in der Hoffnung, dass der Ermordete niemals gefunden wird. Und die Chancen, als Mörder unentdeckt zu bleiben, standen wirklich nicht schlecht. List wäre zu einem ›ewig Vermissten‹ geworden, hätte es in dem Haus keine Renovierungsarbeiten gegeben. Sein Mörder war für uns damals lediglich eine Auskunftsperson und völlig unverdächtig.«

Feuer und Säure

Der Versuch, einen Toten restlos zu verbrennen, ist zum Scheitern verurteilt, da der Körper aus 80 Prozent Flüssigkeit besteht und selbst mit Hilfe von Benzin oder anderen Brandbeschleunigern nicht genügend lang genügend große, gleichmäßige Hitze erzeugt werden kann. Eine Leiche zu zerstückeln und in Säure (z. B. Salzsäure) aufzulösen, ist mehr als kompliziert und auch für den Täter gefährlich. Das Säurebad hinterlässt eine gelatineartige, ätzende Masse, die kaum spurlos zu entsorgen ist.

- Im März 2002 wurde der belgische Pastor Andras Pandy zu lebenslanger Haft verurteilt. Einer der seltenen Mordprozesse, wo das wohl wichtigste Beweisstück der Anklage, nämlich die Leiche, fehlte. Pandy wurde beschuldigt, gemeinsam mit seiner Tochter, die zur Hauptbelastungszeugin wurde, sechs Familienmitglieder ermordet zu haben. Die Leichen sollen zersägt und mit salzsäurehaltigem Rohrreiniger aufgelöst worden sein. Die Staatsanwaltschaft wollte es genau wissen und beauftragte Wissenschaftler der Universität Löwen zu versuchen, eine Leiche innerhalb von 24 Stunden in einem Säurebad aufzulösen. Das schauerliche Experiment gelang.
- Salzsäure und Beton sollten eine Frauenleiche für ewig verschwinden lassen, die im Dezember 1992 schließlich doch von der Hamburger Polizei in einem Fass im Garten eines Kürschnermeisters entdeckt wurde. Als das Fass aus zwei Metern Tiefe gehoben wurde, stellten Gerichtsmediziner Zahn- und Haarreste sicher. Den Täter, der verdächtigt wurde, Freundinnen reihenweise umgebracht zu haben, brauchte die Polizei nicht lange zu suchen. Er verbüßte gerade eine Haftstrafe wegen Menschenraubes. Er hatte die Lebensgefährtin seines Chefs entführt und sie eine Woche lang in einem Atombunker gefangen gehalten. Der Plan, seine Opfer als Karteileichen in der Vermisstenabteilung verwalten zu lassen, schlug fehl.
- Die grausame Behandlung seiner Familie endete für einen sizilianischen Arbeiter im September 1992 tödlich. Die Leiche des 46-jährigen Haustyrannen wurde im Garten seines Hauses in Norditalien entdeckt. Seine Frau und seine beiden Kinder hatten den Mann durch eine Überdosis Rauschgift ermorden lassen und die Leiche anschließend eingefroren. Dann versuchten sie Monate hindurch immer wieder den Leichnam mit Säure zu zersetzen, was fehlschlug. Schließlich vergrub die Familie den Toten samt Kühlschrank, gleichsam als Sarg, im Garten.

Mülldeponie als letzte Ruhestätte
Am sichersten scheint es, Leichen auf Mülldeponien verschwinden zu lassen. Während der Müllberg täglich höher wird, sinkt die Leiche, zunächst dem Tierfraß ausgesetzt, immer tiefer. Im Inneren des Berges herrschen bis zu 800 Grad Hitze, die Leiche ist innerhalb von sechs Wochen skelettiert. Schon nach wenigen Tagen ist eine Suche chancenlos.

- Sechs Tage und sechs Nächte durchkreuzen Caterpillar im März 1970 die riesige städtische Mülldeponie in Mannswörth im Südosten Wiens. Dann hatte die Polizei das gefunden, wonach sie suchte: einen zerschlissenen Jutesack mit makabrem Inhalt, der Leiche eines Sonderschullehrers. Der Plan eines Betrügers, sein Opfer unter hunderten Tonnen Müll auf ewig verschwinden zu lassen, ist fehlgeschlagen. Als der Mörder mit dem Auto an die Müllhalde heranfuhr und die Leiche in einen Graben kippte, blieb das Fahrzeug im Mist stecken und saß fest. Der Mörder musste das Fahrzeug zurücklassen. Im Wageninneren fanden sich verräterische Spuren, wodurch der Mordfall geklärt werden konnte.
- In Augsburg ermordete im Sommer 1994 ein Ehemann seine Frau, zerstückelte sie und ließ die verpackten Leichenteile von der Müllabfuhr abholen, in der Hoffnung, die Leiche würde letztlich in der Verbrennungsanlage in Asche zerfallen. Doch ein Zufall half – wie so oft – der Polizei: Die Verbrennungsanlage streikte im entscheidenden Augenblick, die Leichenteile wurden gefunden.

Das nasse Grab
Wird eine Leiche in einen Fluss oder See geworfen, so taucht sie meist wieder auf. Ist der Tote angezogen, bläht sich die Kleidung ähnlich einer Schwimmweste an dem leblosen Körper auf und hindert ihn eine geraume Zeit am Versinken. Ist er abgesunken, bilden sich Fäulnisgase, die ihn wieder an die Oberfläche treiben. Erst 50 Kilogramm Übergewicht (Eisen, Ziegel oder Beton) geben einigermaßen die Sicherheit, dass der Tote sein nasses Grab gefunden hat. So wie im Erdreich bildet sich an Leichen auch in kaltem Wasser eine Fettwachsschicht. Die Toten bleiben sozusagen jahrelang »frisch«.

- Seit August 1992 versucht die Polizei der steiermärkischen Landeshauptstadt Graz die Identität eines 40- bis 50-jährigen Mannes zu klären, der ans Ufer des Murflusses gespült wurde. Der Mann wurde mit einem blau-weißen Abschleppseil erdrosselt und in den Fluss geworfen. Besonderes Kennzeichen des Mordopfers: Trichterbrust und auffallende »Geheimratsecken« am Haaransatz.
- Ebenso unbekannt ist das männliche Mordopfer, dessen Torso, verpackt in einen schwarzen Plastikmüllsack, am 19. Juli 1995 ans Ufer der Neuen Donau, des Entlastungsgerinnes der Donau bei Wien, getrieben wurde. Drei Tage später entdeckten Arbeiter der Wiener Tierkörperverwertungsanstalt einen menschlichen Beckenteil samt Beinen in einem Müllcontainer, Leichenteile, die zu dem Torso aus der Donau gehörten. Als besondere Merkmale verzeichnet die Polizei: Der Mann stammt vermutlich aus dem ehemaligen Ostblock, hat eine sieben Zentimeter lange Narbe am Hinterkopf und war starker Raucher.
- Im Juni 1999 wurde aus dem Rhein-Herne-Kanal in Oberhausen eine zerstückelte, unbekleidete männliche Leiche geborgen, die bis heute nicht identifiziert werden konnte. Obwohl der Tote mehrere Monate im Wasser geschwommen war, gelang den Gerichtsmedizinern eine authentische Gesichtsrekonstruktion. Bis heute allerdings führte auch das nicht zur Identifizierung des Toten.

All diese Täter meinten, den perfekten Mord begangen, die Leiche spurlos beseitigt zu haben. Es ist ihnen nicht gelungen. In vielen Fällen jedoch bleiben Abgängige verschwunden, in vielen Fällen muss angenommen werden, dass sie einem Gewaltverbrechen zum Opfer gefallen sind. Gibt es ihn also doch, den perfekten Mord?

IV.

Wenn Tote amtlich sterben ...

Wenn die Polizei trotz jahrelanger Fahndung keine Spur des Abgängigen findet, stehen die Angehörigen oft vor der Frage, ob sie nun die Hoffnung auch offiziell aufgeben sollen, ob sie nun den Verschwundenen amtlich für tot erklären lassen sollen. Viele scheuen sich davor, weil sie sich dadurch unbewusst »schuldig« am Tod des Angehörigen fühlen, weil sie damit einen Schlussstrich ziehen und den letzten Funken Hoffnung ausblasen. Andere aber brauchen eine Urkunde über den Tod des Vermissten – etwa, wenn es um eine Erbschaft geht oder um das Eigentum an Grundstücken oder um die Möglichkeit, wieder zu heiraten.

In Österreich regelt das Allgemeine Bürgerliche Gesetzbuch die Formalitäten einer Todeserklärung. Das geltende Recht geht zurück auf das Jahr 1811. »Wir, Franz der Erste, von Gottes Gnaden Kaiser von Oesterreich, König zu Ungarn und Böhmen, Erzherzog zu Oesterreich etc. etc.« erließ damals ein Gesetz mit umfassenden Bestimmungen auch zur Todeserklärung. So hieß es in Paragraf 24: »Wenn ein Zweifel entsteht, ob ein Abwesender oder Vermisster noch am Leben sey oder nicht, so wird sein Tod nur unter folgenden Umständen vermuthet: 1) wenn seit seiner Geburt ein Zeitraum von 80 Jahren verstrichen und der Ort seines Aufenthaltes seit zehn Jahren unbekannt geblieben ist; 2) ohne Rücksicht auf den Zeitraum von seiner Geburt, wenn er durch dreißig volle Jahre unbekannt geblieben; 3) wenn er im Kriege schwer verwundet worden; oder wenn er auf einem Schiffe, da es scheiterte, oder in einer anderen nahen Todesgefahr gewesen ist und seit der Zeit durch drey Jahre vermisst wird. In allen diesen Fällen kann die Todeserklärung angesucht und unter bestimmten Vorsichten vorgenommen werden.«

Die Details regelten dann die Paragrafen 277 und 278: »Sucht jemand die gerichtliche Todeserklärung eines Abwesenden an, so hat das Gericht für diesen Abwesenden vor Allem einen Curator zu ernennen; dann wird er durch ein auf ein ganzes Jahr gestelltes Edict mit dem Beysatze vorgeladen, dass das Gericht, wenn er während der Zeit nicht erscheint, oder das Gericht auf eine andere Art in die Kenntniß seines Lebens setzt, zur Todeserklärung schreiten werde. Der Tag, an welchem eine Todeserklärung ihre Rechtskraft erlangt hat, wird für den rechtlichen Sterbetag eines Abwesenden gehalten; doch schließt eine Todeserklärung den Beweis nicht aus, dass der Abwesende früher oder später gestorben; oder dass er noch am Leben sey. Kommt ein solcher Beweis zu Stande, so ist derjenige, welcher auf den Grund der gerichtlichen Todeserklärung ein Vermögen in Besitz genommen hat, wie ein anderer redlicher Besitzer zu behandeln.«

Diese Bestimmungen gelten nach wie vor, geändert wurden nur die Fristen, ab wann eine Todeserklärung beim zuständigen Landesgericht für Zivilrechtssachen beantragt werden kann. Hatte sich der Vermisste in eine »allgemeine Gefahr« begeben – das gilt beispielsweise für Bergsteiger, Taucher oder Bootfahrer –, so kann er schon nach einem Jahr für tot erklärt werden, in anderen Fällen erst nach zehn Jahren.

Erbschaft veranlasst Tierschützer zu Todeserklärung

Manche halten die »Wiener Zeitung«, das Presseorgan der Republik Österreich, für ein zwar seriöses, aber äußerst langweiliges Blatt. Für andere wieder ist sie unentbehrlich, enthält sie doch alle amtlichen Mitteilungen, Ausschreibungen, Konkurse, die Bestellung von Kuratoren usw. Auch Verfahren zur Todeserklärung werden in der »Wiener Zeitung« angekündigt. Hinter den dürren amtlichen Meldungen verbergen sich oftmals spannende, mysteriöse Schicksale, wie sie wohl auch in mancher Boulevard-Zeitung für Schlagzeilen sorgen könnten.
Am 12. Oktober 2001 erschien unter der Rubrik »Todeserklärungen« der von einem Notar eingebrachte Antrag dreier Institutionen, einen am 4. November 1939 geborenen Wiener amtlich für

tot zu erklären. Unter der Aktenzahl 52 T 142/99x-17 heißt es da: »Von Heinz Jörg Kitzmüller, zuletzt in Wien gemeldet, soll seit 1982 jede Nachricht fehlen. Der Verschollene wird aufgefordert, sich bei diesem Gericht zu melden, widrigenfalls er für tot erklärt werden kann.«

Meist werden derartige Todeserklärungen von Verwandten beantragt. Im Fall Kitzmüller jedoch waren es der Österreichische Blindenverein, das SOS-Kinderdorf und der Wiener Tierschutzverein. Warum waren die drei Vereine so interessiert, einen abgängigen Wiener amtlich sterben zu lassen?

Der Fall begann 1982. Damals war Kitzmüller 43 Jahre alt. Er verschwand von einem Tag auf den anderen, vermutlich war er ins Ausland gegangen. Freiwillig, wie viele Bekannte der Familie meinten. Doch die Mutter erstattete trotzdem Abgängigkeitsanzeige und hoffte auf eine Rückkehr ihres Sohnes oder dass man zumindest herausfinden würde, wo er steckte. Für die Polizei blieb er unauffindbar.

Mehr als zehn Jahre hoffte die Mutter, dass Heinz anrufen oder schreiben oder dass er eines Tages vor der Tür stehen würde. Er hat ihr zwar durch sein Verschwinden sehr wehgetan, er blieb aber doch ihr Bub. In einem Testament vermachte sie ihm einen Großteil ihres Vermögens, sie vermachte ihm 500.000 Schilling.

Am 24. Juli 1993 starb Leopoldine Katharina Kitzmüller, ohne ihren Sohn noch einmal gesehen zu haben. Er wäre seither ein reicher Mann, würde er noch leben und würde er von seinem Erbe wissen. Doch da ist noch eine Klausel im Testament. Sollte der Sohn das Erbe nicht antreten wollen oder können, so sollen der Blindenverein, der Tierschutzverein und das SOS-Kinderdorf als Nacherben zum Zug kommen.

Der Blindenverein erhielt 2001 eine Information, wonach Heinz Jörg Kitzmüller noch am Leben sein könnte und in San Antonia (USA) lebe. Wenn das stimmte und sich der Mann als Erbe meldete, wäre für die drei Vereine der Traum von einer üppigen Erbschaft zu Ende. Vielleicht führte diese Überlegung dazu, beim Wiener Landesgericht für Zivilrechtssachen das Verfahren zur Todeserklärung des Verschollenen einzuleiten.

Da die vorgesehene Frist, in der sich Kitzmüller bei Gericht melden konnte, verstrich, ohne dass Details über seinen möglichen

Aufenthaltsort bekannt wurden, wurde schließlich der Akt geschlossen und Kitzmüller amtlich für tot erklärt. Das Erbe wurde verteilt, wie es das Testament seiner Mutter bestimmte.

Am Anfang stand ein Streit

Auch ein anderer Vermisstenfall wurde durch einen im November 2001 in der »Wiener Zeitung« verlautbarten Antrag auf Todeserklärung wieder in Erinnerung gebracht. Der Sohn wollte, dass sein Vater amtlich als gestorben galt.

Es war im Mai 1993. Der in Jenbach (Tirol) lebende 72-jährige Pensionist Josef Anton Bauer ging mit seiner Frau einkaufen. Gemeinsam fuhren sie zur »Hofer«-Filiale nach Schwaz. Das Ehepaar begann zu streiten, Herr Bauer wollte zu Bekannten nach Oberösterreich fahren, seine Frau nicht. Nichts Dramatisches, vielleicht war ganz einfach Altersstarrsinn der Grund für die Auseinandersetzung. Wieder im gemeinsamen Haus in Jenbach angelangt, ging die Streiterei offenbar weiter. Der Ehemann zog sich in seine Grillhütte im Garten zurück und schimpfte weiter. »Er saß auf dem Bankerl mit einem Stamperl Schnaps«, erinnert sich die Frau. Sie sei dann in der Wohnung geblieben, und als sie wieder nachschaute, war ihr Mann weg. »Verschwunden, wie vom Erdboden verschluckt.« Ein 72-jähriger Mann verschwindet plötzlich, nimmt nichts mit? Angeblich hatte er nur ein paar hundert Schilling bei sich. Keinen Koffer, keine Tasche, keinen Pass – nichts. Nicht einmal ein Wort hinterlässt er seiner Frau. Erst nach geraumer Zeit erstattet sie Abgängigkeitsanzeige.

In der »Wiener Zeitung« kann man im Antrag auf die Todeserklärung Bauers jetzt lesen: »Er hat am 3. Mai 1993 gegen 18 Uhr nach einer kleinen Auseinandersetzung mit seiner Frau Maria Bauer das Wohnhaus verlassen und sich seither nicht mehr gemeldet. Die nach einigen Wochen durchgeführten Erhebungen der Gendarmerie ergaben zunächst den Verdacht, dass der Sohn des Vermissten, Dr. Josef Bauer, mit dem Verschwinden seines Vaters in Zusammenhang zu bringen ist; diesbezüglich durchgeführte Hausdurchsuchungen samt Grabungsarbeiten unter einem im Garten des Wohnhauses aufgestellten Container bestätigten derartige Verdachtsmomente aber nicht. Auch weitere Erhebungen durch Gendarmeriedienststellen in Ostösterreich, wo sich der Vermisste in der Vergangenheit mehrfach für einige Zeit aufhielt, brachten keinerlei Hinweise auf den Aufenthaltsort des Josef Anton Bauer.«

Der zuständige Tiroler Gendarmeriebeamte erinnert sich noch heute an den Fall: »Die Nachbarn meinten damals, da gehe etwas nicht mit rechten Dingen zu. Wir sollten einmal im Haus nachschauen. Das haben wir dann auch getan, aber da war nichts, keine Spur. Wir haben dann auch veranlasst, dass mit einem Bagger der Garten durchsucht, regelrecht durchgeackert wurde, konnten aber auch da nichts Verdächtiges entdecken.«

Danach, so der Beamte weiter, kamen noch weitere Hinweise. Man solle doch in den »alten Stollen« nachschauen. Also durchsuchte die Gendarmerie die umliegenden alten Bergwerksschächte. Aber auch dort konnten keinerlei Hinweise auf das Verschwinden des Josef Anton Bauer gefunden werden.

Aus den Kontrolllisten gestrichen

Es war eine knappe Mitteilung in der amtlichen »Wiener Zeitung«, veranlasst vom Landesgericht Innsbruck. Albert Julius Mauler, geboren am 12. April 1932 in Innsbruck, wurde darin aufgefordert, sich bei diesem Gericht zu melden, anderenfalls werde er am 30. April 2002 für tot erklärt. Beantragt habe dies seine Schwester Helga, konnte man der Notiz entnehmen.

Wer war dieser Tiroler, der jetzt über 70 Jahre alt sein müsste? Welches Leben hat er geführt, das jetzt amtlich als beendet erklärt werden sollte?

Der Film über ihn würde mit einer Rückblende beginnen. Etwa so: Saigon. Anfang September 1951. Irgendwo zwischen dem Stadtteil Gò Vấp im Norden und dem Kinh-Tē-Fluss im Süden fasst ein junger Mann einen gewagten Entschluss: desertieren! Der 19-Jährige ist Fremdenlegionär, gerade erst mit seiner Truppe in der Hauptstadt Vietnams angekommen. Das unerträgliche heiß-feuchte Klima und nicht zuletzt die Gedanken an seine Flucht lassen ihm den Schweiß in Strömen von seiner Stirn fließen. Durch enge

Gassen, vorbei an Menschenmassen, hastet er Richtung Süden in das Viertel mit dem französisch klingenden Namen Chòlon. Bald taucht der Mann im bunten, rastlosen Gewühl der Händler unter. Seine markante beige-blaue Uniform liegt schon längst irgendwo zwischen den Holzkisten und Jutesäcken des Cho-Ben-Thanh-Marktes. Jetzt muss er nur noch ein paar Kilometer Richtung Süden, dann könnte er in Tân Thuân Dông, einer kleinen Hafenstadt außerhalb Saigons, mit seinem übrig gebliebenen Sold ein Boot ergattern, dann weiter Richtung Mekong-Delta und dann ...

So oder so ähnlich könnte es gewesen sein, damals in Saigon, im September 1951. Niemand weiß wirklich, was damals geschehen ist. Wollte der junge Mann wirklich desertieren? Wollte er vielleicht wieder zurück nach Tirol, hat ihn das Heimweh übermannt – über 14.000 km von seinen heimatlichen Wurzeln weg?

Warum? Was bewegt einen knapp 19-jährigen Burschen, sich für fünf Jahre den französischen »Rambos« anzuschließen, einem Haufen, der damals noch vorwiegend aus gescheiterten Existenzen und geflohenen Kriminellen bestand? Wer tauscht schon gerne das weiche Bett in der Innsbrucker Höttinger Au gegen den tagtäglichen Drill und das harte Lager eines Fremdenlegionärs?

Die heute 64-jährige Schwester des Vermissten, Frau Helga Puchner-Mauler, weiß im Gespräch mit den Autoren eine Antwort darauf: »Es wor a Wette, die er mit zwoa Freunden abg'schlossen g'hobt hot.« Alkohol war wohl mit im Spiel, so genau weiß sie das aber nicht mehr, war sie doch damals erst blutjunge zwölf Jahre, als ihrem Bruder der Gedanke zu dieser ungewöhnlichen Wette gekommen ist. Aber sie kann sich noch erinnern, dass die beiden anderen dann doch gekniffen haben. Ihr Bruder aber stand einige Wochen später im Februar 1951 in Marseille, Frankreich, vor einem großen Portal, auf dem etwas von Ruhm und Ehre stand, und klopfte an. Das Rekrutierungsbüro der Fremdenlegion.

Die Tür hat sich offenbar geöffnet und der junge Albert wird ein paar Wochen später zu seinem ersten Einsatzort nach Marokko abkommandiert. Der gelernte Tischler hat zu diesem Zeitpunkt noch regen Briefkontakt zu seiner Mutter. Diese teilt die Briefe allerdings nur mit ihrem Mann. »Geheim gehalten hatt' sie s' vor mir, versteckt«, erinnert sich Frau Puchner-Mauler. Auch die Briefmarken wurden von mütterlicher Hand ausgeschnitten. Warum?

Die Schwester des Vermissten hat bis jetzt nur einen einzigen Brief ihres Bruders in ihren Händen gehalten: »Es geht ihm guat, hat er g'schrieben, und dass er bold in die Legionärsschul' kimmt. Und dass er mir etwas ganz, ganz Schönes schicken wird ...«
Einige andere Briefe liegen noch heute am Gericht in Innsbruck. Auch Alberts letzter, am 25. August 1951 aus Colombo, Sri Lanka, abgeschickt. Irgendwann wird ihn die alte Dame lesen, vielleicht bald. Wird sich das mysteriöse Verschwinden ihres Bruders dann erklären lassen? Für sie zumindest? Haben ihn vielleicht wirklich »die Haie gefressen«, wie das ein französischer Offizier einst ihrer Mutter gegenüber einfühlsam formulierte?

Landaufenthalt in Colombo

Faktum ist, dass Albert Julius Mauler Ende August 1951 in Richtung Indochina reist, genauer gesagt nach Vietnam. Einsatzort: Saigon, die heutige Ho-Chi-Minh-Stadt. Die Legionärstruppe stoppt aber vorerst mit ihrem Schiff noch im Golf von Mannar, im Westen Sri Lankas. Es gibt einen kurzen Landaufenthalt in der Hauptstadt Colombo, von dem auch offenbar das letzte Lebenszeichen Maulers stammt. Die Elitesoldaten haben nun noch etwa 4.000 km Seeweg bis Saigon vor sich. Immer noch ein beachtliches Stück durch Gewässer, in denen es damals wie heute nur so wimmelt von Piratenbooten, gefährlichen Schiffspassagen und allerlei beißfreudigen Meeresbewohnern.
Nun gibt es zwar eine Menge Haie im Indischen Ozean und auch auf dem letzten Teilstück, im Südchinesischen Meer, jedoch: Was sollte auf hoher See mit dem jungen Innsbrucker Burschen passiert sein? Kein Mensch springt freiwillig in diese Gewässer, noch dazu fernab jeder Küste. Ein Piratenüberfall ist ebenso auszuschließen – noch dazu bei einer Soldaten-Elitetruppe an Bord. War das Schiff in ein Unwetter geraten und nur der Legionär Mauler über Bord gegangen? Hatte er vielleicht Streit mit einigen Kameraden und wurde über Bord gestoßen? Für Maulers Schwester unvorstellbar: »Der Albert wor a kräftiger Bersch. Er wor a humorvoll, immer freundlich, obar guat beinander!« Sie glaubt auch nicht an die »Hai-Version«. Aber sie würde doch gerne wissen, ob er noch lebt, wie es ihm denn geht. Viel Hoffnung auf ein Wiedersehen hat sie jetzt, nach mehr als 50 Jahren, jedoch nicht mehr.

Immer wenn sie die Gedanken an das Geschehene plagen, sucht und findet die 64-jährige Trost bei ihrer Tochter und ihren Enkelkindern: »'sch Leben geht holt immer weiter ...« Wie Recht sie doch damit hat! Und doch – es gibt Momente, in denen man glaubt, den Schwarzen Peter im Spiel des Lebens gezogen zu haben. So ist es der kürzlich verstorbenen Mutter des Vermissten Albert Julius Mauler damals, in den 50er-Jahren, ergangen.
Als sie in den letzten Monaten des Jahres 1951 kein Lebenszeichen mehr von ihrem Sohn erhielt, wollte sie herausfinden, was los ist. Nach mehreren erfolglosen Nachforschungen auf eigene Faust beschließt die von Sorgen geplagte Mutter einen Verwandten in Fontainebleau, Frankreich, aufzusuchen. Der Mann, ein ehemaliger Offizier der Fremdenlegion, recherchiert und kommt zu einem Schluss, dem niemand von Maulers Verwandtschaft bis heute so recht Glauben schenken möchte. »Ich sage Ihnen etwas – den haben sicherlich die Haie gefressen«, wirft der abgebrühte alte Legionär der geschockten Mutter entgegen. Die Mutter unternimmt trotzdem alles, um ihren Sohn wieder zurückzubekommen – erfolglos.
Die Jahre vergingen und die Mutter machte sich schwere Vorwürfe, weil sie ihren Buben nicht davon hatte abhalten können, der Legion beizutreten. Im Radio hörte man damals gerade die sehnsuchtsvollen Lieder von Freddy Quinn: »Junge, komm bald wieder ...« Die Schwester des Vermissten erinnert sich: »Immer wenn meine Mutter dieses Lied g'hört hot, ischt sie sofort in Tränen ausgebrochen.«
Am 16. Februar 1956 streicht man in der Kommandozentrale der Fremdenlegion in Marseille den Legionär Albert Julius Mauler aus den Kontrolllisten. Die Generäle sind der Meinung, dass sich der junge Innsbrucker am 3. September 1951 irgendwo in Saigon von seiner Einheit abgesetzt hat. Im Fachjargon: »Ein Deserteur auf der Flucht.« Am 1. September 1960 informiert das Rote Kreuz aus Genf die Mutter des Verschollenen davon, dass die Legion ihren Sohn offensichtlich abgeschrieben hat – »gestrichen aus den Kontrolllisten«. Aus. Ende. Tränen. Vorwürfe.
Zurück bleiben zahlreiche Fragezeichen. Was passierte in der Woche nach dem 25. August 1951 mit Albert Julius Mauler? Lebt der Mann, der nun 70 Jahre alt sein müsste, noch irgendwo? Wenn ja,

warum meldet er sich nicht bei seiner Schwester, zu der er immer ein gutes Verhältnis hatte? Was stand in seinem letzten Brief? Ist er wirklich desertiert, wenn ja, wohin? Haben ihn etwa doch die Haie ...

Auch wenn Albert Julius Mauler kein Junge mehr ist: »Komm bald wieder!«, wünscht sich seine Schwester. Tief im Inneren dürfte sie aber wohl wissen, dass dieser Wunsch unerfüllt bleiben wird.

Statt ins Kloster ins Wasser

Ein anderer Vermisstenfall wurde nach Jahren unverhofft durch einen Antrag auf Todeserklärung gelöst.

Ende August 1963 überraschte die 22-jährige Maria Burger ihre Eltern mit der Mitteilung, dass sie in ein Kloster gehen wolle, und verließ ihren Heimatort Tschagguns im österreichischen Bundesland Vorarlberg. Sie könne sich auch nicht melden, meinte sie fast verschwörerisch, denn in diesem Kloster gelte strengstes Schweigegebot.

Vor allem die Mutter war nicht begeistert von der Nestflucht ihrer Tochter und schaltete in der Folge sowohl die Caritas als auch den Suchdienst des Roten Kreuzes ein, um herauszufinden, in welchem Kloster sich ihre Tochter aufhalte. Doch all ihr Suchen blieb ergebnislos. Die Eltern resignierten und akzeptierten schließlich, dass Maria eine Braut Jesu geworden war.

So vergingen die Jahre, der Mann starb und die alt gewordene Frau wollte 1977 ihr Haus verkaufen, um in ein Altersheim zu übersiedeln. Für den Verkauf wäre jedoch auch die Einwilligung von Maria notwendig, wurde sie belehrt, da diese ja die Erbin nach dem verstorbenen Vater sei. Da aber von ihr seit 14 Jahren jede Nachricht fehlte, solle die Mutter doch eine Todeserklärung beantragen, meinte ein Richter im Landesgericht Vorarlberg. Alle Formalitäten wurden eingeleitet. Um sicherzugehen, dass nicht eine lebende Person für tot erklärt werde, beauftragte die Staatsanwaltschaft in Feldkirch die österreichischen Sicherheitsbehörden, in den Akten nach bisher nichtidentifizierten weiblichen Leichen zu suchen.

Was niemand für möglich gehalten hatte, geschah tatsächlich: Die

Polizisten in Niederösterreich wurden fündig. Am 4. September 1963 war am Donauufer in Altenwörth eine weibliche Leiche angeschwemmt worden, die damals nicht identifiziert werden konnte. Sowohl das Alter als auch die Zeit könnten stimmen, kombinierten die Kriminalbeamten, es könnte sich um die ein paar Tage zuvor aus Vorarlberg weggezogene Maria Burger handeln.
Gott sei Dank funktioniert in Österreich die Bürokratie, denn in der Asservaten-Kammer des Landesgendarmeriekommandos fanden die Beamten noch die seit 14 Jahren aufbewahrten Kleidungsstücke der unbekannten Toten. Besonders auffallend: ein Schottenrock. Er wurde nach Vorarlberg geschickt und tatsächlich erkannte ihn die Mutter auf Grund eines von ihr angenähten Knopfes als jenes Kleidungsstück wieder, das ihre Tochter damals getragen hatte. Man wusste jetzt, dass Maria Burger die Tote aus der Donau war, von der nach ihrer Auffindung festgestellt worden war, dass offenbar Selbstmord vorlag. Die Vorarlbergerin war also nicht ins Kloster, sondern ins Wasser gegangen. Ein Motiv für den Freitod war allerdings nicht mehr zu ergründen.
Die unbekannte Tote war damals am Wiener Friedhof der Namenlosen an der Donau bestattet worden. Nachdem festgestellt worden war, dass es sich bei der Begrabenen um Maria Burger handelte, erhielt das Grab – als eines der wenigen – auch ein Namensschild.

»Trieb Verzweiflung in der Wellen kalten Schoß«

Der Friedhof der Namenlosen
Dort, wo die Stadt ihren Namen verliert, liegt er im Schatten mächtiger Au-Bäume. Der Lärm des Wiener Hafens übertönt den Gesang der Vögel und ab und zu weht der Geruch vom benachbarten Grillplatz herüber: Wiens »Friedhof der Namenlosen« an der Donau.
Es ist der zweite Friedhof seiner Art. Der erste wurde 1854 nahe des Stromkilometers 1.918 angelegt und nahm jene unbekannten Ertrunkenen auf, die ein Wasserwirbel hier an Land spülte. Bei Hochwasser wurde der Friedhof immer wieder überschwemmt, das lose Erdreich der seichten Gräber wegge-

spült und manche Leichen wieder vom Strom verschlungen. Im Jahr 1900 wurde daher ein neuer Friedhof angelegt, der unbekannte Ertrunkene – Unfallopfer wie Selbstmörder – aufnahm, die hier von der Donau angeschwemmt wurden. Erst als 1939 der Alberner Hafen gebaut wurde, änderte der Strom seine Fließrichtung, die Toten trieben erst weiter stromab an Land und der Friedhof bekam keinen »Nachschub« mehr. Werden heute Leichen aus der Donau gefischt und können nicht identifiziert werden, so werden sie in einem eigenen Gräberfeld am Wiener Zentralfriedhof bestattet.
Auf dem alten Gelände des Friedhofs der Namenlosen liegen 478 Opfer begraben, auf dem neueren Teil 104. Ihnen allen widmete Albrecht Graf Wickenburg folgende Verse: »Alle, die sich hier gesellen, trieb Verzweiflung in der Wellen kalten Schoß, drum die Kreuze, die da ragen, wie das Kreuz, das sie getragen, namenlos.«
Bis zu seinem Tod im Jahr 1996 – er starb mit 90 Jahren – betreute der pensionierte Totengräber Joseph Fuchs den Friedhof. Viele der eisernen Kreuze auf den Grabhügeln hat er selbst mit einem Schild »Unbekannt« und einer weißen Christusfigur versehen, in der 1935 errichteten Kapelle auf dem Friedhofsgelände zündete er Tag für Tag Kerzen an. Fuchs führte Besucher durch den Friedhof, erzählte von dessen Geschichte.
Ähnliche Friedhöfe für unbekannte Tote gibt es auch an der Nordseeküste und auf den kleinen, vorgelegenen Inseln. Einer der bekanntesten befindet sich auf Sylt. Ursprünglich in den Dünen angelegt, hat sich Westerland heute so vergrößert, dass sich der Friedhof nahe der Fußgängerzone des Ortes befindet. 55 Tote, die das Meer an den Strand gespült hat oder die von Fischern geborgen wurden, ruhen hier. Die letzte Beisetzung fand 1905 statt, doch immer noch steht ein Besuch dieses Friedhofs auf dem Sightseeing-Programm der Urlauber.

Das Auto stand vor dem Badeplatz

Zehn Jahre lang wartete eine Tirolerin darauf, dass die Polizei eine Spur ihres Mannes findet. Ohne Motiv, wie sie sagt, sei er verschwunden. Nach zehn Jahren Warten ließ sie ihn für tot erklären. »Ich fahre nur nach Innsbruck auf die Bank und bin mittags wieder zurück.« Mit diesen Worten hatte sich am 9. Juli 1990 knapp vor acht Uhr früh der 57-jährige Finanzbeamte Hermann Josef Moll von seiner Frau Waltraud verabschiedet. Vor dem Wohnhaus in Jenbach stieg er in seinen gelben VW Käfer und fuhr los. Doch Moll kam weder mittags noch abends nach Hause. Die beunruhigte Ehefrau ging zur Gendarmerie, erstattete Abgängigkeitsanzeige. Rasch war herausgefunden, dass der Mann tatsächlich am 9. Juli gegen zehn Uhr in der Hypo-Bank in Innsbruck gewesen war. Der Schalterbeamte erinnerte sich an keine Auffälligkeiten, Moll habe nur einen Kontoauszug geholt und ein paar Überweisungen durchführen lassen. Seit diesem Vormittag ist er spurlos verschwunden. Ein Motiv konnte sich seine Frau, wie sie der Gendarmerie gegenüber angab, nicht erklären.
Wie üblich wurde eine Interpol-Fahndung eingeleitet, die Gendarmeriestreifen besonders auf das Auto Molls hingewiesen. In der Nacht zum 11. Juli fand eine Streife dann den gelben VW Molls in Zirl. Er stand unversperrt, mit steckendem Zündschlüssel, am Rand der B 171 im Bereich des Badestrandes »Hawaii« am Innufer. Keine Kampfspuren, kein Abschiedsbrief, keine Zeugen, die etwas gesehen hatten.
Fiel Moll einem Verbrechen zum Opfer, hat er Selbstmord begangen, war es ein Unfall oder hat er ganz einfach sein bürgerliches Leben an den Nagel gehängt und ist freiwillig verschwunden? Zehn Jahre wartete seine Frau auf eine Antwort. Darauf, dass er sich meldet, darauf, dass man seine Leiche findet. Dann beantragte sie Mitte Oktober 2000 beim Landesgericht Innsbruck die Todeserklärung ihres Mannes.

Das überraschende Ende einer langen Reise

Sie wollte ausspannen, vergessen, Abstand gewinnen. Ihr Sohn

Oliver hatte ihr einen Segelurlaub am Bodensee empfohlen. Doch die junge Frau, sie ist knapp 38 Jahre alt, hat Sorgen im Gepäck. Ihr Mann hat sie verlassen, sie sitzt mit drei Kindern allein da, ihre kleinen Boutiquen gehen auch nicht gerade berauschend. Die Schulden haben sich auf 300.000 Schilling summiert. Wer kauft schon in Leibniz, einer Provinzstadt in der südlichen Steiermark, modische Kleider für Kinder?

Sie bezieht ein Zimmer im »Gasthof Wellenhof« in Lochau am Ufer des Bodensees. Am 26. August 1987, es ist ihr 20. Hochzeitstag, mietet sie eine Segeljolle und fährt los. Am liebsten würde sie Schluss machen mit ihrem Leben, den Sorgen entfliehen. Mit diesen pessimistischen Gedanken treibt sie auf den See hinaus.

Auch der aus Memmingen stammende deutsche Staatsbürger Josef Kuntz, er urlaubt ebenfalls in Lochau, macht am gleichen Tag einen Bootsausflug. Der nur leichte Wind macht es notwendig, dass Kuntz den Außenbordmotor benützt. Etwa um 11.45 Uhr sichtet er auf Höhe Lindau ein kleines Segelboot, ein Dingi, mit einer Frau an Bord. Sie trägt ein schwarzes T-Shirt und Jeans.

»Soll ich Sie abschleppen? Der Wind schläft ja!«, ruft Kuntz der Frau zu.

»Nein, ich habe Zeit und das Boot für den ganzen Tag gemietet. Aber wenn Sie mir ein paar Zigaretten schenken«, antwortet sie.

Kuntz gibt ihr welche und verspricht, sie auf der Rückfahrt, falls notwendig, in den Hafen Lochau zu schleppen. Der Mann fährt nach Lindau und will nach dem Mittagessen zurück in den Heimathafen.

Um 13.30 Uhr sieht Kuntz, bei der Rückfahrt, in der Seemitte wieder das kleine Segelboot vom Vormittag, es kreuzt offenkundig ungesteuert umher. Der Wind hatte aufgefrischt, alle Segel sind gesetzt. Die Frau, mit der er am Vormittag gesprochen hat, ist nicht mehr an Bord. Kuntz schleppt die Jolle nach Lochau und meldet den Vorfall beim Gendarmerieposten.

Die Beamten stellen fest, dass die Jolle etwa um 10 Uhr vormittags bei der Segelschule Lochau von einer etwa 165 cm großen, braun gebrannten Frau mit schlanker Figur und brünetten, kurz gewellten Haaren gemietet wurde. In einem Garderobekästchen hat sie ihre Handtasche zurückgelassen. Die Gendarmen finden darin einen kleinen Bargeldbetrag, einen Schlüsselbund, eine Scheckkarte

und mehrere Scheckformulare sowie einen Führerschein. Er lautet auf Lieselotte Traun, geborene Hammer, geboren am 23. Mai 1949 in Wagna, zuletzt wohnhaft in Neu Tillmitsch bei Leibniz (Steiermark), Supperweg 12.
Die Gendarmerie, die einen Unfall befürchten muss, leitet eine Suchaktion am Bodensee ein. Mit dem eigenen Boot und der Wasserschutzpolizei Lindau sowie der Schweizer Wasserrettung wird das betreffende Gebiet abgesucht, jedoch vergeblich. Wie bei Abgängigkeitsfällen vorgesehen, wird dem Innenministerium per Fernschreiben – am 27. August, sechs Minuten nach Mitternacht – Bericht erstattet. Der Akt erhält die Zahl 1,224.945. Vorerst werden die Interpolstellen der Bodenseeanrainer Deutschland und Schweiz unterrichtet und um Fahndungsmaßnahmen ersucht.
War es ein Badeunfall, war es ein Verbrechen oder war es Selbstmord? Ist die Frau vielleicht absichtlich untergetaucht, wollte alle Brücken hinter sich abbrechen?

Reise nach Griechenland
Die Gendarmerie begann sich für das Leben der spurlos Verschwundenen zu interessieren. Die Recherchen über die offensichtlich letzten Tage und Wochen der Lieselotte Traun brachten keine eindeutigen Hinweise auf den Grund ihres Verschwindens.
Am 8. Juni 1987 hatte sie einem Bekannten, dem Grazer Hotelbesitzersohn Thair Abood-Ali, 22, den Pass ihres Sohnes Oliver geborgt und war mit ihm nach Saloniki in Griechenland gefahren. Abood-Ali wollte dort, wie er seiner Bekannten erzählte, einen Mann treffen, der angeblich seine in Deutschland lebende Mutter erpresste. Doch unverrichteter Dinge fuhren Traun und der junge Mann am 15. Juni nach Graz zurück. Steckte mehr hinter dieser Reise, fragten sich vorerst ergebnislos die Kriminalbeamten. Hatte sie etwas mit dem Verschwinden zu tun?
Als Abood-Ali vom Verschwinden Lieselotte Trauns erfuhr, brach er mit deren Tochter Desiree an den Bodensee auf, um Einzelheiten zu erfahren. Die beiden hatten damals schon ein intimes Verhältnis. Sie quartierten sich im gleichen Gasthof ein, wo Lieselotte Traun gewohnt hatte, und erfuhren, dass mehrmals ein Mann, der Stimme nach ein älterer Mann, angerufen habe. Bekanntschaften dürfte Frau Traun nicht gemacht haben.

Den Ermittlungen der Gendarmerie zufolge war dieser Anrufer der Vater von Abood-Ali, der Besitzer des Hotels »Haus Zaualissen« in Graz. Er wusste also von dem Aufenthalt seiner Bekannten, die Frage lag daher für die Gendarmerie nahe, ob er auch etwas über das Verschwinden von Frau Traun wusste. Nach ersten Recherchen stellte sich heraus, dass Abdul Hak Abood-Ali engere Kontakte mit Lieselotte Traun gehabt hatte.
Am 1. Oktober 1987 wird Desiree Traun, die Tochter der Abgängigen, von der Gendarmerie in Graz vernommen. Sie gibt während des zweieinhalbstündigen Gesprächs zu Protokoll: »Seit Mai 1987 hielt sich meine Mutter fast ständig im Hotel Zaualissen in Graz auf. Das Hotel gehört Abdul Hak Abood-Ali und meine Mutter hat ihm die Konzession dafür verpachtet. Meine Mutter wohnte mit Abood-Ali im Zimmer Nr. 27. Am 15. August 1987 fuhr meine Mutter auf Urlaub an den Bodensee. In der Nacht zum 27. August wurde ich vom Gendarmerieposten Leibniz angerufen, dass meine Mutter vermutlich im Bereich Lochau am Bodensee einen Badeunfall erlitten habe. Meiner Meinung nach war meine Mutter keine gute Schwimmerin, nach einer kurzen Strecke bekam sie immer Wadenkrämpfe. Ich glaube, dass sie einem Badeunfall zum Opfer gefallen ist, ein spurloses Verschwinden oder einen Selbstmord schließe ich mit Bestimmtheit aus.«
Schon zuvor war Oliver Traun, ein Sohn der Verschwundenen, von der Gendarmerie vernommen worden. Er schilderte, dass ein paar Tage nach dem Verschwinden seiner Mutter eine Zahlungsaufforderung ins Haus geflattert sei, einen Wechsel in der Höhe von 50.000 Schilling zu bezahlen. Aus dem Protokoll: »Der Wechsel begünstigte das Hotel Zaualissen, doch der Besitzer Abood-Ali erklärte mir, dass er auf die Zahlung verzichten werde, weil er uns drei Kindern helfen wolle.« Er habe seine Mutter auch im Urlaubsort angerufen. Sie erzählte ihm, dass sie von einem älteren Mann zu einem Abendessen eingeladen worden sei, weil sie auf dessen Jacht seekrank geworden sei. »Den Namen des Mannes hat sie mir nicht gesagt, nur den Namen der Jacht, der irgendetwas mit Bananen zu tun hatte, ich glaube ›Guigitta‹.«
Auch der Ehemann der Vermissten, Alexander Traun, Jahrgang 1948, der seit Jahren als Bankkaufmann im Nahen Osten und auf den Philippinen tätig ist, wurde vom Schicksal seiner Frau unter-

richtet, konnte aber keinerlei Angaben machen, da er seit längerer Zeit keinen Kontakt mehr zur Familie in Österreich hatte.

Auch der Pass war weg
Die Kriminalabteilung des Landesgendarmeriekommandos Steiermark trat bei den Ermittlungen im Abgängigkeitsfall Lieselotte Traun auf der Stelle. Einerseits war im Zusammenhang mit den wirtschaftlichen und privaten Beziehungen zum Grazer Hotelier Abood-Ali weder ein Verbrecher noch ein Selbstmord auszuschließen, andererseits hatte auch die Vermutung, die Frau könnte ertrunken sein, Gewicht. Schließlich bestand auch die Möglichkeit, dass die Frau freiwillig untergetaucht war und ganz einfach ihr bisheriges Leben und ihre Familie vergessen wollte. Ein Indiz dafür war, dass weder unter ihren zurückgelassenen Habseligkeiten im Lochauer Gasthof noch in ihrer Wohnung ihr Pass gefunden werden konnte. Dieser Umstand könnte aber auch dafür sprechen, dass Lieselotte Traun in Absprache mit ihrer Familie untergetaucht war und einen Badeunfall vorgetäuscht hatte, damit ihre Kinder die Versicherungssumme ausbezahlt bekamen.
Bereits wenige Tage nach dem Verschwinden ihrer Mutter waren die Kinder Desiree, 19, und die Zwillinge Oliver und Enrique, 20, bei der »Interunfall«-Versicherung in Graz erschienen und hatten den vermutlichen Unfalltod ihrer Mutter gemeldet. Auf Grund der im Juli 1985 ausgestellten Polizze Nr. 6/71/27113204 meldeten sie Anspruch auf die Auszahlung der Versicherungssumme in Höhe von 2,5 Millionen Schilling an. Die Versicherung lehnte ab: Erst müsse eine amtliche Todesbescheinung vorhanden sein, vorher werde nicht bezahlt.
Die vorliegenden Ergebnisse der Recherchen fasste die Sicherheitsdirektion Vorarlberg am 27. Dezember 1988 in einem Fernschreiben an die Interpol im Innenministerium und die Sicherheitsdirektion in Graz wie folgt zusammen: »Im Boot, das Traun Lieselotte benützt hatte, befanden sich Blue Jeans mit einem weißen Gürtel, ein schwarzes T-Shirt, ein weißer Pulli und ein Paar weiße Schuhe sowie weiße Socken. Zum Zeitpunkt der Ausfahrt der Traun herrschte leichter Wind, der schließlich gänzlich abflaute. Die Annahme, dass Traun während dieser völligen Windstille über Bord ging um zu schwimmen, erscheint begründet. Es ist Eigenart

der Windverhältnisse am Bodensee, dass der Wind völlig unerwartet auffrischen kann. Diese plötzliche Veränderung der Windstärke ist bestätigt, es herrschte beim Auffinden ihres Bootes Windstärke 4 und entsprechender Wellengang. Der Schluss, dass Traun plötzlich das wegtreibende Boot sah und sich vergeblich bemühte, es zu erreichen, erscheint denkbar, die Annahme eines tödlichen Badeunfalls daher begründet.«
Die Interpol-Fahndung nach der Vermissten, zuerst in Deutschland und der Schweiz, später weltweit betrieben, blieb erfolglos.
Über Antrag der Kinder der spurlos verschwundenen Frau wurde die vermisste Lieselotte Traun am 26. Januar 1989 vom Grazer Zivillandesgericht durch den Richter Alois Fauland für tot erklärt. Aktenzeichen T 234/88. Die prompte Todeserklärung, nicht einmal zwei Jahre nach dem Verschwinden, lässt darauf schließen, dass der Grazer Richter vom Unfalltod der Vermissten überzeugt war.

War sie in Brasilien?
Der Fall schien abgeschlossen. Zwar hatte man keine Leiche gefunden, aber alle Indizien deuteten darauf hin, dass Lieselotte Traun im Bodensee ertrunken war. Aus heiterem Himmel kam dann die Überraschung: Die österreichische Botschaft in Brasilia teilte am 23. August 1989 mit, dass laut Feststellung der brasilianischen Polizei eine Person mit dem Reisepass von Lieselotte Traun am 6. August 1988 in Brasilien ein- und am 26. August wieder ausgereist sei. Ein Jahr also nach ihrem Verschwinden am Bodensee.
Neuerliche dringende Fahndungsersuchen nach Brasilien und an die Polizeidienststellen in den angrenzenden südamerikanischen Staaten waren die Folge. Sie blieben allerdings längere Zeit ohne Erfolg.
Man wusste bei den österreichischen Sicherheitsbehörden also nur, dass jemand mit dem Pass der Frau Traun im August 1988 in Brasilien gewesen war, doch war nicht sicher, ob es sich auch tatsächlich um die Abgängige handelte oder ob eine andere Person missbräuchlich den Pass verwendet hatte. Es war also wieder alles offen: freiwilliges Verschwinden – oder ein Verbrechen – oder ein Unfall, in dessen Folge jemand den Pass an sich gebracht haben

könnte. Und natürlich auch Beihilfe zum Versicherungsbetrug, indem der Tod durch Ertrinken nur vorgetäuscht worden war.
Schließlich wurde eine weitere Spur entdeckt: Die Interpol-Dienststelle in Montevideo (Uruguay) teilte dem Wiener Innenministerium am 13. Januar 1994 mit, dass sich eine Lieselotte Traun unter der Adresse La Parada Nr. 11 in Barra de Chuy aufhalte. Neuerlicher Anlauf für Erhebungen, die nun in Richtung versuchter Versicherungsbetrug gingen: Befanden sich Angehörige oder Bekannte der Vermissten in Südamerika, hatten sie telefonisch mit ihr Kontakt aufgenommen, war alles nur ein abgekartetes Spiel? Doch die Beamten fanden keine Anhaltspunkte für ihren Verdacht.
Dann die Sensation: Im Juli 1994 schrieb Frau Lieselotte Traun an die Interpol Wien, dass sie für eine Aufenthaltsbewilligung in Uruguay eine Strafregisterbescheinigung benötige. Kein Wort über ihr Verschwinden, kein Wort, ob sie etwas von der weltweiten Fahndung nach ihr mitbekommen hatte, kein Wort über ihre Angehörigen. Ein Brief, als wäre nichts gewesen.
Nach Überprüfung der Unterschrift wurde das Schreiben von den Kriminalisten für echt erklärt und die Fahndung eingestellt. Der riesige Aufwand, von der Suche nach der eventuell Ertrunkenen über die Befragungen der Familienmitglieder und Bekannten bis zu den internationalen Aktivitäten, war also sinnlos gewesen. Leere Kilometer, die viel Geld gekostet hatten.
Schließlich hob Richter Peter Paul Kordik-Platzer vom Zivillandesgericht Graz dann mit Beschluss vom 20. Oktober 1994 die am 26. Januar 1989 ausgesprochene Todeserklärung auf. Lieselotte Traun war also wieder in den Kreis der Lebenden aufgenommen, obwohl sie niemand gesehen hatte. Resümee: Die Frau war im August 1987 ganz einfach freiwillig untergetaucht, war spurlos von der Bildfläche verschwunden, was zwar seltsam, aber nicht strafbar ist. Sie hatte nun, sieben Jahre später, auch nicht mitgeteilt, ob sie in Uruguay bleiben wollte oder andere Pläne hatte.
Für die Polizei blieben etliche Fragezeichen bestehen. War es wirklich denkbar, dass sich eine Mutter von drei Kindern absetzte, ohne diese später zu informieren, dass sie gesund war und lebte? Waren die Beamten an der Nase herumgeführt worden, Marionetten in einem abgekarteten Spiel?

Als Stubenmädchen in Tirol

1995 wurde dann das vorläufig letzte Kapitel des mysteriösen Falles geschrieben. Die Gendarmerie hatte bei der routinemäßigen Kontrolle von Neuanmeldungen festgestellt, dass sich in der Pension Christophorus im Tiroler Obergurgl am 16. Dezember 1994 ein Zimmermädchen namens Lieselotte Traun angemeldet hatte. Bald stellte sich heraus, dass alle ihre Daten mit denen der am 26. August 1987 während einer Segeltour verschwundenen Frau übereinstimmten. Sieben Jahre nach ihrem vermeintlichen Tod war die Frau also leibhaftig wieder in Österreich. Was mehr als verwunderlich war, hatte sie doch nicht allzu lange Zeit vor ihrer Rückkehr nach Österreich noch um eine Strafregisterbescheinigung ersucht, weil sie diesen Beleg für ihren weiteren Aufenthalt in Uruguay brauchte. Offenkundig änderte Frau Traun ihre Pläne sehr rasch ...

Im Gendarmerieposten Obergurgl verhörten die Inspektoren Heinz Haider und Günter Traussnigg von der Kriminalabteilung des Landesgendarmeriekommandos Steiermark am 31. März 1995 ab 10 Uhr das Zimmermädchen Lieselotte Traun. Sie galt als Verdächtige, denn immerhin stand Beihilfe zum versuchten Versicherungsbetrug im Raum.

Aus dem Protokoll: »Ich hatte mich entschlossen, Schluss zu machen, und fuhr am 26. August 1987 – es war mein 20. Hochzeitstag – allein auf den See hinaus. Ich hatte mir mein Geld und meinen Reisepass mitgenommen. Nachdem ich einige Zeit mit der Jolle auf dem Bodensee gekreuzt war, kam ich in die Nähe eines Badestrandes, der sich auf deutschem Gebiet befindet. Ich habe mich plötzlich entschlossen, das Boot zu verlassen, und habe mir gedacht, wenn ich das Ufer schwimmend erreiche, haue ich ab. Ich habe mich auch mit dem Ertrinken abgefunden, beziehungsweise habe ich mir dies eher gewünscht. Mein Bargeld, etwa 30.000 Schilling, und meinen Reisepass gab ich in einen Plastiksack und erreichte das Ufer. Nachdem meine Kleidung trocken war, fuhr ich mit dem Zug nach München, dort kaufte ich mir einen Rucksack, ein Zelt, einen Schlafsack und einige Kleidungsstücke. Per Anhalter bin ich nach Frankfurt und habe dort einen Flug nach São Paulo in Brasilien gebucht.«

In der Folge streifte sie durch Brasilien und Uruguay, nahm kurze

Jobs an und ließ sich dann in Barra de Chuy nieder. »Ich habe mich in dieser Zeit nervlich erholt und bin von meinen Selbstmordgedanken abgekommen«, gibt sie weiter zu Protokoll. Über das österreichische Konsulat in Montevideo habe sie dann 1993 in Wien um eine Strafregisterbescheinigung angesucht, da sie diese für eine Aufenthaltsbewilligung brauchte, die Unterlagen aber nicht bekommen.

Mysteriös die weiteren Angaben von Frau Traun: »Überraschenderweise bekam ich dann« – also etwa ein Jahr nach ihrem Eintreffen in Südamerika – »einen Brief von meiner Tochter Desiree, auf den ich ihr auch geantwortet habe.« Im Protokoll gibt es keinen Hinweis darauf, wie die Tochter die Adresse in Südamerika in Erfahrung gebracht hatte. Es ist daher anzunehmen, dass Lieselotte Traun selbst Kontakt mit ihren Kindern aufgenommen hat und diese daher ab etwa 1990 wussten, dass ihre Mutter noch lebte.

Nach dem Verhör mit der Frau wurden die Pässe ihrer Kinder überprüft. Das überraschende Ergebnis: Sohn Enrique war vom 11. April bis zum 3. Mai 1993 zu Besuch bei seiner Mutter in Uruguay! Zu einem Zeitpunkt also, da sie amtlich immer noch als tot galt!

Im November 1994 flog Lieselotte Traun dann, ihren Angaben der Gendarmerie gegenüber zufolge, über Paris und Rom nach Tirana, blieb dort zehn Tage und fuhr dann per Schiff nach Italien. Von dort nahm sie den Zug nach Graz. In Österreich fand sie schließlich das Stellenangebot der Pension in Obergurgl, wo die damals 45-Jährige am 15. Dezember 1994 ihre Stelle als Stubenmädchen antrat.

Kurz nach den Verhören, vielleicht irritiert durch die Aufmerksamkeit, die sie in der kleinen Gemeinde ausgelöst hatte, verließ Frau Traun Obergurgl wieder. Einen neuen Aufenthaltsort gab sie nicht bekannt. Für die Polizei und in der Folge auch für die Justiz war die Sache damit erledigt. Punkt und Streusand drüber. Die Ordnungshüter fühlten sich zwar zum Narren gehalten, doch sie schlossen die Akten.

Oliver Traun, einer der Zwillingssöhne der heimgekehrten Verschwundenen, sagte den Autoren, dass er nichts über die Motive seiner Mutter wisse. Weder, warum sie 1987 nach Südamerika ging, noch was sie dort machte und auch nicht, warum sie zurück-

kam. »Wo meine Mutter jetzt ist, kann ich Ihnen nicht sagen. Irgendwo in Europa«, meint er geheimnistuerisch.
Ist Lieselotte Traun 15 Jahre nach ihrem ersten Verschwinden wieder untergetaucht?

V.

Viele Fragen und keine Antworten

Nichts kann für ermittelnde Kriminalisten spannender – zugleich aber auch frustrierender – sein, als nach Vermissten zu fahnden. Jeder Fall ist anders, Routine hilft da nicht viel. Und nichts kann für Mütter, Väter, Geschwister, Ehegatten dramatischer sein, als die oft jahrelange quälende Ungewissheit über das Schicksal eines geliebten Menschen. Doch oft bleiben die Rätsel ungelöst, gibt es zwar Vermutungen, aber keine Beweise. Manche Akten können nur deswegen geschlossen werden, weil die Leiche des Abgängigen gefunden wird. Nach einem Unfall, einem Selbstmord, einem Verbrechen.

In Bayern etwa wurden erschreckende Zahlen dazu zusammengetragen. In den letzten fünf Jahren wurden dort 1.146 Vermisste tot aufgefunden – fast jeden Tag eine/r. Etwa zwei Drittel haben Selbstmord verübt, rund ein Viertel fiel einem Unfall zum Opfer oder erlitt einen natürlichen Tod. Bei etwa zehn Prozent der Fälle allerdings vermutet die Polizei mit größter Wahrscheinlichkeit Mord oder Totschlag mit dem bitteren Nachgeschmack, dass mit ebenso großer Wahrscheinlichkeit die Mörder noch unter uns sind.

»Die Angehörigen wollen von uns, von der Polizei, möglichst rasch Ergebnisse hören und immer wieder sind sie erlöst, wenn wir diese mitteilen können. Auch dann, wenn wir nur sagen können, dass wir die abgängige Person tot gefunden haben«, sagt Christian Mader, der jahrelang im Wiener Sicherheitsbüro, der größten Polizeidienststelle Österreichs, als Abgängigenreferent unzählige Fälle in der Millionenstadt bearbeitet hat. »Einmal kam eine Frau zu mir, eine kleine Bäuerin vom Stadtrand, deren Schwester plötzlich verschwunden war. Immer wieder drängte sie, dass sie Gewissheit haben wolle, was mit ihrer Schwester geschehen sei. ›Schonen Sie mich nicht, sagen Sie mir die Wahrheit‹, bettelte sie fast, doch ich konnte ihr lange Zeit gar nichts sagen. Dann fanden wir die Frau, sie hatte Selbstmord verübt. Als ich das ihrer Schwester mitteilte, war diese fast erleichtert, denn das Bangen und Hoffen hatte für sie ein Ende. Am nächsten Tag kam sie zu mir und brachte mir ein Stück hausgemachten Speck. Vielleicht unpassend angesichts der Todesnachricht, aber es zeigt, dass das Warten das Schlimmste für Angehörige von Abgängigen ist.«

Oft wird der Polizei auch vorgeworfen, allzu lax mit der Suche zu beginnen. Bestätigt wird diese Meinung durch die Formulierung, die man in einem Leitfaden findet, der für die Arbeit der deutschen Polizei zusammengestellt wurde. Mit deutlich kritischem Unterton heißt es darin: »Kennzeichnend für die gegenwärtige Arbeitsweise in Vermisstenangelegenheiten ist eine zunächst abwartende Haltung in der Hoffnung, der Vermisste werde von selbst in seinen gewohnten Lebensbereich zurückkehren. Als Folge dieser Verfahrensweise ist die Effizienz kriminalistischer Maßnahmen gering.«

Ist das tatsächlich Übung? Abwarten und Tee trinken? Die Erfahrung zeigt, dass in neun von zehn Fällen nach dieser Devise vorgegangen wird, insbesondere wenn Erwachsene verschwinden. »Es ist oft schwierig, herauszufinden, was vor dem Verschwinden einer Person geschehen ist. Gab es Motive, dass sich der Betreffende ganz einfach ›auf Französisch verabschiedet‹, also freiwillig das Weite gesucht hat? Wenn solche bestehen, dann können wir ja nicht mit Suchtrupps ausrücken«, weist Christian Mader auf die Schwierigkeiten hin. Daher wird in diesen Fällen nur eine »Aufenthaltsermittlung« begonnen. Wenn dann der Abgängige gefunden wird, muss dieser zuerst gefragt werden, ob er überhaupt will, dass sein neuer Aufenthaltsort den suchenden Familienangehörigen oder Bekannten mitgeteilt wird.

Gibt es jedoch Vermutungen, es könnte sich um ein Verbrechen handeln, oder wird Selbstmord befürchtet, dann beginnt die Polizeimaschinerie auf Hochtouren zu laufen. Insbesondere dann, wenn Kinder oder Jugendliche verschwinden. Angehörige und Bekannte werden befragt, Suchtrupps schwärmen aus, Hubschrauber mit Wärmebildkameras kreisen über dem Gelände, geführte Handy-Gespräche und die Benützung von Kreditkarten werden in der

Hoffnung auf eine Spur des Vermissten rückverfolgt, Gärten werden umgegraben, Flussufer von der Wasserpolizei abgesucht. Mit Hilfe der Interpol kann ein weltweites Fahndungsnetz geknüpft werden.

Zweieinhalb Jahre ging er niemandem ab

11. April 1995. Der 49-jährige Georg Bauer aus der kleinen oberpfälzischen Gemeinde Neustadt an der Waldnaab bestellt ein Taxi und lässt sich zum Flughafen München fahren. In seinem Gepäck befinden sich auch zahlreiche Frauenkleider und ein üppig bestückter Kosmetikkoffer: Bauer ist Transvestit und tritt gerne grell geschminkt als Frau auf. Seine Ehefrau wusste von Georgs Neigung, dennoch blieb sie mit ihm zusammen. Auch deswegen, weil sie gemeinsam ein Gasthaus betrieben. Das Eheleben selbst beschränkte sich auf kühle Distanz. Die Frau nahm es auch widerspruchslos zur Kenntnis, dass Georg »einen kurzen Urlaub im Ausland« machen wollte und die gemeinsame Wohnung verließ.
Ein paar Tage nach seiner Abreise rief er noch einmal zu Hause an, sagte aber nicht, wo er sei. Die Frau ging zur Tagesordnung über. Insgeheim dürfte sie froh darüber gewesen sein, dass ihre Ehekrise zumindest vertagt erschien.
Georg Bauers Mutter aber war besorgt über das Verschwinden ihres Sohnes und erstattete im November 1997 bei der Kriminalpolizei in Weiden Abgängigkeitsanzeige. Zweieinhalb Jahre lang dürfte der Mann seiner Familie nicht besonders gefehlt haben. Nach so langer Zeit schienen der Polizei auch eine lokale Fahndung oder die Suche nach Zeugen, die den Abgängigen zuletzt gesehen hatten, nicht mehr sinnvoll. Die einzige Möglichkeit, doch noch auf seine Spur zu kommen, war der Weg über das Außenamt: Da Bauer zwar einen Pass besaß, dieser aber 1999 ablaufen würde, wurden alle Botschaften und Konsulate gebeten, Nachricht über Bauer zu geben, falls dieser eine Passverlängerung beantragen sollte. Bis heute war das nicht der Fall. Der Mann ist im Meer der Anonymität untergetaucht.

Wochenendausflug ohne Wiederkehr

Ein Freitagabend im bayerischen Schwandorf, nördlich von Regensburg. Der aus dem niederösterreichischen Melk stammende Arbeiter Josef Frauendorfer, 61, sitzt an diesem Juli-Tag des Jahres 1999 mit seinem Sohn, mit dem er die Wohnung teilt, beim Abendessen. Obwohl sie beide katholisch sind, halten sie nicht viel vom Fastengebot – eine Schweinshaxe wird verspeist. Der Vater merkt an, dass er am nächsten Tag wieder nach Tschechien fahren werde. Fast eine überflüssige Bemerkung, denn er fährt jedes Wochenende in das nahe gelegene östliche Nachbarland.
Am Samstag besteigt Josef Frauendorfer seinen grünen Mazda mit dem Kennzeichen SAD-LR 276 und fährt los. Außer seinem Waschzeug nimmt er nichts mit.
Als der Vater nach dem Wochenende nicht nach Hause zurückkehrte, erstattete der Sohn Vermisstenanzeige bei der Polizeiinspektion in Schwandorf. »Da muss etwas passiert sein, er hat noch niemals an seinem Arbeitsplatz gefehlt«, erklärte der Sohn. Einen Grund für einen Selbstmord gebe es nicht. Untergetaucht konnte er auch nicht sein, denn von seinem Konto war seit dem verhängnisvollen Wochenende nichts mehr abgehoben worden. Doch Frauendorfer blieb spurlos verschwunden, auch sein Auto wurde nicht gefunden.

Polizisten halten es für möglich, dass er ein ähnliches Schicksal erlitten hat wie Erich Kunder, der Bürgermeister der kleinen mittelfränkischen Gemeinde Röckingen.

Zum Sex nach Eger

Dienstag, der 5. März 2002. Zwei Tage zuvor hatte Kunder die Bürgermeisterwahl fulminant gewonnen, jetzt ging wieder der Alltag los. Nach einer Dienstbesprechung mit der Polizei über einige neue Verkehrsschilder stieg der 51-jährige untersetzte Mann in seinen silberfarbenen Mercedes 220 CDI und fuhr los. Kunder war Vertreter für Elektrogeräte.
Der CSU-Mann kam allerdings nicht wie gewohnt heim. Alle

Nachfragen bei den Firmen, die er besuchen wollte, blieben ergebnislos, er war dort nicht aufgetaucht. Um vier Uhr nachmittags hatte Kunder von unterwegs noch seine Frau angerufen. »Es wird heute etwas später, ich komme nicht vor 22 Uhr«, sagte er. Doch er kam nicht.

Die Daten dieses vom Handy aus geführten Telefongesprächs konnten rekonstruiert werden, der letzte Anruf kam von der Autobahn Regensburg–Weiden Richtung tschechischer Grenze. Und bald fand die Polizei heraus, dass Kunder mit seinem Mercedes um 17.49 Uhr die Grenze bei Waldsassen passiert hatte. Die nächste Stadt jenseits der Zollkontrolle war Eger und häufig suchten Deutsche hier schnelle Sex-Abenteuer bei Prostituierten. Nährboden für Kriminalität jeglicher Art. Zog die käufliche Liebe auch Kunder nach dem 230 Kilometer entfernten Eger oder wollte er nur billiger als in der Heimat einkaufen? Ob so oder so, bald wurde klar, dass der Bürgermeister Opfer eines Verbrechens geworden sein musste.

Mit der Scheckkarte Kunders wurde noch am 5. März abends aus einem Bankomat in Eger Geld abgehoben, am Tag darauf in Pilsen. Insgesamt 2.300 Euro. Mit einer Überwachungskamera waren die Abheber abgelichtet worden: zwei junge Männer. Unerklärlich blieb, woher die Unbekannten den Code für die Scheckkarte kannten.

Vier Tage nach dem Verschwinden Kunders stoppten Beamte am 9. März in Weißrussland den Mercedes des Abgängigen. Ein Tscheche saß am Steuer, doch wollte er nur für die Überstellung des Wagens angeheuert worden sein. Von Kunder wisse er nichts. Hatte der teure Wagen des Bürgermeisters Verbrecher angelockt und war Kunder deswegen überfallen worden? Die Überlegung war nahe liegend, doch Beweise fehlten. Die einzige Spur: die Bilder aus der Überwachungskamera. Erst Ende Juni 2002, also mehr als drei Monate nach dem Verschwinden Kunders, konnten die Abgebildeten ausgeforscht werden. Ihr Geständnis: Eine Prostituierte hatte Kunder in eine Wohnung gelockt und dort hatten sie zuerst den Bankomatcode aus Kunder herausgeprügelt und ihn dann erdrosselt. Seine Leiche vergruben sie in einem nahe gelegenen Wald.

Sosehr die Polizei zufrieden über die doch noch erfolgreiche Klärung des Falles war, so sehr war man in Kunders Heimat und bei seiner Familie bestürzt über die Umstände, wie er zu Tode gekommen war. Vielen wäre es wohl lieber gewesen, das Verschwinden des Bürgermeisters wäre nie aufgeklärt worden.

Ein Edelsteinhändler, Ware im Wert von Millionen und ein Glücksspieler

Im Advent 1989 kam der Inder Rajesh Garg, 33, aus dem deutschen Edelstein-Mekka Idar-Oberstein geschäftlich nach Wien. Wie es in der Branche üblich ist, hatte er »schweres« Gepäck mit sich: einen Koffer mit Saphiren, Smaragden und Rubinen im Wert von rund 35 Millionen Schilling. Da er in Österreich nicht nur verkaufen, sondern auch einkaufen wollte, steckten in seiner Brieftasche noch rund 1,3 Millionen Schilling in bar.
Garg stieg im »Hotel Mariahilf« ab. Eine typische und preiswerte Bleibe für Geschäftsreisende, nahe des Wiener Westbahnhofs. Heute gibt es das Hotel nicht mehr, es musste einem Bürokomplex weichen. Am 7. Dezember verließ der Inder gleich nach dem Frühstück das Hotel. Er besuchte einige Schmuckhändler, zuletzt gegen fünf Uhr nachmittags den Edelsteinschleifer Ernst Brunner in der Kupferschmiedgasse nahe des Stephansplatzes. Seither wurde Garg nicht mehr gesehen. Verschwunden ist auch der Edelsteinkoffer mit dem wertvollen Inhalt.
Nachdem der Gast nicht mehr aufgetaucht war, erstattete die Hotelleitung am 9. Dezember die Abgängigkeitsanzeige. Alle Dienststellen der Polizei und der Gendarmerie wurden alarmiert, da ein Verbrechen an dem reichen Diamantenhändler befürchtet wurde. Doch niemand hatte den nur 1,55 m großen, bulligen Mann, der zuletzt einen blauen Anzug getragen hatte, gesehen.
Über seinen Bruder Umesh Kumer Garg, der an der Edelsteinhandlung in Idar-Oberstein beteiligt ist, bekam die Polizei eine Liste jener Personen, die Rajesh Garg in Österreich besuchen wollte. Für den 8. Dezember hatte der Inder einen Termin mit einem Edelsteinhändler in Graz vereinbart, er war dort jedoch nicht erschienen. Ein weiterer wichtiger Hinweis: Nach einem Verkehrsunfall litt Garg an epileptischen Anfällen und musste, nach genau-

er Dosierung, regelmäßig das Medikament Tegretal R nehmen. Ohne dieses Medikament oder bei falscher Dosierung könnten schwere Anfälle auftreten.

Auch Glücksspieler verschwunden

In diesen Tagen erschien auch ein Kaufmann im Wiener Sicherheitsbüro und erzählte seine Geschichte. Er habe einem Freund seinen Wagen, einen VW Jetta, geliehen, doch habe er seit dem 7. Dezember nichts mehr von dem Freund, einem gewissen Gerhard Grün, gehört und auch sein Auto nicht zurückbekommen. »Er wollte in den nächsten Tagen nach England reisen, das wird er doch nicht mit meinem Wagen getan haben?«, fragte sich ärgerlich der Autobesitzer und bat die Polizei um Nachforschungen. Ermittlungen bei Reisebüros und Fluglinien brachten kein Ergebnis – der 43-jährige Grün war unauffindbar.

Mit Nachbarn in seinem Wohnhaus hatte er kaum Kontakt, bald erfuhr man jedoch, dass Grün ein Berufsspieler war. Er besuchte regelmäßig das Wiener Casino Cercle in der Kärntner Straße, zuletzt war er dort am 7. Dezember in der Besucherliste eingetragen. Croupiers und andere Gäste wussten, dass er ständig viel Geld bei sich hatte. »Die Tausender-Banknoten trug er eingerollt in der Hosentasche«, gaben sie ihre Beobachtungen wieder.

Der Verdacht verstärkte sich, dass Grün Opfer eines Verbrechens geworden sein könnte. In der Wohnung des Verschwundenen fand die Polizei genaue Aufzeichnungen über Grüns Casinobesuche, auf dem Bett lag noch die Ausgabe vom 7. Dezember der Tageszeitung »Kurier«. Mysteriös schien, dass das Tonband aus dem Anrufbeantworter entfernt worden war. Vielleicht hätte es Hinweise auf Telefonate und Anrufer geben können?

Die Polizei kam jedoch weder bei der Suche nach Gerhard Grün weiter, noch gab es Spuren des Edelsteinhändlers Rajesh Garg. In beiden Fällen gab es viele Möglichkeiten: Mord, Flucht vor Bedrohungen, freiwilliges Untertauchen, Unfälle. Handfeste Indizien waren jedoch für keine der Möglichkeiten vorhanden.

Eine Leiche ohne Kopf

Die Schneeglöckchenzeit lockt immer wieder Spaziergänger in feuchte Waldgebiete. Am 3. Februar 1990 wollte auch Johann Lukowitsch aus Mannersdorf an der Leitha (Niederösterreich) ein paar Blumen pflücken. An der Leine hatte er die Yorkshire-Terrier-Hündin Leila, die plötzlich zu bellen und im Laub zu scharren begann. Als eine nackte Ferse zum Vorschein kam, riss Lukowitsch das Tier zurück. Statt Schneeglöckchen zu pflücken war er auf eine Leiche gestoßen.

Als die Gendarmerie eintraf, fand sie nur einen Torso: einen toten Mann ohne Kopf. Der Schädel musste mit einem wuchtigen Beilhieb abgetrennt worden sein. Die Schussverletzung in der linken Brustseite war nicht zu übersehen. Merkwürdig die Kleidung: eine seidene Unterhose, ein Maßhemd und eine exquisite Krawatte. Sonst nichts. Der Mann war nicht in dem Wald getötet worden. Die Gerichtsmediziner fanden heraus, dass er sechs bis acht Wochen zuvor ermordet worden sein dürfte.

Die Zeitungen begannen zu spekulieren. »Vermisster Edelsteinhändler im Waldgrab?«, fragte der »Kurier« auf der Titelseite. Gegen diese Vermutung allerdings sprach, dass der vermisste Rajesh Garg nach der Beschreibung deutlich kleiner war als der Tote von Mannersdorf. Routinemäßig überprüften die Sicherheitsbehörden alle Abgängigkeitsmeldungen aus der in Frage kommenden Zeit. Dabei stieß man auf den Namen von Gerhard Grün, der in der Liste der verschwundenen Personen aufschien. Ein Vergleich der Fingerabdrücke der Leiche mit jenen, die das Wiener Sicherheitsbüro schon im Dezember in der Wohnung Grüns sichergestellt hatte, bestätigte die Vermutung. Man hatte die Leiche des Berufsspielers gefunden. Die Wiener Polizei konnte den Abgängigkeitsakt Grün schließen, die nun auf Grund des Fundortes der Leiche zuständige Gendarmerie Niederösterreichs musste nun Morderhebungen beginnen.

Oberst Franz Polzer, Leiter der Kriminalabteilung, erinnert sich: »Wir haben 102 Personen vernommen und viele Spuren verfolgt. Wir konnten auch feststellen, dass Grün einen Kartenschlitten, wie man ihn zum ›Black Jack‹ benötigt, präpariert hatte und möglicherweise im privaten Kreis spielte und betrog.« Interesse an seinem Tod könnten daher übers Ohr gehauene Opfer gehabt haben.

Ebenso bestand eine seltsame Parallele: Sowohl Grün als auch Rajesh Garg waren seit dem 7. Dezember 1989 vermisst. Grün war mit dem Edelsteinhändler Gerhard Wiesinger, der sein Geschäft in

der Mariahilfer Straße hat, bekannt. Und Garg zählte den Juwelier zu seinen Geschäftspartnern. Waren das Zufälle – oder hat das Verschwinden des einen mit dem Tod des anderen zu tun?
Im Mai 1990 wurde dann in der TV-Sendung »Aktenzeichen XY ungelöst ...« nach Garg gefahndet. Von dessen Bruder war eine Belohnung von 500.000 DM für zielführende Hinweise ausgesetzt worden.
Mit siebenmonatiger Verspätung meldete sich schließlich bei der Polizei in Deutschland und bei TV-Präsentator Eduard Zimmermann eine Frau Hannelore Kawaters aus Köln und begehrte die ausgesetzte Belohnung. »Bei meinen Forschungen über das Leben nach dem Tod habe ich gelernt, mit Toten zu sprechen. Die Verstorbenen können mir Mitteilungen machen. Sie sagten mir, dass der vermisste Rajesh Garg in Wien festgehalten werde«, schrieb sie. Bei der Befreiung Gargs möge man vorsichtig sein, sonst würde er von seinen Bewachern getötet werden. Nur drei Tage später schrieb die Frau nochmals und nannte zwei Namen und eine Adresse in Wien: »Dort und von den beiden Genannten wurde Garg getötet. Die Beute besitzen sie noch.«
Wie zu erwarten erwiesen sich die Hinweise als haltlos. Von dem vermissten Inder gibt es bis heute keine Spur. Ebenso wenig wie von den verschwundenen Edelsteinen. Ungeklärt bleibt auch die Mordakte Grün mit den mysteriösen Parallelen zu dem Diamantenhändler.

Luft schnappen und Zigaretten holen

Wenn Menschen plötzlich und unvermutet verschwinden, haben Polizei und die Angehörigen meist weder Spuren noch Vermutungen. Sie sind ganz einfach, von einer Minute auf die andere, weg.

- Christian Hurek etwa besuchte mit Arbeitskollegen am 12. April 2001 in Bad Frankenhausen, Thüringen, eine Gastwirtschaft. Am Fuße des Kyffhäuser wollte man noch ein paar Gläser leeren. Um halb elf Uhr nachts ging der 22-jährige Mann kurz vor die Tür der Wirtschaft. »Ich brauche ein wenig frische Luft«, sagte er seinen Kollegen. Seither ist Christian Hurek verschwunden, spurlos. Alles Suchen blieb vergeblich.

- Oder die 13-jährige Melanie Frank aus Wiesbaden. Am 16. Juni 1999 schickte sie ihre Mutter, die vor dem Fernseher saß, um eine Packung Zigaretten. Melanie steckt die 5 DM ein und geht, so wie sie ist, zum Automaten, der nur 150 Meter von der Wohnung entfernt ist. Doch das Mädchen kommt nicht zurück. Die alarmierte Polizei sucht alles ab, befragt Passanten, Freunde werden angerufen. Vergeblich. Melanie Frank taucht nicht wieder auf.
- Mysteriös auch das Verschwinden des Wieners Martin Bohdal. Sieben Personen saßen in dem Motorboot, das am 8. August 1998 um zwei Uhr früh vom Steg des Schlosshotels Seefels in Pörtschach (Kärnten) ablegte. Als das Boot in Saag am gegenüberliegenden Ufer des Wörthersees ankam, waren nur noch sechs an Bord, doch fiel anfangs in der feuchtfröhlichen Runde niemand das Fehlen von Martin Bohdal, 23, auf. »Wir können uns nicht einmal erinnern, ob er überhaupt mitgefahren ist«, meinten die jungen Leute später bei der Vernehmung durch die Gendarmerie, die auf Grund einer Abgängigkeitsanzeige die Erhebungen begonnen hatte.

  Die erste Annahme der Beamten: Bohdal ist ertrunken. Dabei blieb man auch, obwohl Suchaktionen durch Taucher erfolglos blieben. Die begüterten Angehörigen des sehr sportlichen Wieners zimmerten sich ein anderes Bild zurecht: Vielleicht ist Martin entführt, vielleicht ermordet worden?

  Der Vater des Abgängigen, ein Wiener Immobilienmakler, beauftragte den Privatdetektiv Peter Pokorny mit Erhebungen. Eine Woche lang graste der Ermittler mit 14 Helfern die Umgebung ab, befragte zum x-ten Mal Kellner und Diskogäste. Als Pokorny nichts fand, wurde auch die Klagenfurter Detektei »Blue Moon« eingeschaltet. Doch auch diese Suche blieb ergebnislos.
- Quasi auf Raten verschwand 1974 der 62-jährige Franz Pilliczar aus seiner Wiener Wohnung. Ein bisschen ein Sonderling war er immer, mal streifte er als Vogelkundler durch die Wälder, mal hielt er Vorträge über Heilkräuter, doch sonst werkelte er unauffällig dahin. Dann kam die Wende.

  Gemeinsam mit seiner Frau und zwei Kindern wohnte Pilliczar in einem Haus am Stadtrand von Wien, in Essling. Massiver als das Dach lastete die Hypothek auf dem Gebäude: 130.000 Schilling Schulden! Das Einkommen des Mannes reichte bei weitem nicht, doch seine Frau hatte eine gut dotierte Stelle als Fremdsprachen-Korrespondentin in einem Wiener Transportunternehmen.

Ende 1974 erklärte Pilliczar seiner Frau, er müsse für den Verein »Natürlich Leben« nach Tirol fahren. In Kolsass quartierte er sich ein, nach einem Anruf aus Deutschland aber reiste er nach einem Tag wieder ab. Kurz darauf erhielt der Zimmervermieter ein Paket aus Deutschland. Inhalt: ein Hut. »Der gehört wohl Ihnen, ich habe ihn irrtümlich mitgenommen«, schrieb Pilliczar dazu. Aber nicht, wo er sich aufhalte. Das teilte er auch seiner Frau nicht mit. Sie vermutete, Franz sei wegen der hohen Schulden aus der Realität und ihrem Leben geflohen. Vielleicht war er wieder in Kanada? Dorthin waren sie kurz nach Ende des Weltkriegs ausgewandert, vor Jahren aber wieder nach Österreich zurückgekommen.

Drei Jahre nach seinem Verschwinden gab es – möglicherweise – wieder ein Lebenszeichen des Verschwundenen. Seine Frau erhielt aus Südamerika ein Paket mit Kleidungsstücken ihres Mannes. Kommentarlos. Niemand kann sich einen Reim darauf machen.

Lag der Vermisste in der Tiefkühltruhe?

Manchmal wird für die Polizei aus der Suche nach einem Abgängigen die Suche nach einem Mörder. Dann nämlich, wenn man den Gesuchten als Mordopfer findet und nun klären soll, wie es zur Tat gekommen ist und wer der Täter ist.

In der Silvesternacht des Jahres 1973 musste sich Josef Fried, 35, beim Zuprosten zurückhalten. Am Nachmittag des Neujahrstages würde seine nächste Schicht im Fernheizwerk Spittelau im Wiener Bezirk Alsergrund, am Ufer des Donaukanals, beginnen und er wollte fit sein. Er hatte auch eine weite Anfahrt vor sich: Über die Feiertage waren seine Frau und seine fünf Kinder bei der Großmutter in Maissau (Niederösterreich) zu Besuch und er hielt sich zu Silvester auch dort auf. Doch Fried kam nicht zum Dienst. Natürlich glaubten seine Vorgesetzten, er hätte verschlafen oder wäre

»umgefallen«, wie man sagt. Am nächsten Tag würde es eine Kopfwäsche geben, das war klar. Ansonsten bestand für den Partieführer kein Grund, etwas zu unternehmen.
Als Fried sich jedoch nicht wie gewohnt nach der Arbeit bei seiner Frau meldete, herrschten Aufregung und Angst in der Familie. Die Familie war ratlos – was könnte geschehen sein? Ein schlimmes Gefühl befiel die Frau: Der »Pepi«, wie sie ihren Mann nannte, hatte eine Lohnnachzahlung von 11.000 Schilling bei sich gehabt. Wollte er damit Schulden bezahlen oder war er mit dem Geld untergetaucht, wusste jemand von dem großen Betrag und wurde er deswegen überfallen? Sieben Tage wälzte sie diese Gedanken, beriet sich auch mit den Geschwistern ihres Mannes, die in Niederösterreich leben. Dann ging sie zur Polizei und erstattete Abgängigkeitsanzeige.
Die Beamten untersuchten die Wiener Wohnung und das Ferienhaus der Frieds. Der Garten des Hauses in Maissau wurde umgegraben, der Brunnen ausgepumpt, Leichenhunde eingesetzt, doch von Fried war keine Spur zu finden. Der Anfangsverdacht, es könnte sich um ein Verbrechen im familiären Umfeld handeln, bestätigte sich nicht.
»Polizei vermutet perfekten Mord«, titelte der Wiener »Kurier« dann im März 1974, drei Monate nach dem Verschwinden des Mannes. Alle Versuche, die letzten Stunden Frieds zu rekonstruieren, blieben erfolglos. Eine Zeugenaussage lautete, dass man in der Silvesternacht ein Auto beim Ferienhaus der Frieds gesehen habe und Personen, die einen schweren Gegenstand zum Wagen trugen. Die Suche nach dem unbekannten Fahrzeug blieb erfolglos.
März 1975. Ein Spaziergänger entdeckt in den Donauauen bei Muckendorf, in der Nähe von Tulln, einen halb verwesten menschlichen Körper. Die Hände des Mannes waren gefesselt, offenkundig war er bei Hochwasser in den Altarm gespült worden.
Die erste Untersuchung durch die Polizei ergab keine Hinweise auf die Identität des Toten. In der Gerichtsmedizin begann die Routinearbeit. Die Leiche dürfte vor ungefähr sechs Monaten ins Wasser geworfen worden sein. Die Todesursache aber war nach erstem Augenschein nicht Ertrinken. Daher die Frage: Gibt es seit mindestens sechs Monaten abgängige Männer im Alter zwischen

dreißig und vierzig, gibt es Zahnbilder der Gesuchten oder besondere Kennzeichen? Oder eine Beschreibung der Kleidung?
Ein Zahnbild passte – es war jenes des Josef Fried. Der Haken dabei: Fried war nicht seit sechs Monaten, sondern seit 15 Monaten abgängig. War er neun Monate wie vom Erdboden verschluckt, war er entführt worden oder freiwillig untergetaucht und wurde er dann ermordet? Oder war er – so schließen es die Gerichtsmediziner nicht aus – bereits im Januar 1974 ermordet und seine Leiche dann neun Monate in einer Tiefkühltruhe »zwischengelagert« worden?
Für die Polizei war zwar ein Vermisstenfall geklärt – dafür aber ein Verbrechen entdeckt worden, das noch rätselhafter war als das Verschwinden des Mannes. Die Suche nach Tätern blieb bis heute erfolglos.

Rätsel um Leiche im Kriminalmuseum

Wer zum Urlaub ins österreichische Salzkammergut kommt, kann im Wochendurchschnitt eines mit Gewissheit erwarten: das als »Schnürlregen« auch in die Operettenliteratur eingegangene Wetterphänomen des anscheinend nicht enden wollenden Regens. Aus ist es mit dem Baden, schlecht schaut es auch beim Wandern aus, also bleibt nur ein Besuch der weltberühmten Konditorei Zauner in Bad Ischl oder anderer Kulturaktivitäten.
Etwas Besonderes bietet da Scharnstein in der Nähe von Gmunden (Oberösterreich): ein Kriminalmuseum! Im Prospekt heißt es dazu: »In den Gewölben des Schlosses, wo sich von 1584 bis 1848 das Landgericht befand, wird durch zahlreiche Exponate das Gerichtsverfahren der Vergangenheit, aber auch Folter und Strafvollzug dargestellt. Die originale Folterkammer gewährt Einblick in die Praxis der historischen Justiz.« In den Schauräumen werden aber auch Exponate gezeigt, die auf spektakuläre Kriminalfälle der jüngeren Zeit hinweisen.
In einer Vitrine ist als makabre Attraktion der 90 cm große Rest einer verkohlten männlichen Leiche zu sehen. Bis heute ist ungeklärt, ob es sich dabei um die sterblichen Überreste eines seit dem Jahr 1971 vermissten Münchners handelt.

Mehr als dreißig Jahre wird nach diesem Mann, dem Anstreicher und Hobbymusiker Gerhard Walter, gesucht. Am 19. April 1971 erschien der damals 20-jährige Mann nicht an seinem Arbeitsplatz und seine Verwandten erstatteten Abgängigkeitsanzeige. Bald fand die Polizei heraus, dass Walter zu einer Münchner Schwulengruppe gehörte, die auch mit Rauschgift handelte. Seinem Bruder gegenüber gab Walter an, dass er »aussteigen« wolle. Unklar ist, ob er das tatsächlich getan hat und ob seine Freunde das so hingenommen haben.

Wenige Tage nach Walters Verschwinden brannte die Schachneralmhütte an der Felbertauern-Straße (Salzburg) ab. Im Brandschutt fand die Feuerwehr eine fast vollständig verkohlte Leiche. Der Mann muss etwa 1,75 m groß und sehr schlank gewesen sein, sein Alter wurde auf 20 bis 30 Jahre geschätzt. Spezialisten der Gendarmerie siebten die verbrannten Überbleibsel der Inneneinrichtung durch und setzten dann in Puzzle-Manier die Fundstücke zusammen. Es konnte rekonstruiert werden, dass der Tote eine gelbe Unterhose und schwarze Jeans getragen hat, die einen speziellen Reißverschluss aufwies. Ausweise oder sonstige persönliche Gegenstände wurden in der Ruine nicht gefunden.

Blutspuren vor der Hütte deuteten jedoch darauf hin, dass der Mann dort erschlagen, offensichtlich in die Hütte getragen und diese dann in Brand gesteckt worden war. Zuerst wurde vermutet, es könnte sich bei dem Ermordeten um einen Landstreicher handeln, doch wurden dann Zeugen gefunden, die vor dem Brand am Straßenrand einen jungen Mann gesehen hatten, der Mundharmonika spielte. Nach Angaben seines Bruders hatte Walter ständig eine oder zwei derartige Instrumente bei sich. Eine Identifizierung der Leiche aus der Schachneralmhütte war allerdings nicht möglich.

Etwa ein halbes Jahr später, im November 1971, wurde in einer Müllgrube nahe bei Rosenheim (Deutschland) die Leiche eines ebenfalls verbrannten Mannes gefunden. Sein Name: Helmut Büttner. Er gehörte zu dem gleichen Münchner Schwulenzirkel, zu dem auch Walter zählte. Drei Freunde aus dieser Gruppe wurden verhaftet, sie gestanden den Mord an Büttner. Mit dem Verschwinden von Gerhard Walter wollten sie allerdings nichts zu tun haben. Da nicht sicher war, ob der Tote von der Schachneralm

der vermisste Walter war, lief einerseits die weltweite Suche nach ihm weiter, andererseits versuchte die Polizei mögliche Täter zu eruieren.
Die verkohlte Leiche wurde jahrelang im Gerichtsmedizinischen Institut der Universität Salzburg aufbewahrt, 1978 allerdings »vermachte« man sie dem Kriminalmuseum in Scharnstein.
Von Medizinern wurden in letzter Zeit neue Methoden des DNA-Vergleichs erarbeitet und auf Grund dieser Erkenntnisse ersuchte im Mai 2001 das deutsche Bundeskriminalamt das Innenministerium in Wien, neuerlich Gewebsproben von der »Museumsleiche« nehmen zu dürfen. Vor TV-Kameras und neugierigen Journalisten entnahm ein Biochemiker aus Salzburg für Univ.-Prof. Dr. Franz Neuhuber in Schloss Scharnstein ein paar Proben aus der Brandleiche. Verglichen wurden sie mit Proben, die von der Schwester Walters stammten. Das enttäuschende Ergebnis: das aus den Zellen der »Museumsleiche« gewonnene DNA war für die Analyse nicht mehr zu gebrauchen, die Identität des Mannes konnte daher nicht geklärt werden.
Auch dreißig Jahre nach seinem Verschwinden ist damit das Schicksal von Gerhard Walter ungeklärt.

»Wenn der Hans nimmer ist, will ich auch nicht mehr«

Der Abgängigkeitsakt der Gendarmerie in Oberndorf in der Nähe von Salzburg gibt auf vielen Seiten und in dürren Worten das Drama älterer Menschen wieder. Das Drama eines Ehepaares, das seit 46 Jahren zusammen lebte, kaum einen Tag voneinander getrennt war und auch zusammenbleiben wollte, was immer da komme.
Der Begriff »älter« ist nicht allein vom wirklichen Alter abhängig. Johann Reichl ist zwar erst 65 Jahre alt, aber von vielen Krankheiten geplagt, müde und verzagt. Seine Frau Marisella ist 62, aber sie leidet mit, wenn ihrem Mann etwas wehtut. Einer versucht den anderen zu stützen, das zehrt doppelt an den Kräften. Mut zum Weiterleben gibt letzten Endes nur die einzige Tochter Monika, die nach Salzburg verzogen ist. Es sind zwar keine wirklichen Selbstmordgedanken, die das Ehepaar quälen, aber doch taucht immer

wieder die bange Frage auf, wie es denn weitergehen wird, was passiert, wenn einem der beiden etwas zustößt, welche Perspektive man denn eigentlich noch hat. Die Verwandten und Freunde in der Umgebung wissen von diesen Gedanken.
Am 4. Juni 2002 nimmt Johann Reichl das Fahrrad aus dem Schuppen und verabschiedet sich von seiner Frau. »Ich muss nach Laufen zum Zahnarzt«, sagt er. Zu den Schmerzen in den verkrüppelten Händen kam nun noch eine eitrige Kiefernentzündung dazu. Doch die paar hundert Meter über die Salzachbrücke und die Staatsgrenze nach dem bayerischen Laufen würde er mit dem Rad schon noch schaffen, sagt er.
Doch der Mann kommt abends nicht heim. Die Ehefrau ruft beim Zahnarzt an. »Nein, er war nicht hier«, hört sie. Daraufhin geht sie zur Gendarmerie, die Beamten kommen, wollen die Frau beruhigen. Bald stellt sich heraus: Johann Reichl hat nur wenig Geld bei sich, Abschiedsbrief gibt es keinen, Anrufe bei Bekannten ergeben nichts. »Wenn der Hans nimmer ist, will ich auch nicht mehr«, sagt Marisella Reichl und die Gendarmen bemerken, dass sie es ernst meint. Verwandte und die Tochter werden verständigt, sie mögen doch auf die Frau aufpassen.
Sofort beginnen umfangreiche Suchaktionen. Nichts.
Am 6. Juni, zwei Tage nach dem Verschwinden ihres Vaters, will die Tochter Monika am Abend wieder ihre Mutter besuchen. Die Haustüre in Oberndorf ist offen, der Schlüssel steckt innen. Auf dem Wohnzimmertisch liegt das silberne Halskettchen von Marisella Reichl. »Das hat sie nie abgenommen, noch nie sah ich sie ohne dieses Kettchen«, ist die Tochter bestürzt. Das Kettchen wirkt wie ein Abschiedsbrief, wie ein letzter Gruß an jemanden, der es finden würde.
Die Frau kommt am nächsten Tag nicht zurück, nicht am Tag danach und nicht die Tage darauf. Die Gendarmerie sucht nun noch intensiver nach dem Ehepaar, das auf Raten verschwunden ist. Protokoll um Protokoll wird angelegt, die letzten Lebensjahre der Reichls werden dokumentiert, die kleinen Reibereien mit Nachbarn, der Rückzug in die einsame Zweisamkeit.
Obwohl Suchtrupps im Umkreis von 30 Kilometern unterwegs waren, Hundestaffeln eingesetzt wurden und alle nichts gefunden haben, entdecken Spaziergänger am 14. Juni nur ein paar hundert

Meter vom Haus der Reichls entfernt am Ufer der Salzach das dunkelgrüne Fahrrad von Johann Reichl. Ist es erst später dort deponiert worden oder hat man es früher übersehen? Drei Wochen später wird nahe von Braunau eine Leiche aus dem Inn geborgen. Schnell steht fest: Es ist Johann Reichl, ertrunken am Tag, als er nach Laufen radeln wollte. Von der Salzach wurde er in den Inn geschwemmt. Von seiner Frau allerdings gibt es noch immer keine Spur. Niemand zweifelt, dass sie tot ist, dass sie ihrem Leben wahrscheinlich freiwillig ein Ende gesetzt hat. Sie muss gefühlt haben, dass ihr Mann tot und damit auch ihre Zeit abgelaufen ist.

Unerklärlich für alle ist auch das Verschwinden einer anderen alten Frau. Als hätte der Wind ein dürres Blatt verweht, so plötzlich war sie weg.

Morgens war das Bett leer

Sie heißt Stefanie, das weiß sie noch. Stefanie – und Steffi hat man sie gerufen, als sie noch jung war. War das gestern oder doch schon vorgestern? Es war weder gestern noch vorgestern, es liegt an die siebzig Jahre zurück, als sie Steffi gerufen wurde. Heute ist Frau Stefanie 78 Jahre alt und niemand sagt mehr Steffi zu ihr. Wer auch? Die Kinder sind weg – oder sind sie tot oder hat sie gar keine gehabt?
Sie weiß es nicht mehr so genau, denn Frau Stefanie ist geistig etwas verwirrt. Ab und zu blitzt eine Erinnerung auf, dann ist diese wieder weg. Der Mann, der da zu ihrem Bett kommt, das ist doch ihr Mann, der Sebastian – aber hat der nicht einen Bart gehabt? Passt ihm aber ganz gut, so glatt, denkt sie und winkt ihm zu. Der Pfleger winkt zurück und fragt, ob sie einen Kaffee will. Lieb, der Sebastian, Gott sei Dank hat sie ihn, denkt sich Frau Stefanie und hat schon wieder vergessen, wer da gewunken hat.
Frau Stefanie hat ein Bett, ein Nachtkästchen und einen Schlafrock im Schrank. Seit fast einem Jahr ist sie im Pflegeheim in der Kärntner Gemeinde Bleiburg. Besuche bekommt sie keine. Verwandte hat sie keine, jedenfalls keine, die sich um sie kümmern. Die Diagnose der Ärzte ist abschließend: Alzheimer, eine Besse-

rung ausgeschlossen. Bis zum Tod wird sie wohl im Heim bleiben müssen. Ab und zu wird Frau Stefanie von einem Pfleger in den Garten geführt. Mit geschlossenen Augen hört sie dann dem Gesang der Vögel zu. Sie kann das Rotschwänzchen und die Meise und auch den Fink gut unterscheiden und wird missmutig, wenn Krähen schreien.
An einem Donnerstag im Oktober 2002 findet ein Pfleger am Morgen das Bett von Frau Stefanie leer. Er sucht am Gang nach ihr, im Nebenzimmer, auf der Toilette, im Garten. Nichts. Die Gendarmerie wird eingeschaltet. Ein nahe gelegener Teich wird abgepumpt. Nichts. Mit Suchhunden wird in der Umgebung des Heimes gestöbert. Nichts. Nach drei Tagen bricht die Gendarmerie die Suche nach der alten Frau ab. Sie bleibt spurlos verschwunden, wie vom Erdboden verschluckt. Eine mögliche Erklärung: Ein Autofahrer hat die desorientierte Frau niedergestoßen und getötet. Die Leiche nahm er mit und ließ sie irgendwo weiter weg verschwinden.
Frau Stefanie hinterlässt nichts: kein Sparbuch, keinen Schmuck – nur einen offenen Vermisstenakt.

Der erste Urlaubstag war auch der letzte

Jahr für Jahr besuchen in der Urlaubszeit zehntausende Touristen die Bergregionen in den Alpen. Extremkletterer und Halbschuhwanderer tummeln sich zwischen saftigen Almen und schroffen Felsen. Und Jahr für Jahr endet für manche Feriengäste der Aufenthalt dramatisch. Ein Freund, der Ehemann, ein Kind wird plötzlich vermisst. Meist kommt jemand von einem Alleingang nicht mehr zurück, ist unbemerkt abgestürzt, oder er will nur kurz die Umgebung erkunden und verschwindet spurlos. Besonders derartige Fälle scheinen unerklärlich und geben Rätsel auf.
Ein Beispiel aus der Chronik: Ein Ehepaar aus Neuruppin (Brandenburg) bezog mit seinen beiden Kindern und einem befreundeten Paar Mitte Juli 2002 die Angereralmhütte bei Schladming in der Steiermark. Ein idealer Platz für nicht so anstrengende Wanderungen, mit 1.050 Meter Seehöhe gerade richtig für schonendes Klima. Die deutschen Gäste waren durchaus bergerfahren und freuten sich auf erholsame und abwechslungsreiche Tage.

Am Tag der Ankunft meint Gerhard, einer der Männer, noch vor dem Abendessen, er wolle sich nur kurz in der Umgebung umschauen und sich ein bisschen die Beine vertreten. Spätestens um acht Uhr werde er wieder zurück sein, verspricht der Sozialpädagoge. Er verlässt die Hütte, nimmt nichts mit, spaziert Richtung Wald. Die übrigen Urlauber richten sich einstweilen im Quartier ein. Doch als der Mann auch um zehn Uhr abends, es ist schon dunkel, noch nicht zurück ist, beginnen die inneren Alarmglocken zu läuten. Mit Taschenlampen bewaffnet suchen die Freunde die Umgebung ab, rufen. Keine Antwort, keine Spur.
Die Gendarmerie wird verständigt. Am nächsten Tag schwärmen Suchtrupps aus – 100 Mann der Exekutive mit Fährtenhunden und die greifbaren Mitglieder der Bergrettung durchstreifen das Gebiet, durchstöbern alle Heuhütten und erklettern Hochstände. Die höher gelegene Felsregion wird vom Hubschrauber aus abgesucht. Die Ufer der Bergbäche werden kontrolliert und ein paar Tage später wird auch im nahe gelegenen Riesachsee von Tauchern nach dem Urlauber gesucht. Gefunden wurde nichts, nicht die geringste Kleinigkeit bot eine Vermutung, was mit dem Mann geschehen sein könnte.
Hat er sich verirrt, als er die Umgebung der Almhütte erkunden wollte, und stürzte er dann in der Dunkelheit ab? Oft treten Wanderer eine Gesteinslawine los, unter der sie dann begraben und kaum mehr gefunden werden können.
Die Suchtrupps rücken nach zwei Tagen wieder ein. Daraufhin reist ein Bruder des Vermissten aus Deutschland in die Steiermark, um die Suche privat fortzusetzen. Dann muss auch er aufgeben.
Erst vierzehn Tage später, am 3. August, findet ein Jäger bei einem Pirschgang in einer Felsrinne den toten Körper des Deutschen. Er muss vom Planaier Höhenweg abgestürzt sein. Die Rekonstruktion ergibt, dass der Urlauber an dem verhängnisvollen Juli-Tag am späten Nachmittag von der Almhütte aufgebrochen und bis auf etwa 2.000 Meter Seehöhe gewandert ist – also einen Höhenunterschied von fast 1.000 Metern überwunden hat. Das muss Stunden gedauert haben, sicher bis in die Dunkelheit. Warum der vierfache Familienvater diesen weiten Anstieg noch vor dem Abendessen unternommen hat und nicht in der Umgebung der Hütte geblieben ist, wie er angekündigt hatte, bleibt rätselhaft.

Ein paar Tage nachdem die ersten Meldungen über den vermissten deutschen Urlauber in den Zeitungen erschienen waren, wurde das Thema neuerlich aktuell. »Wanderer entdeckte Skelett in 2.000 Meter Höhe«, berichteten die Blätter über einen Fund am Großen Priel, einem Berg im Toten Gebirge (Oberösterreich).
Ein Bergsteiger fand in einer Felsspalte das Gerippe, die alarmierte Gendarmerie rückte sogar mit der Mordkommission aus. Ein alter Fotoapparat, der neben dem Skelett gefunden wurde, wies dann die erste Spur: Bei den Toten handelt es sich um den aus Steyr (Oberösterreich) stammenden Josef Schätzl, der bereits 1939 als vermisst gemeldet worden war. Erst mehr als sechzig Jahre später wurde sein Skelett in einer Felsspalte entdeckt. Oft ist es daher nur dem Zufall zu verdanken, wenn ein vermisster Bergsteiger gefunden werden kann, obwohl alle Anstrengungen unternommen wurden, nach ihm zu suchen.

VI.

Ins Bordell oder ins kühle Grab

In Deutschland, der Schweiz und in Österreich sind die Statistiken ähnlich: Jahr für Jahr werden rund doppelt so viele Männer als abgängig gemeldet wie Frauen. In Deutschland zum Beispiel waren es im Jahr 2001 1.029 Frauen, aber 2.755 Männer. Aber fast immer, wenn Frauen spurlos verschwinden, insbesondere junge Frauen, taucht die Vermutung auf, sie könnten ins Ausland verschleppt worden sein und dort zur Prostitution gezwungen werden. Häufig gibt es dazu auch Hinweise, meist führen sie in den Nahen Osten oder nach Afrika. Da bei derartigen Zeugenaussagen oft die Fantasie mitspielt, hat die Polizei kaum Erfolg bei ihrer Fahndung.

Der letzte Tanz in der »Tenne«

Es war ein ausgelassener Abend in der Diskothek »Tenne« im oberösterreichischen Wels. Oft und oft wurde der schon etwas altbackene Hit »Das war Hollywood von gestern« gespielt und mitgesummt. Mitten im Trubel auch die lebenslustige, leicht mollige Elfriede Schönberger, 27, aus dem nahen Ort Fischlham. Sie trägt einen schwarzen Rock, dazu einen weißen Pullover und eine freche rote Handtasche. Die blauen Augen strahlen. Sie unterhält sich offensichtlich gut, doch weil sie am nächsten Tag wieder arbeiten muss, verlässt die ledige Frau »schon« gegen halb zwei Uhr nachts das Lokal. Einige Gäste bemerken, dass sie ein ungefähr gleichaltriger Mann zu ihrem vor der Disko parkenden Auto begleitet, einem gelben Fiat 127 mit dem Kennzeichen O 116.048. Das war am 23. Juli 1980.

Als die junge Frau am nächsten Tag an ihrem Arbeitsplatz in Wels nicht erscheint, verständigt der Besitzer die Eltern seiner Ange-

stellten. »Was ist los mit der Elfie, hat sie so viel zu tun in der neuen Wohnung, dass sie nicht einmal anrufen kann?«, ärgert sich der Mann. Er weiß, dass sich seine Mitarbeiterin eine Eigentumswohnung in Wels gekauft hat und bald aus der elterlichen Wohnung ausziehen will.
Die Eltern – Friederike und Ambros Schönberger – können sich das Ausbleiben ihrer Tochter nicht erklären. Sie schauen in der neuen Wohnung vorbei. Dort ist alles in Ordnung – doch Elfie ist nicht da. Ihre ältere Schwester Ingeborg ruft eine Freundin an. Ob sie etwas wisse? Ja, in der Nacht zum 23. Juli waren sie beide in der »Tenne«, doch sie sei früher gegangen und Elfie noch geblieben. Aufgefallen ist ihr nichts. Unruhig und sorgenvoll fährt Vater Ambros zur zuständigen Gendarmerie in Steinerkirchen. Die Abgängigkeitsanzeige wird aufgenommen.
Wie sie es in der Ausbildung gelernt haben, beginnen die Beamten in der »Tenne«, dem letzten bekannten Aufenthaltsort von Elfriede Schönberger, zu recherchieren. Man findet Zeugen, die gesehen haben wollen, dass die Frau mit einem Mann das Lokal verlassen hat. Ob es nur zufällig gleichzeitig war oder ob sie absichtlich gemeinsam gegangen sind und er sie zum Auto begleitet hat, darüber gehen die Aussagen auseinander. Der Mann war jedenfalls kein Stammgast, niemand kannte ihn.
Auf Grund der Personenbeschreibung wird ein Phantombild angefertigt. Es zeigt einen Mann mit langen, blonden Haaren und einem dünnen Oberlippenbart. In den Zeitungen erscheint neben dem Foto der Verschwundenen auch das Bild des Mannes, der gleichzeitig mit der jungen Frau in der Juli-Nacht die Disko verlassen hat. Hinweise tröpfelten ein, doch keiner führte weiter.
Im Raum Wels beginnt gleichzeitig eine Großaktion der Polizei. Mit Suchhunden und unterstützt von Feuerwehrtauchern sucht man an der Traun, an den Bächen und an den 72 Baggerseen der Umgebung nach Spuren der Verschwundenen. Sogar eine einmotorige Cessna lässt man in der Hoffnung aufsteigen, von oben den gelben Fiat irgendwo zu entdecken.

»Wir fuhren alles ab«

»Wir waren völlig durcheinander, immer wieder fuhren wir allein oder mit Bekannten die Gegend ab, suchten hinter jedem Gebüsch, in jeder Grube, auf Mülldeponien, doch wir fanden keine Spur. Weder von Elfie, noch Kleidungsstücke von ihr, noch ihr Auto«, erzählt heute die 57-jährige Schwester Ingeborg Schönberger, die noch immer mit ihrer Mutter Friederike, 78, im kleinen Haus der Familie in Fischlham nahe der Traun wohnt. Vater Ambros ist vor acht Jahren gestorben. In der Familie sei alles in Ordnung gewesen. Elfie hatte auch beruflich keine Probleme. Wenige Tage nach ihrem Verschwinden hätte sie mit einem Italienischkurs beginnen sollen – ein Urlaub im Süden war geplant.

Niemand glaubt, dass Elfriede Schönberger kurzerhand weggefahren ist, ohne jemanden zu verständigen. Noch dazu, weil ihr Reisepass bei der Polizeidirektion lag, um verlängert zu werden. Auch niemand glaubt an Selbstmord. Die einzige Schlussfolgerung: Sie hatte einen Unfall oder wurde Opfer eines Verbrechens. Eines Entführers, eines Mörders.

Kurz nach dem Verschwinden Elfriede Schönbergers meldete sich ein Parapsychologe aus der Schweiz: Die Frau sei Opfer eines Sexualverbrechers geworden, ihre Leiche liege im Umkreis von 500 Metern von ihrem Auto. Der Mann gab auch den genauen Ort nahe von Wels an. Die Polizei suchte, zwar skeptisch, aber man wollte keinen Hinweis ignorieren. Kein Ergebnis, erfolglos.

»Wir klammerten uns an jeden Strohhalm«, erinnert sich Ingeborg Schönberger heute an die Ereignisse von vor mehr als zwanzig Jahren, »gegen unsere Überzeugung gingen wir damals zu einer Frau nach Sattledt, die als Hellseherin bekannt war. Beim Tischerlrücken fand sie eine Spur von Elfie, wie sie sagte, aber es war nichts. Dann waren wir bei einem Grafologen in Innsbruck; der schaute einen Brief von ihr an und meinte lächelnd, wenn wir wieder nach Hause kommen, würde meine Schwester schon vor der Tür stehen. Alles Humbug. Doch was macht man nicht alles aus Verzweiflung?«

Der grauhaarigen Frau stehen die Tränen in den Augen. Noch jetzt zittert sie ab und zu, wenn unerwartet das Telefon läutet. Ist es ein Hinweis auf ihre Schwester? »Wir glauben immer noch, dass sie lebt.« Still blättert sie in alten Zeitungsausschnitten, kramt in Fotos.

Das Phantombild verblasste

An das Phantombild des Mannes, das in den Zeitungen erschienen war, wurde die Familie im Januar 1981 erinnert. Eine Salzburger Prostituierte dürfte noch eine Rechnung mit ihrem ehemaligen Zuhälter offen gehabt haben, jedenfalls vertraute sie dem Vater der Verschwundenen damals telefonisch an, dass dieser Zuhälter eine verblüffende Ähnlichkeit mit dem in den Zeitungen erschienenen Phantombild des letzten Begleiters von Elfriede Schönberger habe. Blondes Haar, Oberlippenbart. Und noch etwas: sie wisse, dass der Mann Ende Juli 1980 in Wels gewesen sei.

Ambros Schönberger meldete das sofort der Polizei, die wieder zu ermitteln begann. Der kurz zuvor bei einer Unterweltfehde angeschossene Zuhälter gab an, er sei im Juli 1980 mit Freunden in Lignano auf Urlaub gewesen. Die Interpol Rom wurde um Recherchen ersucht. Tatsächlich wurde festgestellt, dass für den Zuhälter und weitere vier Personen in der »Villa Anca« in Lignano-Sabbiadoro ab 16. Juli 1980 das Appartement 2 vermietet worden war. Skeptischer Nachsatz der Italiener in ihrem Bericht nach Österreich: »Es war nicht möglich, festzustellen, ob sich diese Personen dauernd in Lignano aufgehalten haben.« Ein Alibi also mit wenig Haltbarkeit.

Ebenfalls 1981 schien es, als habe man eine neue Spur. Ein Mann aus Deutschland, angeblich ein dubioser »Waffenhändler«, soll sich im Juli 1980 in Wels aufgehalten und häufig die Disko »Tenne« besucht haben. Er wurde in Verbindung zum organisierten Mädchenhandel gebracht. Informanten erzählten der Polizei, dass er 1.000 DM pro Mädchen geboten habe, das man ihm vermitteln könne. Der Mann wurde verhört, nachgewiesen konnte ihm nichts werden.

Mitte Mai 1982 meldete sich eine Frau aus Mühlheim an der Ruhr bei den Eltern und gab an, sie habe Elfriede Schönberger in einer Disko in Gelsenkirchen gesehen. Eine Überprüfung ergab, dass die Frau ihre Angaben nur deshalb gemacht hatte, weil in dem Artikel, den sie über das Verschwinden der Welserin gelesen hatte, auch stand, dass die Eltern ihr Haus demjenigen überschreiben würden, der Angaben über den Aufenthalt der Verschwundenen machen könnte. »Das war eine der vielen Zeitungsenten«, meint Ingeborg Schönberger heute. Die Familie hatte nicht ihr Haus, sondern 100.000 Schilling für Hinweise ausgesetzt.

Eine neue Wendung bekam der Fall, als im August 1982 der Nationalratsabgeordnete Helmut Jossek behauptete, er habe in jener Juli-Nacht vor mehr als zwei Jahren ein Geräusch gehört, als wäre ein Auto in die Traun gefallen. Josseks Wohnung liegt direkt am Traunufer und bereits zwei Wochen zuvor hatte er ein ähnliches Geräusch gehört, als tatsächlich ein Pkw in den Fluss gefallen war. »Ich bin überzeugt, dass Elfriede Schönberger mit ihrem Wagen in die Traun gefallen ist und jetzt wahrscheinlich im Schlamm vor dem Kraftwerk Marchtrenk liegt.« Mit Metallsonden wurde der Stauraum abgesucht. Außer ein paar alten Fahrrädern und Blechkanistern fand man nichts.

In Jordanien gesehen?

Am Heiligen Abend 1982 kam der oberösterreichische Fernfahrer Erich Wagner, 33, in die Wohnung der Familie Schönberger. »Ich habe Ihre Tochter vor wenigen Tagen in Jordanien gesehen«, erklärte er den aufgeregten Eltern.

Wegen eines Motorschadens habe er in Amman übernachtet. Am Abend traf er eine Frau, die oberösterreichischen Dialekt sprach und sich in Begleitung einer offenkundig aus Deutschland stammenden Frau und dreier Männer befand. Zwei davon waren Jordanier. Als er an diesem Abend in Amman erzählte, dass er aus Lambach komme, lachte die Frau und meinte, sie kenne die Gegend gut. Von einem Kassettenrekorder habe die Frau auch das Lied »Weil i di mog« abgespielt und dazu gesungen. Die Frau habe ihm mitgeteilt, dass sie Weihnachten in Akkaba verbringen, im Januar aber nach Köln reisen werde. Nachdem er jetzt heimgekommen sei und die Fotos der abgängigen Elfriede Schönberger gesehen habe – zufällig hatte damals die »Kronen Zeitung« neuerlich über den Fall berichtet –, sei er überzeugt, dass es sich bei seiner Zufallsbekanntschaft um die junge Oberösterreicherin gehandelt habe.

Wagner wurde von der Polizei vernommen. Als ihm das Phantombild jenes Mannes gezeigt wurde, mit dem die junge Frau seinerzeit die »Tenne« verlassen hatte, glaubte er eine gewisse Ähnlichkeit mit einem der Männer feststellen zu können.

Via Interpol wurden Erkundigungen eingezogen. Ergebnis: negativ. Die Familie Schönberger engagierte daraufhin einen Linzer Privatdetektiv, der sich guter Beziehungen zur Unterwelt rühmte.

Vielleicht, so meinte er, sei Elfie entführt und zur Prostitution gezwungen worden. Er verlangte 10.000 Schilling Vorschuss und wollte sich dafür »umhören«. Ergebnis: negativ.
Im Februar 1991 meldete sich wieder einmal eine Zeugin, die Welserin Eva Aichinger, 40. Sie habe am 28. Januar die ihr aus Zeitungsberichten bekannte Verschwundene in Begleitung eines Japaners in der Halle 8 der Frankfurter Messe gesehen. Wieder wurde die Interpol um Hilfe ersucht. Alle Recherchen sowohl bei den Messemanagern als auch in Hotels und bei Fluglinien brachten kein Ergebnis.
Bis heute ist weder von Elfriede Schönberger noch von ihrem letzten Begleiter noch von ihrem Auto eine echte Spur gefunden worden. Kein Hinweis auch darauf, was mit ihr geschehen ist. »Gott weiß, wo sie ist«, sagt ihre Mutter. Man habe die Verschwundene auch nicht amtlich für tot erklären lassen, das habe man nicht übers Herz gebracht. Gestorben, so die alte Frau, ist Elfie erst dann, wenn auch die Erinnerung an sie stirbt. Daher lebt sie für sie immer noch.

Falsche Fährte durch Ansichtskarten?

War sie eine Spionin, die zuerst auf naiv tat und dann, als es brenzlig wurde, einen raffinierten Ausstieg inszenierte, oder war sie ganz einfach eine Aufschneiderin, die in einer Scheinwelt lebte und ihr Image bis zuletzt aufrechterhalten wollte? Verschwand sie, ausgestattet mit einer neuen Identität, im Heer der kleinen Agenten, oder wurde sie zum Opfer eines Verbrechers? Niemand kann diese Fragen bis heute beantworten, obwohl das Verschwinden der damals 39-jährigen Schneidermeisterin Eva Koller aus Wien seit dem Jahr 1963 jahrelang die Sicherheitsbehörden im In- und Ausland beschäftigt hat. Gefunden wurde sie allerdings nicht – weder tot noch lebendig.
Eva Koller stammte aus dem Sudetenland, aus Reichenberg, und wohnte zuletzt in der Schumanngasse in Wien-Währing. In der Abgängigkeitsanzeige, die ihr Hausverwalter erstattete, als keine Miete mehr bezahlt wurde, wird sie so beschrieben: 175 cm groß, schlank, ovales, mehr längliches Gesicht, braune Augen und brau-

nes Haar, Brillenträgerin. Nach einer Schönheitsoperation Plastikimplantate in beiden Brüsten.
Ihren Damenschneidersalon hatte Eva Koller in der Kaiserstraße in Wien-Neubau. Bekannten im Haus und auch Kundinnen erzählte sie, dass sie mit einem Rechtsanwalt verheiratet sei. Dieser Walter Koller betreibe derzeit eine Kanzlei in der Bundesrepublik Deutschland. Anderen Freunden gegenüber wieder gab sie an, dass ihr Mann schwer krank sei und in einem Sanatorium in Italien behandelt werde. Bei einem Wiener Rechtsanwalt hat sie sich sogar erkundigt, was eine Leichenüberführung von Italien nach Österreich kosten würde.
Ende Mai 1963 zahlte sie die Miete für ihre Wohnung bis September voraus, ebenfalls die Pacht für die Schneiderei und die Gebühr für den Stellplatz in der Schottenfeld-Garage. Mit Bekannten feierte sie dann im Wiener Nachtlokal »Moulin Rouge« Abschied. Jedem, der es hören wollte, schwärmte sie vor, dass sie mit dem Sohn eines deutschen Fabrikanten, dem wesentlich jüngeren Klaus Wagner, eine Weltreise antreten werde. Manchmal nannte sie ihren Freund auch Paul. Unklar sei nur noch, so erklärte sie, ob man mit dessen Mercedes oder dem Ferrari fahren werde.

29 Ansichtskarten

Tatsächlich langten bei Bekannten in Wien in der Folge 29 bunte Ansichtskarten aus der weiten Welt ein. Zuerst aus der Türkei, dann aus Ägypten, schließlich aus Syrien, Indien und Thailand. Die letzte kam aus Tokio, abgestempelt am 21. September 1963. Der lakonische Text: »Bin des Schreibens müde. Komme bald zurück. Eva.« Doch Eva kam nicht. Als im Oktober 1963 die Mietvorauszahlung aufgebraucht war und keine neuen Zahlungen mehr eingingen, machte der Hausverwalter im Februar 1964 bei der Polizei im Kommissariat Währing die Abgängigkeitsanzeige.
Die Routinearbeit begann. Recherchen bei den Hausbewohnern, Durchsuchung der Wohnung und des Schneidersalons, Überprüfung des Autos, eines Ford 17 M. In dutzenden Gesprächen versuchte die Polizei, Details über das Leben der Verschwundenen zu erfahren. Der Arzt Dr. Hans Bruck, der 1960 im Wiener »Sanatorium Hera« die Schönheitsoperation durchgeführt hatte, erinnerte sich gut an seine Patientin. Das in die Brust eingesetzte Implantat

sei am Brustbein befestigt worden – eine äußerst seltene Methode, die man auch noch bei einer Obduktion nachweisen könne.
Ein Elektriker, der bei Koller Reparaturarbeiten durchgeführt hat, erzählte der Polizei, dass sich die Frau als Polin ausgegeben habe, die von einem östlichen Geheimdienst gesucht werde. Man fand auch eine Heiratsurkunde – niemand konnte allerdings bestätigen, dass Ehemann Walter tatsächlich als Rechtsanwalt arbeitete und wo er wohnte. Gemeldet jedenfalls war er weder in Österreich noch in der Bundesrepublik Deutschland. War Walter Koller schon vor längerer Zeit verschwunden oder existierte er nur auf dem Papier? Gehörte auch er zu einem östlichen Agentenring?
Die Polizei befragte auch einen Kürschner, der wertvolle Pelze von Eva Koller aufbewahrte. Kurz vor ihrer Abreise habe sie ihm noch einen Breitschwanz-Persianermantel im Wert von rund 30.000 Schilling zur Aufbewahrung übergeben. Bei der Durchsuchung des Schneidersalons stellte man fest, dass Eva Koller bereits im April versucht hatte, das Lokal um 140.000 Schilling zu verkaufen. Durch ein Inserat im »Neuen Österreich« suchte sie Interessenten.

Reisebegleiter unbekannt

Man recherchierte in Deutschland, bei den Eltern des angeblichen Begleiters auf der Weltreise. Die Personen existierten zwar – niemand aber kannte eine Eva Koller. Dann wurden die Ansichtskarten bei den Bekannten eingesammelt. Anhand der Poststempel wurde die tatsächliche – oder nur vorgetäuschte – Reiseroute rekonstruiert. Die erste Karte war Ende Juni 1963 in Izmir (Türkei) abgeschickt worden. Dann folgten Kairo und Bagdad. Im August folgten Karten aus Delhi (Indien), im September aus Bangkok und schließlich die letzte aus Tokio. Eine Karte fiel aus der Reihe: Datiert mit 1. August 1963 wurde sie angeblich aus Bagdad abgesandt, sie war jedoch schon am 29. Juli in Wien eingetroffen.
Ein Handschriftenvergleich ergab, dass alle Karten mit größter Wahrscheinlichkeit von Eva Koller geschrieben worden waren. Die über Interpol eingeholten Auskünfte bei Fluglinien und Hotels in jenen Ländern, aus denen die Ansichtskarten abgesandt worden waren, ergaben jedoch, dass nirgends eine Eva Koller ein Flugticket gebucht hatte noch in einem Hotel gemeldet gewesen war.

Schlussfolgerung: Entweder war Eva Koller unter falschem Namen gereist – oder die Ansichtskarten waren im Voraus produziert und von anderen Personen nach einem vorgegebenen Plan in den verschiedenen Städten eingeworfen worden. Aus welchen Gründen eine derart auffällige Fährte durch die Welt gelegt wurde und warum dann aus Tokio ein Schlusspunkt gesetzt wurde, konnte sich niemand bei der Polizei erklären.
1966 tauchte dann das Gerücht auf, dass Geheimdienste in aller Welt nach einer »Phantom-Agentin« aus Wien suchten, die offenkundig wertvolle Informationen besitze. Die damalige Tageszeitung »Express« brachte eine entsprechende Meldung und einen Hinweis, dass Eva Koller dieses Phantom sei. Die Staatspolizei behauptete jedoch, dass Koller in ihren Evidenzen nicht aufscheine. Auch ein Zusammenhang zwischen dem Auffliegen eines tschechischen Spionagerings in Wien und dem Verschwinden Kollers wurde dementiert. Vermutungen waren deshalb angestellt worden, weil die Verschwundene aus Reichenberg in der Tschechoslowakei stammt.
Allerdings: Die Suppe war zu dünn, um weitere Ermittlungen anzustellen. Nachdem alle internationalen Fahndungen ergebnislos geblieben waren, wurde der Akt Koller nach 23 Jahren im März 1986 geschlossen. Eine Fährte war zwar da, Eva Koller selbst aber blieb spurlos verschwunden.

Die Reisesekretärin und der Räuber

In Zeitungsberichten wurde sie als »bildhübsch« bezeichnet, ihr langes, blondes Haar hervorgehoben, ihr seriöser Lebenswandel betont. Ende März 1972 war erstmals über die damals 23-jährige Sekretärin Irene Hovorka in den österreichischen Zeitungen zu lesen: »Seit 6. März spurlos verschwunden«, hieß es da zuerst, kurz darauf schon: »Wurde Sekretärin ermordet?«
Begonnen hat alles rosarot: Die junge Frau, die noch bei ihrer Mutter in Wien-Brigittenau wohnte, hatte ein verlockendes Inserat gefunden. Gesucht wurde eine Reisesekretärin, Gehalt 10.000 Schilling. Herrlich, denn bisher verdiente sie nur etwas mehr als 3.000 Schilling. Irene Hovorka meldete sich auf die Chiffre-Anzei-

ge, wie sie ihrer Mutter erzählte, und wollte sich am 6. März in der Wohnung ihres künftigen Arbeitgebers vorstellen. Nähere Angaben machte sie nicht. Ob Irene tatsächlich zum Vorstellungsgespräch gegangen ist, wusste die Mutter nicht, als sie bei der Polizei die Abgängigkeitsanzeige erstattete. Denn von dem angekündigten Termin war die Sekretärin nicht heimgekommen, hatte auch nicht angerufen.

Wenn volljährige Personen nicht nach Hause kommen, dann läuft die Polizeimaschinerie anfangs fast im Leerlauf. Jeder hat das Recht, sein Leben nach eigenen Vorstellungen zu gestalten. Solange kein Verdacht auf ein Verbrechen, einen Unfall oder auf Selbstmord besteht, setzt die Polizei auf Abwarten. Schließlich klären sich viele Fälle, ehe noch dicke Akten angelegt werden. Zwar werden alle Dienststellen von dem Verschwinden einer Person verständigt, Suchaktionen aber unterbleiben. Veranlasst wurde jedenfalls, dass am 26. und 27. Mai 1972 im Fernsehen nach der Zeit im Bild eine Suchmeldung nach Irene Hovorka gebracht wurde. Beschrieben wurde auch die Bekleidung der jungen Frau.

Die Meldung brachte überraschende Ergebnisse: Zuerst meldete sich bei der Polizei Frau Maria Holy, eine Wienerin, die am 10. März beim Schneeglöckchensuchen in einem Bombentrichter bei Maria Grün in der Nähe der Donau und des Lusthauses am Ende der Prater Hauptallee einen Mantel und eine leere, weiße Handtasche gefunden hatte. Jetzt, als sie die Beschreibung der Kleidung der Abgängigen im Fernsehen gehört hatte, vermutete sie, dass es sich um den Mantel und die Tasche von Irene Hovorka handeln könnte. Tatsächlich identifizierte Irenes Mutter die gefundenen Sachen – sie gehörten ohne Zweifel ihrer Tochter.

War die junge Frau ermordet worden? Von einer Zufallsbekanntschaft, von einem abgeblitzten Aufreißer? Motive für einen im Voraus geplanten Mord waren jedenfalls keine zu erkennen, ebenso wenig für einen Selbstmord. Oder war Irene Hovorka in tiefe Verzweiflung gefallen, weil sie den angestrebten neuen Posten nicht bekommen hatte, und hatte spontan beschlossen, in den Tod zu gehen? Die Donau als Grab der großen Hoffnung?

Die Interpol ersuchte die tschechoslowakischen Behörden, sofort Alarm zu schlagen, wenn unbekannte Frauenleichen angespült werden. Zielführende Rückmeldungen kamen keine. Obwohl sich stromabwärts Donaukraftwerke befinden, wurde keine Leiche angeschwemmt, auf die die Beschreibung Hovorkas passte.

In Bayern gesehen

Der zweite Hinweis auf die Vermisste kam per Brief an das Fernsehen. Der 46-jährige deutsche Volksschullehrer Ingomar Igler war durch die Suchmeldung im ORF aufmerksam geworden. Er sei sicher, Irene Hovorka am Karfreitag, dem 31. März 1972, im oberbayerischen Murnau gesehen zu haben.

Auf Grund des Briefes wurde von der Wiener Interpol-Zentrale das Bundeskriminalamt Wiesbaden um Ermittlungen gebeten und Fotos Hovorkas nach Deutschland geschickt. Die bayerische Landpolizei ermittelte und konnte vier Zeugen ausfindig machen, die übereinstimmend aussagten, dass sich eine dem Foto gleichende Frau nach einer Gaststätte Wallner in Eberfing und nach einer Studentengruppe aus Österreich erkundigt habe. Hovorka wurde von allen vier Zeugen auf den Fotos erkannt.

Stand Hovorka damals schon als Reisesekretärin im Dienste ihres neuen Chefs, von dem sie niemandem erzählt hatte, musste sie Hals über Kopf aufbrechen und hatte sie keine Zeit mehr, ihre Mutter zu verständigen? Oder waren es private Gründe, die sie nach Bayern geführt hatten? Wieso aber waren ihr Mantel und ihre Handtasche in der Nähe der Donau in Wien gefunden worden?

Am 20. Oktober 1972 brachte auch Eduard Zimmermann in »Aktenzeichen XY ungelöst ...« die Suchmeldung nach Irene Hovorka. Zwei wesentliche Hinweise – so das Bundeskriminalamt Wiesbaden – seien auf Grund der Sendung eingegangen: Ein Mann teilte mit, dass er kürzlich mit der vermissten Wienerin in einer Nachtbar in Abu Dhabi in den Vereinigten Arabischen Emiraten gesprochen habe. Sie heiße Irene, stamme aus Wien und sei nicht freiwillig hier, habe sie ihm gesagt. Sie war in Begleitung eines arabischen Rechtsanwaltes, wie er vermutete. Ein anderer Mann glaubte die Gesuchte im März 1972 als Animierdame im »Crazy Horse Saloon« in Beirut gesehen zu haben. Sie habe ihn angesprochen, sich als Irene aus Wien vorgestellt und mitgeteilt, dass sie nicht mehr lange in dem Lokal bleiben werde. Direkt im Wiener Sicherheitsbüro meldeten sich nach der TV-Sendung zwei Angehörige der österreichischen UNO-Truppe auf Zypern und erklärten, im

August 1972 im Kabarett »Venus« in Famagusta ein Mädchen gesprochen zu haben, das angab, aus Wien zu stammen. Die Frau habe eine starke Ähnlichkeit mit dem Foto Irene Hovorkas gehabt. Drei Hinweise, alle auf junge Frauen in Nachtlokalen. War der Auftraggeber des unbekannt gebliebenen Inserats, auf das sich Hovorka beworben hatte, ein Mädchenhändler, der die Wienerin verschachert hatte? Zu all diesen Angaben wurden die jeweils zuständigen Behörden im Ausland durch die Interpol-Zentrale Wien angeschrieben. Eine Spur von der Abgängigen wurde jedoch nicht gefunden.

Neuer Schwung

Die Polizei trat auf der Stelle, bis »Kommissar Zufall« neuen Schwung in die Erhebungen brachte. Im Dezember 1972 hatten Spezialagenten des FBI in New York zwei Gangster unter dem Verdacht, mehrere Banken in den USA beraubt zu haben, verhaftet. Die Verhöre mit den beiden aus Ungarn stammenden Tätern Istvan Kele, 33, und Istvan Mezes, 35, dürften sehr intensiv und langwierig gewesen sein, denn erst im April 1973 meldete die Interpol aus den USA nach Wien, dass die Verhafteten auch zugegeben hatten, in Österreich auf Raubzug gewesen zu sein. Sie hatten gestanden, am 1. Februar 1972 eine Filiale der »Ersten Österreichischen Spar-Casse« am Wiener Südtiroler Platz überfallen und dort mehr als eine Million Schilling erbeutet zu haben. Sechs Wochen später, im April 1972, überfielen sie noch einen Geldtransporter vor einem Postamt in Wien-Atzgersdorf, schossen wild um sich und konnten mit einem gestohlenen Auto und einer Beute von mehr als einer Million Schilling entkommen.
Außer diesen Geständnissen meldete die Interpol noch nach Wien: »Es ist anzunehmen, dass sich die 18-jährige Ehefrau von Istvan Kele in Wien aufhält.« Entweder war sie so naiv oder so unvorsichtig, jedenfalls war sie ordnungsgemäß gemeldet und die Polizei hatte daher keine Mühe, sie zu verhören. Sie war erst seit Anfang 1972 mit Kele verheiratet und war mit ihm und dessen Kumpan Istvan Mezes nach den Raubüberfällen nach Houston in die USA geflohen. Geld hatte das Trio ja genug – aber die Frau betonte bei dem Verhör vor der Wiener Polizei, dass sie nichts über die Herkunft des Vermögens wisse.

Bei der Hausdurchsuchung in der Wohnung der Gangstergattin entdeckte die Polizei auch nichts, was diese Behauptung als unglaubwürdig entlarven hätte können. Bei einem späteren Prozess wurde zwar festgestellt, dass sie Geld aus der Raubbeute bekommen hatte, daran aber nicht beteiligt oder Mitwisserin gewesen war.

Eher nebenbei nahm die Polizei bei der Hausdurchsuchung auch ein paar Fotos mit, um sie noch auszuwerten. Eines dieser Farbbilder, aufgenommen in dem Wiener Innenstadtlokal »Scotch«, zeigte Istvan Kele zwischen zwei jungen Frauen. »Die eine dürfte die Irene Hovorka sein«, meinte ein Beamter der Interpol. Jene Irene Hovorka, die man seit März 1972 suchte und die Zeugen kurz darauf einmal in Bayern und einmal im Nahen Osten gesehen haben wollten. Ob das Foto vor oder nach den Raubüberfällen in Wien aufgenommen worden war, konnte auch das zweite abgebildete Mädchen, das es der Polizei auszuforschen gelang, nicht angeben.

Wusste Hovorka, mit wem sie sich da fotografieren ließ? Wusste sie vielleicht mehr, auch etwas über die kriminelle Ader des Mannes? Wurde sie deshalb zum Schweigen gebracht? Dafür würde der beim Lusthaus gefundene Mantel der jungen Frau sprechen. Oder hatte man die Spur nur gelegt und Irene Hovorka war mit Hilfe des Unterweltlers untergetaucht?

Das Foto jedenfalls hat das Rätsel um das Verschwinden der Sekretärin nicht gelöst, sondern eher noch komplizierter gemacht.

Das Model und der Breitmaulfrosch

Als Ferdinand Pichelbauer am Sonntag, dem 14. April 2002, seinen 72. Geburtstag feierte, gratulierten ihm nicht nur seine Frau Erika, sondern auch sechs seiner sieben Kinder. Glückwünsche wurden persönlich überbracht oder kamen – von dem im Ausland lebenden Nachwuchs – per Post. Wie schon seit vielen Jahren aber fehlte Tochter Lieselotte: Sie ist seit 1978 spurlos verschwunden.

Pichelbauer ist ein Landwirt aus dem Waldviertel, jenem kargen Teil Niederösterreichs, in dem es immer »um einen Rock kälter« als im übrigen Bundesland ist. Er verließ den elterlichen Hof und baute in Zwettl ein großes Unternehmen auf: ein Reisebüro, einen

Autobusbetrieb, ein Taxigewerbe. Das Geschäft florierte und es kamen auch nacheinander Kinder zur Welt. Nach dem vierten starb seine Frau. »Sie wissen, wie das so ist, mit so vielen Kindern und einem großen Betrieb braucht man jemanden zu Hause, der sich um alles kümmert«, erzählt er heute. Daher hat er wieder geheiratet – und weitere drei Kinder wurden geboren. Vier Mädchen und drei Buben bevölkerten nun das Elternhaus.
Vielleicht lag es am Einfluss des geschäftlichen Alltags, der vom Fernweh lebte, oder an der Dominanz der Buben und künftigen Erben der Unternehmen, jedenfalls zog es alle vier Mädchen von Zwettl in die weite Welt.
Zuerst besuchten sie alle Schulen in Wien. Maria, das älteste Mädchen, wurde als Erste Anhängerin der Moon-Sekte. Sie bekehrte auch ihre Schwestern Ernestine, Gertraud und Lieselotte. Den Eltern passte das gar nicht, doch sie kämpften vergebens gegen die Entfremdung der Mädchen an. »Als ich sie wieder einmal warnte und verlangte, sie sollten Schluss mit dem Getue machen, sagten sie mir nur: ›Du bist nicht unser Vater, du bist nur der Zeuger, unser wirklicher Vater ist Moon‹«, erinnert sich Pichelbauer in einem Gespräch mit den Autoren an die Abfuhr.

Paris, Athen und Teheran

Die groß gewachsene Lilo, wie die 1955 geborene Lieselotte gerne angesprochen werden wollte, machte nach der Schule einen Sekretärinnenkurs in der Wiener »Handelsschule Weiß«, den sie im Februar 1977 abschloss. Ihr wahres Ziel aber war es, Fotomodell zu werden. Ihre Schwestern heirateten, eine nach Luxemburg, zwei nach Amerika. Deren Bindungen zur Moon-Sekte lockerten sich, doch Lieselotte stieg nicht aus.
1978, damals war sie 23, ging die junge Frau nach Paris. Sie wohnte dort 14 Tage bei der 19-jährigen Eleonore Karousos. Entweder bekam sie zu wenige Aufträge als Fotomodell oder es trieb sie der Wunsch nach neuen Eindrücken weiter, jedenfalls brach sie ihre Zelte in Paris ab und fuhr mit einer Freundin, der 24-jährigen deutschen Staatsbürgerin Christa Baragnik, nach Griechenland. Wie es Lilos Art war, fand sie bald Anschluss an andere junge Leute. Baragnik erzählte später, dass Pichelbauer mit dieser Gruppe eine Segeltour unternommen und sich von ihr verabschiedet habe.

Ein paar Tage danach kehrte Lilo wieder aufs Festland zurück. Allerdings nur, um in neuer Begleitung weiterzureisen.

Dies geht jedenfalls aus einem achtseitigen Brief hervor, den sie aus dem Teheraner Hotel »Victoria« am 29. September 1978 an ihre Schwester Gertraud schrieb. »Liebe Traude, der Flug über Athen hat sechs Stunden gedauert, bin also um 9 Uhr österr. Zeit in Teheran angekommen. Jetzt ist es hier gerade ½ 3 Uhr morgens. Ich sitze an der Rezeption. Habe ein Negligee gekauft, ganz gut, ital. Modell, das Mr. Yamada bezahlt hat. Bis jetzt ist die Reise mit dem Typen glatt verlaufen, d. h. wie wenn er nur mein Onkel oder Vater wäre. Aber was er wirklich für eine Rolle spielt, werde ich erst in Tokio wissen. Wenn ich das Gesicht von Mr. Yamada sehe, muss ich immer an einen Breitmaulfrosch denken, hihi.«

Nach diesem Brief zu urteilen sollte wohl der als »Mr. Yamada« bezeichnete Reisebegleiter Lilo das Tor zur Welt und zur Modelkarriere weiter öffnen. Eine erotische Beziehung ist nicht herauszulesen. Tatsächlich reiste Lieselotte Pichelbauer nach den Aufzeichnungen des Hotels am 30. September 1978 aus Teheran ab. Als Ziel gab sie Tokio an.

Als weder die Schwestern noch die Eltern weitere Nachrichten von ihr erhielten, machte Vater Ferdinand Pichelbauer im Januar 1979 beim Gendarmerieposten in Zwettl Abgängigkeitsanzeige.

»Vielleicht war es nur ein Traum ohne weitere Bedeutung, jedenfalls ist ein paar Tage, nachdem wir von dem Brief Lieselottes an Gertraud erfahren hatten, meine Frau mitten in der Nacht mit einem lauten Schrei aufgeschreckt. Ganz verdattert erzählte sie, dass sie direkt gespürt habe, dass sich die Lieselotte auf das Bett zu ihr gesetzt und ›Hilf mir, Mama‹ gerufen habe«, gibt Ferdinand Pichelbauer ein Erlebnis seiner Frau wieder. Er schämt sich fast, das zu erzählen. »Ich glaube ja nicht an so übernatürliche Sachen, aber man hört doch immer wieder davon, dass es so etwas geben soll.«

Von zwei Männern bewacht?

Die Gendarmerie in Zwettl schaltete nach der Abgängigkeitsanzeige die Interpol-Zentrale im Wiener Innenministerium ein, die sowohl Teheran als auch Tokio um Nachforschungen ersuchte. Als Beruf der Abgängigen wurde in dem internationalen Rundbrief die Bezeichnung »Cover Girl« verwendet. Im Iran stellte sich he-

raus, dass der ominöse Mr. Yamaha einen gefälschten Pass im Hotel vorgelegt hatte. In Japan wusste man nichts von einer Einreise einer Lieselotte Pichelbauer. Die Polizei war damit mit ihrem Latein am Ende. Eine Vermutung lautete, dass Lieselotte Pichelbauer als Suchtgiftkurier missbraucht worden sein könnte. Hatte die Moon-Sekte mit ihrem Verschwinden zu tun, war der ominöse Mr. Yamaha doch mehr als ein spendabler guter Onkel, war sie ermordet worden oder lebte sie irgendwo mit einer neuen Identität?
Im Februar 1980 erhielt Ferdinand Pichelbauer dann einen mysteriösen Telefonanruf. Ein Jordanier, der kurze Zeit mit Lieselottes Schwester Gertraud befreundet gewesen war, meinte, dass Lilo lebe, aber »nicht machen kann, was sie will, sie darf auch nicht schreiben, sie wird ständig von zwei Männern bewacht«. Im Klartext: Lieselotte werde zur Prostitution gezwungen. Die Gendarmerie nahm den Inhalt des Telefonats zur Kenntnis, Recherchen bei dem Jordanier aber brachten keine weiteren oder konkreteren Hinweise.
Im Februar 1983, also fünf Jahre nach der letzten Nachricht von Lieselotte, wurde das Ehepaar Pichelbauer wieder sehr konkret an ihre Tochter erinnert. In einer Holzschachtel mit der Aufschrift »Hotel Sacher« übermittelte jene Pariser Freundin, bei der sich Lilo 1978 zwei Wochen lang aufgehalten hatte, einige Habseligkeiten der Vermissten. Sie waren in Paris zurückgeblieben und erst jetzt wieder von dieser Freundin entdeckt worden. Eine Emailbrosche mit einem Vogelmotiv, eine zerrissene weiße Korallenkette samt passenden Ohrclips sowie ein Zeugnis über die bestandene Sekretärinnenprüfung waren in dem makabren Nachlass. In einem beiliegenden Schreiben meinte die Pariser Kurzzeitfreundin Lilos nur, dass sie zufällig von der Fahndung erfahren habe und nicht in den Fall verwickelt werden möchte. Eine Schutzbehauptung, denn sie war kurze Zeit nach Beginn der Fahndung nach Lieselotte von der französischen Polizei verhört worden. Möglich, dass sie mehr über das weitere Schicksal der Zwettlerin wusste.
»Seit damals hat die Polizei nichts mehr herausgefunden, auch ein Privatdetektiv, der Nachforschungen angestellt hat, musste seine Recherchen ohne Erfolg abbrechen«, resümiert Pichelbauer. Er schlichtet die Fotos seiner Kinder und Enkel sowie den Geburtsschein Lieselottes wieder in einen Karton und lehnt sich müde zu-

rück. »Ich glaube nicht, dass wir jemals wieder etwas von ihr hören werden.« Bei Gericht wird er die Todeserklärung beantragen. Ein Stückchen Wald, 2.000 m^2, soll verkauft werden. Da Lieselotte im Grundbuch als Mitbesitzerin eingetragen ist, muss sie auch amtlich tot sein, damit der Verkauf rechtskräftig abgeschlossen werden kann.

Nur ein Kuckucksei
»Eines muss ich noch sagen«, meint Pichelbauer vor dem Abschied. »Vor einiger Zeit führte ich mit meinem Taxi einige Soldaten nach einer Zechtour nach Allentsteig in ihre Quartiere im Truppenübungsplatz des Bundesheeres. Einen von den jungen Leuten kannte ich, es war der Sohn eines ehemaligen Angestellten von mir. Ob ich was von seiner Schwester, der Lilo, gehört hätte, fragte er. Ich war ganz verdattert. Wieso Schwester? Na ja, meinte er, sein Vater habe ihm vor seinem Tod noch gestanden, dass er auch der Vater von Lieselotte sei. Mehr wollte der Soldat nicht sagen. Pflanzte er mich nur in seinem Dusel? Oder sollte mir tatsächlich mein damaliger Angestellter vor vielen Jahren ein Kuckucksei ins Nest gelegt haben, sollte mich wirklich meine erste Frau betrogen haben?«
Wozu gab Pichelbauer dieses nächtliche Gespräch überhaupt wieder? Die Begründung lässt sich aus seinem Schlusssatz erahnen: »Na ja, irgendwie anders war die Lieselotte schon.« Vielleicht also, so mag es tief im Innern des Vaters arbeiten, ist also gar nicht seine Tochter verschwunden, sondern jemand, mit dem er gar nicht verwandt ist ...

Vor dem Muttertag das Haus verlassen

Wenn Zeitungen über verschwundene Personen berichten, wird immer versucht, ein Motiv zu präsentieren. Aus den meist dürren Meldungen der Polizei wird das herausgelesen, was einigermaßen in das Umfeld passt. Wenn eine Frau verschwindet, rückt entweder der Ehemann in ein schiefes Licht oder es wird umgekehrt angedeutet, dass die Frau einem lockeren Abenteuer nicht abhold gewesen sei und deshalb Heim und Herd verlassen habe. Schönfärberische Angaben der Angehörigen tragen das Ihre dazu bei, dass in der Öffentlichkeit oft ein falsches Bild entsteht. Leicht kann dann aus einer verzweifelten Frau eine Rabenmutter werden, zumindest zwischen den Zeilen.

Ein Beispiel. Die erste Meldung in den lokalen »Oberösterreichischen Nachrichten« war nur drei Zeilen lang: »Seit 3. Mai ist Maria Zandl, 29, aus ihrer Wohnung abgängig. Ein Selbstmord wird befürchtet. Die Frau ist 155 cm groß, hat brünettes Haar und ein ovales Gesicht mit blauen Augen.« Eine lästige Pflichtübung der Redaktion, um der Polizei guten Willen zu signalisieren, mehr war es nicht.

Drei Monate vergingen. Journalisten brauchen in der Sauren-Gurken-Zeit jede Story, also gruben auch die »Oberösterreichischen Nachrichten« im August den Fall der Abgängigen Maria Zandl aus Traun wieder aus. Diesmal etwas ausführlicher: »Die verheiratete Frau, sie ist Mutter von drei Kindern im Alter zwischen acht und elf Jahren, war im Welser Krankenhaus beschäftigt gewesen und Anfang Mai kurz vor dem Muttertag verschwunden. Das Verschwinden der dreifachen Mutter ist umso rätselhafter, als die Frau unmittelbar vor dem Umzug in eine neue Wohnung gestanden war. Man konnte bisher lediglich eruieren, dass sie vor ihrem Verschwinden noch rund 11.000 Schilling von ihrem Konto abgehoben hatte. Auch der 35-jährige Gatte konnte den Kriminalisten der Gendarmerie keine Anhaltspunkte über den Aufenthalt seiner Frau geben.« Die Quelle sind natürlich Angaben der Behörden. Tatsächlich wussten jedoch die Beamten auf Grund der Aussagen des Ehemannes, dass familiäre Spannungen der Grund für das Verschwinden der Frau gewesen sein könnten.

Bild einer Rabenmutter

Im Oktober darf darüber dann auch das Lokalblatt berichten: »Seit dem Februar vergangenen Jahres, so erzählte der 35-jährige Schlosser Franz Zandl den OÖN, hat es in der Familie zumindest Spannungen gegeben, weil seine Frau, mit der er seit 13 Jahren verheiratet ist, sich kaum noch um die drei Kinder im Alter von 10 bis 13 Jahren gekümmert hat. Schließlich zog sie aus der Wohnung aus. Am 25. April kam die Frau noch einmal zu den Kindern und wollte sie bewegen, mit ihr zu kommen. Der Besuch dauerte aber nur kurze Zeit. Die Kinder erinnern sich lediglich, dass ihre Mutter an diesem Tag rotbraun gefärbte Haare hatte und äußerst stark geschminkt war. ›Sie hat ausgesehen, als würde sie gar nicht zu uns kommen wollen‹, meinte der 13-jährige Andreas, der seit diesem Tag – es war zwei Tage vor seinem Geburtstag – nichts mehr von seiner Mutter gehört hat.« In der Öffentlichkeit entstand so das Bild einer Rabenmutter, die die Familie im Stich lässt. Die Polizei begann auch das Umfeld der Frau zu durchleuchten. Ausgangspunkt war ein Foto von einer Faschingsveranstaltung, das Maria Zandl mit mehreren Männern zeigt. Alle Abgebildeten wurden befragt, niemand wusste etwas über die Gründe des Verschwindens der Frau. Spät, aber doch wurde auch die Interpol eingeschaltet. Immer dichter wurde der Verdacht, dass Maria Zandl nicht mehr am Leben oder zumindest nicht mehr in Österreich sei. »Die Welser Kripo musste jetzt die Ermittlungen ohne konkretes Ergebnis abschließen«, hieß es dann im Dezember 1987 in den »Oberösterreichischen Nachrichten«.

Niemand konnte damals ahnen, dass die Frau, nach der mit Hilfe der Interpol weltweit gesucht wurde, fünf Monate später nur ein paar Gehminuten von ihrem Wohnhaus entfernt gefunden werden sollte. Die Austria Presse Agentur meldete am 23. Mai 1988 aus Linz: »Mehr als ein Jahr lang lag die Leiche einer Selbstmörderin unbemerkt in einem kaum begangenen Teil eines Friedhofes in Traun bei Linz. Am Sonntag wurde die Tote von Spaziergängern gefunden.«

Neben der bereits skelettierten Leiche lag eine Handtasche. Inhalt: eine leere Schachtel schwerer Schlafmittel, ein Kuvert mit 11.000 Schilling und ein Ausweis, lautend auf Maria Zandl. Offenkundig hatte die Frau nach dem letzten Besuch bei ihren Kindern im Mai 1987 hier im abgelegenen Teil des Friedhofes Selbstmord begangen. Die Polizei jedenfalls schloss Mord aus.

»Eine Kurzschlusshandlung«, fasste ein Polizeisprecher seine Deutung des Motivs zusammen. Zeitungen jedenfalls versuchten nicht, das Drama der Frau zu erklären.

In 80 Sekunden wie vom Erdboden verschluckt

Am 10. August 1970 trat die Wiener Familie Renner den traditionellen Campingurlaub in Italien an. Vater Kurt, 49, und Mutter Elisabeth, 46, hatten ihre achtzehnjährige Tochter Sylvia mitgenommen. Angeschlossen hatte sich Manfred Lindner, der in Deutschland lebende Verlobte Sylvias. Auch er war in Begleitung seiner Eltern sowie seines jüngeren Bruders. Dreizehnmal schon hatte die muntere Partie das gleiche Ziel gewählt. Es sollte wieder ein Urlaub in vertrauter Umgebung, in Gemeinschaft lieb gewordener Freunde werden. Vierzehn Tage voll Badespaß und Sonnenschein standen auf dem Programm. Auf dem Campingplatz »Antonio« in Assenza di Brenzone am Ufer des Gardasees schlug die Familie Renner ihr großes Zelt auf. Die Familie Lindner wohnte im nahe gelegenem Hotel »Pescatore«.

Der Abend des 16. August verlief wie immer. Man war müde vom Nichtstun, aß zusammen, trank vor dem Zelt noch ein Glas Bowle und wollte vor dem Schlafengehen um etwa 21 Uhr noch die Toilette am Campingplatz besuchen. Vater Kurt begleitete seine Tochter Sylvia, die über das lindengrüne Badetrikot nur eine langärmelige, rote Strickjacke gezogen hatte. Nachdem sie das Damen-WC betreten hatte, ging er in das benachbarte Herren-WC. Er brauchte nur kurz und ging allein die zwanzig Meter zum Zelt zurück. Der Platz dazwischen war hell erleuchtet, ebenso das durch eine Straße getrennte nahe Seeufer. Als Sylvia in den nächsten Minuten nicht ins Zelt kam, gingen die drei Urlauber nachschauen. Doch das Damen-WC, welches das Mädchen benützt hatte, war leer, das Licht gelöscht.

Aufgeregt begannen das Ehepaar und der Verlobte der jungen Frau die Umgebung der Toilettenanlage abzusuchen, das Ufer des Sees, die vorbeiführende Straße. Nichts. Sylvia war spurlos verschwunden. Bis nach Mitternacht suchten die drei, fragten Urlauber, ob sie etwas gesehen hätten, riefen laut nach dem Mädchen. Nichts. Sylvia war spurlos verschwunden.

Im Zelt zurück war auch ihr Tagebuch geblieben. Die letzte Aufzeichnung vom 15. August berichtet von einem Ausflug auf den Monte Baldo. Belanglose Notizen.

Schließlich alarmierte das Ehepaar die Polizei in Malcesine. Die

Beamten leiteten eine Suchaktion ein, mit einem Boot fuhr man auch zur Insel Trimelone, die etwa 300 Meter vor dem Campingstrand liegt. Am nächsten Morgen wurde das Seeufer von Tauchern abgesucht. Ergebnislos. Lediglich bei einem Ausgang des Campingplatzes wurden rote Badesandalen gefunden. Sylvia trug solche Schuhe, doch konnte nicht geklärt werden, ob es tatsächlich ihre waren oder ob sie von jemandem anderen stammten. Schlussfolgerung der italienischen Polizei: Es könnte eine Entführung oder die Gewalttat eines Triebverbrechers vorliegen.
So jedenfalls schilderte es das Ehepaar Renner, das nach seiner Rückkehr nach Österreich am 1. September auch in Wien Abgängigkeitsanzeige erstattete. Im »Kurier« erschien eine Suchmeldung – ergänzt durch Behauptungen, wonach von italienischen Campingplätzen in der Umgebung des Gardasees in den Wochen davor etliche Mädchen spurlos verschwunden seien. »Kidnapper am Werk?«, fragte die Zeitung.
Zwei Wochen nach der Anzeige erkundigte sich Vater Renner nach dem Fortgang der Ermittlungen. »Keine Spuren, keine Zeugenaussagen«, beschied man ihm im Sicherheitsbüro. Dann konfrontierten die Beamten Renner mit den vor der italienischen Polizei angeführten Zeitangaben, wie sich der Toilettenbesuch am 16. August abgespielt haben soll.

Der Toiletten-Test
Grundlage waren Tests, wie lange sich die Familienmitglieder zur Verrichtung der Notdurft in den Kabinen aufgehalten haben konnten. Demnach habe zuerst der Verlobte das Männer-WC besucht, anschließend kehrte er zum Zelt zurück. Der Vater und Sylvia warteten, bis auch die Damenkabine frei wurde. Sylvia betrat sie, sofort danach ging auch der Vater in das Herren-WC. Nach seinen Angaben – er trug eine kurze Hose mit Reißverschluss – war er nach 30 Sekunden fertig und verließ die Kabine Richtung Zelt. Nach etwa 15 bis 20 Metern kam ihm der Verlobte entgegen und fragte nach Sylvia. Beide drehten um und gingen wieder zur Toilettenanlage zurück. »Zwischen dem Betreten der WC-Kabine durch Sylvia und dem Zeitpunkt des Umdrehens von Sylvias Verlobten und deren Vater dürften demnach zwischen 60 bis 80 Sekunden vergangen sein«, rechneten die Beamten des Sicherheitsbüros zusammen.

Durch Versuche hatte man festgestellt, dass eine Frau für das Ausziehen einer Jacke und das Hinunterziehen eines ganzteiligen Badeanzugs mindestens 70 Sekunden benötigt. Rechnet man die Zeit für die Verrichtung der Notdurft und das Anziehen hinzu, müsste Sylvia mindestens zwischen 70 und 120 Sekunden in der Toilette verbracht haben. »Beim Verlassen der Kabine hätten sie die Männer also bemerken müssen«, lautete die Schlussfolgerung der Kriminalisten. Ihre Erklärung für das spurlose Verschwinden des Mädchens: »Es ist daher anzunehmen, dass das Mädchen die Toilettenanlage betreten hat, abwartete, bis ihr Vater in der Nebenanlage die Tür schloss, dann selbst sofort das Licht abdrehte, die Tür aufmachte, leise schloss und vermutlich zu dem nur neun Meter entfernten Ausgang des Campingplatzes eilte.« Sylvia könnte sich also freiwillig abgesetzt oder Selbstmord verübt haben.
Nur widerwillig räumt Kurt Renner ein, dass diese Version des Verschwindens seiner Tochter plausibel klingt, doch will er dennoch nicht daran glauben. Sie könnte ja nur kurz in der Toilette gewesen sein, dann Rufe eines Autofahrers beim Ausgang des Campingplatzes gehört, diesem entgegengegangen und so entführt worden sein.
Ein Bericht der italienischen Polizei, der Ende September in Wien einlangt, rückt den Fall noch näher an die Selbstmordversion. Demnach habe »das Mädchen vor seinem Verschwinden sieben oder acht Tabletten des Schlafmittels Adalin eingenommen«, wird protokolliert. In dem Bowle-Glas Sylvias wurden Spuren der aufgelösten Pulver gefunden. Die Eltern hätten auch ausgesagt, dass ihre Tochter oft depressiv gewirkt habe. Im Vorjahr, während eines Urlaubs am gleichen Campingplatz, sei Sylvia zur Insel Trimelone geschwommen und beim Rückweg durch einen starken Wind in Schwierigkeiten geraten, gab die Mutter an. Das Mädchen wurde bewusstlos geborgen. Später habe Sylvia dann gemeint, dass sie im Augenblick des Untergehens und beinahe Ertrinkens keine Angst, sondern ein Gefühl des Wohlseins empfunden habe. Also doch Selbstmord?
Dazu kam, dass sich alle Zeitungsberichte, wonach es eine Reihe von gekidnappten Mädchen in der Umgebung des Gardasees gegeben hätte, als haltlos erwiesen. Eine Zeitung schrieb es von der anderen ab, der Polizei glaubte man trotz aller Dementis nicht. Eine

kurze Suchmeldung in der Sendung »Aktenzeichen XY ungelöst ...« brachte keinerlei Hinweise. Die Polizei sah keine Chance mehr, eine Spur von Sylvia Renner zu finden.

Pendler und Hellseher

Wie es häufig bei Fällen vorkommt, wo Menschen spurlos verschwinden, tauchten jetzt die Hellseher auf. Zum Beispiel eine Petra Schmidt aus Marbach. Sie ortete durch Pendeln den Aufenthalt des Mädchens in der Türkei. Sie höre immer Musik – vielleicht aus dem Haus, wo Sylvia festgehalten werde, vielleicht aus einer nahe gelegenen Bar? Das Mädchen sei hypnotisiert, vielleicht trete ihr Entführer auch öffentlich mit ihr auf. Jedenfalls riet sie, Sylvia durch »Agenten« suchen zu lassen und notfalls – wegen der Hypnose! – zu kidnappen.

Aus dem kanadischen Toronto meldet sich ein Josef A. Spohrer und schreibt in holprigem Deutsch: »Da ich Hellsehen als mein größtes Hoppy ansehe, habe ich den Namen ›Big Berny‹ angenommen. Sylvia wurde entführt und verkauft in den Orient von drei Männer. Ich werde den genauen Ort noch ermitteln.«

Die Familie Renner sucht dann selbst Kontakt mit einer Gruppe, die behauptet, Stimmen aus dem Jenseits durch ein »Psychophon« hörbar machen zu können. Der »Spezialist« Franz Seidl hat die dazu notwendigen Geräte selbst konstruiert. Ungläubige hören nur ein Rauschen oder Knacken, für die Überzeugten aber sind es deutbare Signale. Allerdings: Auf dieselbe Frage von Kurt Renner will Experte Seidl zuerst ein gepresstes »Ja«, eine Stunde später aber ein »Nein« gehört haben.

Am 5. Oktober 1970 schreibt ein Josef Freiberger aus Bruneck in Südtirol an die Familie Renner, dass er durch »Pendeln« festgestellt habe, dass sich Sylvia in Ägypten aufhalte. »Bitte senden Sie mir einen Stadtplan von Alexandria, vielleicht kann ich Näheres herausfinden«, verspricht der Pendler. Die Renners besorgen einen Plan, legen eine 5.000-Lire-Note bei und schicken alles an Freiberger. Doch der »Pendler« hat keinen Erfolg, er müsste einen noch genaueren Plan haben, um das Haus herauszufinden, in dem sich Sylvia befindet. Die Wiener Polizei lässt daraufhin den 65-jährigen Mann durch die Interpol überprüfen. Er habe »ein makelloses Vorleben«, wird berichtet, und arbeite als Bildhauer. Über das Ver-

schwinden von Sylvia habe Freiberger in der deutschen Regenbogen-Illustrierten »Neue Post« gelesen.
Über hartnäckiges Drängen Renners wird die Interpol Ägypten von den Erkenntnissen des Pendlers unterrichtet. Der Vater der Abgängigen schreibt am 14. Februar 1971 selbst an die österreichische Botschaft in Kairo. Er erwähnt die Behauptung des Pendlers Freibergers, wonach Sylvia in oder in der Umgebung von Alexandria festgehalten werde. Schließlich zitiert er die Aussage einer jungen Schweizer Tänzerin, wonach im Sommer 1970 am Campingplatz am Gardasee ein Italiener versucht habe, sie in einen Wohnwagen zu locken. Als dies misslang, habe er ihr ein lukratives Engagement in Nordafrika angeboten, was sie jedoch ebenfalls ablehnte. Der Platzwart wusste von weiteren Annäherungsversuchen des Unbekannten, es sei daher nicht auszuschließen, dass dieser mit dem Verschwinden von Sylvia zu tun habe.

Geschichten aus 1001 Nacht

Schließlich behauptet Renner in seinem Schreiben noch, dass sich im Wiener Polizeikommissariat Josefstadt ein Fernfahrer gemeldet habe, der aus sicherer Quelle wisse, dass Sylvia in Ägypten festgehalten werde. Gemeinsam mit Leidensgenossinnen solle sie aber demnächst über Frankreich nach Südamerika gebracht werden.
Die Polizei, die über den Inhalt dieses Schreibens vom Außenministerium informiert wird, dementiert prompt: Weder im Kommissariat Josefstadt noch bei einer anderen Polizeidienststelle habe ein Fernfahrer derartige Angaben gemacht, wonach sich Sylvia in Alexandria aufhalte. Der Schönheitsfehler: Das Dementi war zwar richtig, tatsächlich aber waren im Kommissariat Josefstadt andere Hinweise im Zusammenhang mit Sylvia Renner eingegangen, auf die sich Vater Renner offenkundig bezog. Schon am 23. November 1970 hatte ein Kriminaloberleutnant Winterberger von diesem Kommissariat einen Bericht mit dem Vermerk »Vertraulich« durch einen Kurier an das Sicherheitsbüro übermittelt. Dieser enthielt detaillierte Angaben eines 28-jährigen Fernfahrers aus Wien, wonach sich Sylvia Renner zu dieser Zeit in Abidjan, Elfenbeinküste, aufgehalten hätte.
In dem Bericht wird der Fernfahrer nur als »Konfident« bezeichnet. Er habe bei einer Vorsprache Mitte Oktober angegeben, als

Chauffeur einer Reisegruppe im Jahr 1969 in Pula (Jugoslawien) zwei Libanesen kennen gelernt zu haben. Einer davon, namens Rady Adel, habe ihn einmal in Wien besucht und er selbst besuchte diesen in Abidjan. Der Mann sei mit dem dortigen Polizeichef bekannt, in seiner Villa habe es rauschende Feste gegeben. Der zweite Mann heiße Georges Haroun und halte sich hauptsächlich in England auf, wo der Konfident ihn mehrmals getroffen und dabei erfahren habe, dass dieser die Sylvia Renner vom Gardasee entführt habe. Mit dem Flugzeug sei das Mädchen über Zürich, Marseille und Marokko nach Abidjan gebracht worden. Gemeinsam mit Adel habe Haroun noch zahlreiche andere junge Frauen entführt. Kurzum – Geschichten wie aus 1001 Nacht.
Der Vertrauensmann der Polizei versprach, sich für die Befreiung von Sylvia Renner einzusetzen. Noch im November 1970 wollte er deswegen in London – Treffpunkt sei immer das »Net Café« in der Leytinstone Road – mit Haroun sprechen. Die Reise kam allerdings nicht zu Stande, weil der Reisepass des Konfidenten abgelaufen war.

Hinweise auf einen Mord

Wenn die Polizisten auch nicht alles glaubten, was ihr Zuträger über den möglichen Aufenthaltsort von Sylvia Renner erzählte, so waren die genannten Namen der beiden Libanesen trotzdem von besonderem Interesse. Im Januar 1970 war beim Wiener Sicherheitsbüro ein anonymer Hinweis eingelangt, dass die zwei Männer seit Jahren Schmuggel mit Gold und Edelsteinen sowie mit Suchtgift betreiben und am 27. August 1969 auf der Autobahn in der Gegend der Strengberge (Niederösterreich) einen jugoslawischen Komplizen erschossen hätten. Tatsächlich ergaben Erhebungen, dass sowohl Haroun als auch Adel zur fraglichen Zeit im Gasthaus Winkler in Leiben bei Melk gemeldet waren. Mit unbekanntem Ziel seien sie dann abgereist. Es konnte nie festgestellt werden, ob sie tatsächlich mit dem Mord etwas zu tun hatten.
War es Zufall oder mehr? Jedenfalls hielten sich die beiden im Jahr 1969, und zwar zwischen Ende August und Anfang September, für einen Tag auch im Haus des Schwiegervaters des Konfidenten in Untertullnerbach (Niederösterreich) auf. Angeblich auf der Durchreise nach Frankreich.

Am 2. März 1971 bat ein Untersuchungshäftling in Wien, der Polizei vorgeführt zu werden, da er eine wichtige Aussage zu machen habe. Dem Beamten schilderte er dann, er wisse aus zuverlässiger Quelle, dass Sylvia Renner am Gardasee einen Ausländer namens Georges Haroun kennen gelernt habe. Dieser habe ihr gefälschte Dokumente besorgt und sei mit ihr an die Goldküste (Afrika) geflogen. Dort habe der Mann das Mädchen rauschgiftsüchtig gemacht und sie zur Prostitution gezwungen. Die Polizei konnte bald herausfinden, woher der Mann seine lückenhaften Informationen hatte: Er war monatelang mit dem Konfidenten in Zelle 2-B-146 im Wiener Grauen Haus, dem großen Gerichtsgebäude, gesessen und wollte sich nun mit dem, was er von ihm aufgeschnappt hatte, wichtig machen.

So länderübergreifend die Recherchen und so verschlungen die Informationen auch waren, der Fall Renner ist seit mehr als 30 Jahren offen. Und niemand weiß, was in den 80 Sekunden damals am Campingplatz »Antonio« am Ufer des Gardasees geschehen ist. Es war der Weg vom Hier ins Nirgendwo.